# ANASTASIA

Hals über Kopf

Lois Lowry

# ANASTASIA

## *Hals über Kopf*

Aus dem Amerikanischen übersetzt
von Anne Braun

*Enthält die Einzelbände*
Anastasia mit der rosa Warze
Anastasia verflixt noch mal

Loewe

Die Deutsche Bibliothek – CIP-Einheitsaufnahme

Anastasia Hals über Kopf / Lois Lowry.
Aus dem Amerikan. übers. von Anne Braun.
– 1. Aufl.. – Bindlach : Loewe, 2001
3-7855-3723-9

*Der Umwelt zuliebe ist dieses Buch auf chlorfrei gebleichtem Papier gedruckt.*

ISBN 3-7855-3723-9 – 1. Auflage 2001
Sonderausgabe

Bereits als Einzelbände *Anastasia mit der rosa Warze* und
*Anastasia verflixt noch mal* im Loewe Verlag erschienen.
Aus dem Amerikanischen übersetzt von Anne Braun
Umschlagillustration: Silke Brix-Henker
Gesamtherstellung: GGP Media, Pößneck
Printed in Germany

*www.loewe-verlag.de*

# *Anastasia mit der rosa Warze*

# *Eins*

Anastasia Krupnik war zehn. Sie hatte strohblonde Haare, vierzehn Sommersprossen auf der Nase (sowie sieben weitere an Stellen, die sie lieber verschwieg) und eine Brille mit Gläsern groß wie Eulenaugen, die sie sich selbst beim Optiker ausgesucht hatte.

Sie war einmal fest entschlossen, später eine weltberühmte Eisläuferin zu werden. Aber nach zweijährigem hartem Training war sie immer noch x-beinig über das Eis geschlittert.

Danach hatte sie eine Zeit lang mit dem Gedanken gespielt, Balletttänzerin zu werden, aber obwohl sie seit einem Jahr eisern jeden Samstagmorgen zum Ballettunterricht ging, beherrschte sie die fünfte Position immer noch nicht richtig.

Rücksichtsvoll, wie sie waren, hatten ihre Eltern ihr geraten, vielleicht besser einen Beruf zu wählen, bei dem ihre Füße nicht so wichtig waren. Anastasia musste zugeben, dass sie höchstwahrscheinlich Recht hatten, aber etwas Passendes war ihr bisher noch nicht eingefallen.

Anastasia hatte eine kleine rosafarbene Warze mitten auf dem linken Daumen. Sie fand ihre Warze sehr hübsch. Sie war völlig überraschend aufgetaucht, kurz nach ihrem zehnten Geburtstag, an einem Morgen, an dem sonst nichts Aufregendes passiert war, und es war die allererste Warze, die sie je gehabt beziehungsweise gesehen hatte.

„Das ist die hübscheste Farbe, die ich je bei einer Warze gesehen habe“, hatte ihre Mutter, die in ihrem Leben schon mehrere Warzen gesehen hatte, voller Bewunderung ausgerufen.

„Weißt du“, hatte Vater ihr erklärt, „Warzen haben etwas Geheimnisvolles. Sie kommen und gehen, ganz ohne ersichtlichen Grund, genau wie die Elfen.“

Anastasias Vater, Dr. Myron Krupnik, war Literaturprofessor und hatte so gut wie jedes Buch auf der Welt gelesen. Deshalb war anzunehmen, dass er sich auch mit Warzen auskannte. Er hatte einen strohblonden Vollbart, aber nicht mehr sehr viele Haare auf dem Kopf. Und genau wie Anastasia trug er eine Brille gegen Weitsichtigkeit, die allerdings an ihm nicht so eulenhaft aussah. Außerdem war er Dichter. Abends, bei Kerzenlicht, las er Anastasia manchmal seine Gedichte vor, und bei diesen Gelegenheiten durfte sie ausnahmsweise sogar ein winzig kleines Schlückchen von seinem Wein nippen.

Katherine Krupnik, Anastasias Mutter, war Malerin. Deshalb war es absolut nichts Ungewöhnliches, sie mit einem roten Farbklecks auf der Wange oder einem grünen Fleck am Ellenbogen oder Handgelenk anzutreffen. Manchmal roch sie nach Terpentin, wie Maler es benutzen. Andere Male nach Vanille oder braunem Zucker, wie Mütter sie benutzen. Dann wieder – allerdings nicht sehr oft – duftete sie nach dem teuren französischen Parfüm *Je reviens.*

Im Bücherregal der Krupniks standen vier Gedichtbände, die Myron Krupnik geschrieben hatte. Der erste hieß *Lachen hinter der Maske*, und auf dem hinteren Umschlag war eine Fotografie von einem noch sehr viel jüngeren Myron Krupnik mit vielen Haaren abgebildet, der ein Glas in der Hand hielt und wissend lächelte, fast als hüte er ein Geheimnis.

Anastasias Vater hasste dieses Buch, zumindest behauptete er das. Manchmal fragte sich Anastasia allerdings, warum er es überhaupt im Bücherregal stehen hatte, wenn er es so sehr hasste. Aber dann fiel ihr ein, dass es vielleicht etwas mit den Gefühlen zu tun haben könnte, die sie als Achtjährige gehabt hatte, als sie einen Jungen namens Michael McGuire so sehr gehasst hatte, dass sie jeden Tag hinter ihm nach Hause gegangen war, nur um ihm die Zunge rausstrecken zu können.

Auf dem zweiten Gedichtband ihres Vaters, der *Geheimnisse der Mythen* hieß, war er mit schon etwas schütterem Haar und einem Schnurrbart abgebildet. Ihr Vater mochte das Buch. Ihre Mutter hingegen gar nicht. Vielleicht mochte sie es nicht, weil auf der ersten Seite „Für Annie" stand. Anastasia hatte keine Ahnung, wer diese Annie war, aber sie vermutete, dass ihre Mutter es wusste.

Das dritte Buch war Mutters Lieblingsbuch, wahrscheinlich, weil vorne drin „Für Katherine" stand. Es hieß *Es kommt der Morgen, kommt die Nacht* und war voller Liebesgedichte. Das fand Anastasia irgendwie peinlich.

Das vierte Buch war Anastasias Lieblingsbuch. Die

Fotografie zeigte ihren Vater fast kahl und mit Vollbart, genau wie sie ihn schon immer kannte. Die Gedichte klangen harmonisch und ruhig, wenn er sie ihr vorlas. Das Buch hieß *Bittersüß*, und innendrin stand: „Für jemand ganz Besonderen: Anastasia."

Manchmal, wenn niemand sonst im Wohnzimmer war, holte Anastasia *Bittersüß* aus dem Regal, um diese erste Seite zu betrachten. Irgendwie war sie stolz darauf. Es gab ihr das schöne Gefühl, bedeutend und einzigartig zu sein.

*Stolz, bedeutend* und *einzigartig* waren drei Wörter, die auch auf Seite sieben ihres grünen Notizbuches standen.

Dieses Notizbuch enthielt eine Liste mit ihren Lieblingswörtern, eine andere mit wichtigen Ereignissen und eine weitere mit Sätzen, die sich ihrer Meinung nach als Gedichtanfänge eigneten. Niemand außer Anastasia hatte je in das grüne Notizbuch geschaut.

Auf Seite eins des grünen Notizbuchs stand: *Ich heiße Anastasia Krupnik. In diesem Jahr bin ich zehn Jahre alt geworden.*

Auf Seite zwei stand: *Dies sind die wichtigsten Dinge, die seit meinem zehnten Geburtstag passiert sind:*

Bisher hatte sie lediglich zwei Punkte notiert. Der eine war: *Ich habe eine kleine rosa Warze bekommen.* Der andere lautete: *Meine neue Lehrerin heißt Mrs Westvessel.*

Mrs Westvessel trug Strümpfe, die hinten eine Naht hatten, und Schuhe, die seitlich geschnürt wurden. Manchmal, wenn sie an ihrem Pult saß und glaubte, dass niemand es sah, löste sie die Schnürsenkel und rieb ihre Füße aneinander. Unter den Strümpfen, mitten auf ihren Zehen, sah man kleine runde Knötchen, die wie kleine Krapfen aussahen.

Anastasia hatte ihrer Mutter diese Zehenkrapfen beschrieben, und ihre Mutter hatte genickt und erklärt, dass es sich um Hühneraugen handele.

Anastasia hatte das Wort *Hühneraugen* auf Seite siebenundzwanzig ihres grünen Buchs notiert.

Mrs Westvessel hatte auch interessante braune Flecken auf dem Handrücken, zwei riesige, ungleiche, hängende Brüste und einen grauen Flaum auf der Oberlippe.

„Mrs Westvessel ist bestimmt schon über hundert Jahre alt", hatte Anastasia ihren Eltern beim Abendessen nach dem ersten Tag in der vierten Klasse berichtet. „Wahrscheinlich sogar über hundertzwanzig."

„Kein Mensch wird hundertzwanzig Jahre alt", sagte ihre Mutter, während sie die Pilzsauce über Anastasias Frikadellen verteilte. „Höchstens in Tibet."

Ihr Vater runzelte die Stirn. „Vielleicht ist Mrs Westvessel eine Mutantin", vermutete er dann.

„Richtig", stimmte Anastasia ihm zu. „Ich bin fest davon überzeugt, dass Mrs Westvessel eine Mutantin ist!"

Später hatte sie das Wort *Mutantin* auf Seite siebenundzwanzig notiert, direkt unter *Hühneraugen*. Anastasia konnte schon fast alles fehlerfrei schreiben. Sie sprach das Wort Mutantin laut vor sich hin, während sie es gleich beim ersten Versuch richtig schrieb.

Anastasia mochte Mrs Westvessel nicht sehr. Das war ein komisches Gefühl, weil sie ihre bisherigen Lehrerinnen und Lehrer immer gemocht, ja manchmal geradezu geliebt hatte.

Deshalb schrieb sie in ihr grünes Notizbuch: *Warum ich Mrs Westvessel nicht mag* und begann, die Gründe aufzulisten. Eine Liste aufzustellen konnte nützlich sein, um aus einer Sache schlau zu werden.

*Grund Nummer eins,* schrieb Anastasia, *weil sie keine gute Lehrerin ist.*

Doch dann strich sie diesen Grund wieder durch, weil es eine Lüge war. Lügen fiel Anastasia schwer, auch sich selbst gegenüber. Manchmal tat sie es trotzdem, doch dann bekam sie immer Bauchschmerzen.

Mrs Westvessel war nämlich eine recht gute Lehrerin, das wusste sie. Zumindest war es ihr gelungen, Anastasia den Unterschied zwischen Minuend (die Zahl, von der etwas abgezogen werden soll) und Subtrahend (die Zahl, die von einer anderen Zahl abgezogen wird) beizubringen, was zugegebenermaßen nicht sehr aufregend war.

Und sie hatte ihr beigebracht, „Ich liebe dich" auf Französisch und Russisch zu sagen, was zwar ebenfalls nicht sehr aufregend war, aber eines Tages könnte es vielleicht ganz nützlich sein.

*Grund zwei,* schrieb Anastasia, nachdem sie Grund eins durchgestrichen hatte, *weil sie so alt ist.*

Das war keine Lüge, und deshalb bekam Anastasia auch keine Bauchschmerzen, aber es war ein Grund, den Anastasia eigentlich nicht so recht akzeptieren konnte. Bei alten Menschen fühlte sie sich immer etwas unwohl. Wahrscheinlich wegen ihrer Großmutter, die der allerälteste Mensch war, den sie kannte. Ihre Großmutter war so alt, dass sie in einem Pflegeheim wohnen musste, und Anastasia ging sie nicht gerne besuchen. Im Pflegeheim roch es nach Medikamenten und Desinfektionsmitteln – eine äußerst unangenehme Geruchsmischung.

Mrs Westvessel hingegen roch nach Kreidestaub und Alleskleber, was absolut keine unangenehme Geruchsmischung war. Und obwohl Mrs Westvessel so alt war, benahm sie sich nie wie eine alte Frau. Als sie im Erdkundeunterricht Irland durchnahmen, hatte Mrs Westvessel in ihren engen Schnürschuhen einen irischen Jig vorgetanzt, bei dem ihr Busen auf- und abgehüpft war. Anastasia musste zugeben, dass das keine echt alte Frau gemacht hätte.

Deshalb strich Anastasia Grund zwei langsam wieder durch. Dann fiel ihr kein Grund mehr ein.

Schließlich notierte sie: *Grund drei: Weil ich doof bin.*

Nicht doof in der Schule. Seit sie den Unterschied zwischen Minuend und Subtrahend begriffen hatte, war Anastasia sogar eine sehr gute Schülerin.

„Ich bin doof", sagte Anastasia traurig zu sich selbst, „weil ich manchmal – und zwar viel zu oft – ganz anderer Meinung bin als die anderen."

Bei Jennifer MacCauleys Geburtstagsparty, fiel ihr ein, war ich die Einzige, die grünes Eis scheußlich fand. Deshalb haben alle anderen gesagt, ich sei doof. Und ich bin der einzige Mensch auf der Welt, fiel ihr dann noch ein, auf der ganzen, weiten Welt, der kalte Spinat-Sandwiches mag. Das ist doof. Und jetzt, dachte sie, bin ich das einzige Kind in der vierten Klasse, das Mrs Westvessel nicht mag.

Grund drei hörte sich also recht überzeugend an: *Weil ich doof bin.* Sie ließ es so stehen, runzelte die Stirn und schloss das grüne Notizbuch. Manchmal, war es vielleicht doch keine gute Idee, eine Liste aufzustellen, um die Antwort auf eine Frage zu finden.

Aber dann, als Mrs Westvessel eines Tages im Herbst ankündigte, dass als Nächstes Gedichteschreiben im Lehrplan stand, war Anastasia überglücklich.

Irgendwo an einem Ort weit jenseits ihrer Gedanken konnte Anastasia Mrs Westvessels Stimme hören, die Gedichte vorlas, über Poesie im Allgemeinen redete und davon, wie ein Gedicht entstand. Doch Anastasia hörte nicht wirklich zu. Sie lauschte stattdessen den Worten, die in ihrem Kopf auftauchten, darin herumschwebten und sich wie von selbst zu Gruppen, Zeilen und ganzen Gedichten zusammenfügten.

In Anastasias Kopf entstanden so viele Gedichte, dass sie den ganzen Weg von der Schule nach Hause rannte, um sie an einem ruhigen Ort aufzuschreiben, genau wie ihre Katze damals ein ruhiges Plätzchen gesucht und gefunden hatte – den Stapel frischer Bügelwäsche im Bad –, um dort ihre Jungen zu werfen.

Doch Anastasia musste feststellen, dass das Gedichteschreiben gar nicht so einfach war. Sie hängte das Schild mit der Aufschrift BITTE NICHT STÖREN vom Parker House Hotel außen an ihre Zimmertür. Sie dachte, das würde ihr die Sache erleichtern.

Sie holte sich ein Glas Orangensaft mit Eiswürfeln, um während der Arbeit daran zu nippen. Sie dachte, das würde ihr die Sache erleichtern.

Sie setzte ihre Red-Sox-Mütze auf. Sie dachte, das würde ihr die Sache erleichtern.

Aber es war überhaupt nicht leicht. Manchmal waren die Worte, die sie niederschrieb, die falschen Worte und drückten nicht das aus, was sie damit sagen wollte, oder sie klangen ganz anders, als sie klingen sollten. Bald schon war ihr Snoopy-Papierkorb voll mit zerknüllten Blättern, auf denen kümmerliche Gedichtanfänge standen.

Ihre Mutter klopfte an die Zimmertür und rief: „Anastasia? Alles in Ordnung?"

„Ja", rief Anastasia zurück, nachdem sie ihren Radiergummi für einen Moment aus dem Mund genommen hatte. „Ich schreibe ein Gedicht."

Das verstand ihre Mutter, weil sich auch Anastasias Vater sehr oft in sein Arbeitszimmer einschloss, wenn er ein Gedicht schrieb, und dann nicht einmal zum Abendessen auftauchte.

„Okay, mein Schatz", sagte ihre Mutter, genau wie sie es sonst zu Anastasias Vater sagte.

Anastasia brauchte acht Abende, um ein einziges Gedicht zu schreiben. Und trotzdem war sie irgendwie überrascht, als sie feststellte, dass es fertig war. Sie las es mit lauter Stimme, allein in ihrem Zimmer, hinter dem BITTE-NICHT-STÖREN-Schild aus dem Parker House Hotel. Dann las sie es noch einmal und lächelte.

Dann las sie es ein drittes Mal laut, legte es in die

oberste Schublade ihres Schreibtisches, nahm ihr grünes Notizbuch heraus und erweiterte die Liste auf Seite zwei mit der Überschrift *Dies sind die wichtigsten Dinge, die seit meinem zehnten Geburtstag passiert sind* um einen dritten Punkt: *Ich habe ein wunderschönes Gedicht geschrieben.* Dann drehte sie das BITTE-NICHT-STÖREN-Schild am Türknauf auf die andere Seite – die Seite, die ihre Mutter nicht leiden konnte. ZIMMERMÄDCHEN, stand auf der anderen Seite, BITTE RÄUMEN SIE DAS ZIMMER AUF.

Ihr Gedicht war genau rechtzeitig zur *Kreativitätswoche* fertig geworden.

Mrs Westvessel war ein großer Fan von Aktionswochen. Mit ihrer Klasse hatte sie dieses Jahr schon die *Seid-nett-zu-den-Tieren-Woche* veranstaltet. Die Anschlagtafel war voll geklebt gewesen mit Zeitungsausschnitten über Hunde, die Kinder im tiefen Wald wieder gefunden hatten, über Katzen, die aus fremden Städten über hunderte von Meilen nach Hause gefunden hatten, und über eine Kuh aus New Hampshire, die für die Dauer der Jagdsaison mit rotem Spray besprüht worden war, damit sie aus der Ferne nicht mit einem Hirsch verwechselt werden konnte.

Während der Aktionswoche *Meine Nachbarschaft* war eine ganze Wand des Klassenzimmers mit Papier bedeckt gewesen, auf das die Schüler ein Wandgemälde malen durften: Jedes Kind sollte ein Gebäude malen, um daraus „Meine Nachbarschaft" zu gestalten.

Es gab drei Pizzerias mit dem Namen „Da Luigi",

zwei Kinos, in denen jeweils Supermann gezeigt wurde, ein Red-Sox-Stadion, ein Haus mit Zwischenstockwerk und einen Hof, in dem ein Pferd an einen Baum gebunden war, zwei Aquarien, zwei naturwissenschaftliche Museen, einen Luftraumkontrollturm, drei Staatsgefängnisse und ein abbruchreifes Wohnhaus, auf dessen Eingangsstufen eine fette Ratte saß.

Mrs Westvessel sagte jedoch, dass es nicht genau das sei, was ihr vorgeschwebt hatte, und dass sie das nächste Mal genauere Anweisungen geben würde.

Zur *Kreativitätswoche* nun sollten die Viertklässler ihre zu Hause geschriebenen Gedichte mitbringen. Am Montagmorgen machte Mrs Westvessel mit ihnen einen Ausflug zum Haus des Dichters Longfellow in der Brattle Street. Am Dienstagnachmittag kam eine Frau in die Klasse. Mrs Westvessel stellte sie als Dichterin vor, doch die Dichterin runzelte die Stirn und sagte, ihr wäre die Bezeichnung Poetin bitte schön lieber. Diese Frau las der Klasse einige ihrer Gedichte vor. Sie trug eine dunkle Brille und hatte knallrot bemalte Fingernägel. Anastasia konnte sich nicht vorstellen, dass Longfellow diese Poetin gemocht hätte, von ihren Gedichten ganz zu schweigen.

Mittwoch war der Tag, an dem die Schüler ihre eigenen Gedichte vortragen sollten. Robert Giannini stand vorne an der Tafel und las als Erster vor:

*„Beethoven heißt mein kleiner Hund,*
*er frisst viel und ist kugelrund.*
*Ob Knochen, Fleisch gar oder Fisch,*
*alles schleppt er unter den Tisch.“*

Anastasia fand Robert Gianninis Gedicht doof. Außerdem log er. Robert Gianninis Hund hieß nämlich nicht Beethoven, sondern Rex, und das wusste die ganze Nachbarschaft. Letzten Sommer hatte Rex zwei Kinder gebissen, und wenn er noch einmal jemanden beißen würde, hatte die Polizei gesagt, müssten die Gianninis ihn hergeben.

Aber Mrs Westvessel rief: „Wunderbar!" Sie gab Robert Giannini eine glatte Eins und hängte sein Gedicht an die Wand. Anastasia war überzeugt, dass Longfellow sich mit Abscheu abwenden würde.

Traci Beckwith stand auf, zog ihre Strumpfhose glatt und las vor:

*„Im Herbst, wenn alle Bäume braun,*
*geh ich mir den Wald anschaun.*
*Die Vögel fliegen in den Süden,*
*wie gerne würd ich mit ihnen ziehen."*

Traci Beckwith bekam einen roten Kopf und sagte entschuldigend: „So ganz reimt es sich nicht ..."

„Nun ja", sagte Mrs Westvessel tröstend, „dein nächstes Gedicht wird sicher besser, davon bin ich überzeugt." Sie gab Traci eine Zwei plus und hängte das Gedicht neben das von Robert an die Wand.

Anastasia war inzwischen etwas schummerig geworden, und sie hatte das Gefühl, Wackelpudding in den Knien zu haben. Aber nun war sie an der Reihe. Sie erhob sich, stellte sich vor die Klasse und las ihr Gedicht vor. Da sie nervös war, klang ihre Stimme etwas piepsig.

*„still! still! die samtene nacht schwebt heran*
*sich windende, runzelige wesen*
*hört!*
*sie bewegen sich sachte im feuchten dunkel,*
*hier, in der flüsterwarmen nässe."*

So lautete Anastasias Gedicht.

„Lies es noch einmal vor, Anastasia, und bitte etwas lauter", sagte Mrs Westvessel.

Anastasia holte tief Luft und las ihr Gedicht ein zweites Mal vor. Sie las es im selben Tonfall, in dem ihr Vater ihr immer Gedichte vorlas. Manche Worte zog sie so lang wie Lakritzestangen, andere dagegen sagte sie kurz und abgehackt.

Ihre Mitschüler lachten.

Mrs Westvessel war irritiert. „Lass mich mal sehen, Anastasia", sagte sie. Anastasia reichte ihr das Gedicht. Während sie Anastasias Gedicht durchlas, bildeten sich auf Mrs Westvessels Gesicht, das ohnehin schon hundert Falten hatte, noch so viele zusätzliche Runzeln auf Stirn und Nase, dass sie plötzlich mindestens zweihundert neue Falten im Gesicht hatte.

„Wo sind die Großbuchstaben, Anastasia?", fragte Mrs Westvessel.

Anastasia schwieg.

„Wo ist der Reim?", fuhr Mrs Westvessel fort. „Dein Gedicht reimt sich überhaupt nicht!"

Anastasia schwieg.

„Was für ein Gedicht soll das sein, Anastasia?", fragte Mrs Westvessel. „Kannst du mir das bitte erklären?"

Anastasias Stimme klang plötzlich wieder piepsig, wie es eben manchmal vorkommen kann. „Es ist ein Gedicht über Geräusche", sagte sie. „Es handelt von den vielen kleinen Lebewesen, die in Tümpeln leben, und davon, wie sie sich in der Dunkelheit bewegen. Es besteht nicht aus vollständigen Sätzen und hat keine Großbuchstaben, weil ich wollte, dass die Wörter auf dem Blatt genau wie die kleinen Lebewesen aussehen, die sich in der Dunkelheit bewegen." Sie überlegte kurz. „Ich weiß nicht, warum es keinen Reim hat", fügte sie mit kläglicher Stimme hinzu. „Ich fand das nicht wichtig."

„Anastasia, hast du mir nicht zugehört, als ich im Unterricht über das Gedichteschreiben sprach?"

Anastasia starrte auf den Fußboden. „Nein", flüsterte sie schließlich.

Mrs Westvessel runzelte die Stirn und strich sich nachdenklich über ihren wogenden Busen. „Aha ...", sagte sie. „Nun, Anastasia, als wir im Unterricht über Poesie sprachen, war keine Rede von Würmern und Schnecken, die über ein Stück Papier kriechen. Ich fürchte, ich muss dir eine Sechs geben."

Eine Sechs! Noch nie in ihrem Leben hatte Anastasia eine Sechs bekommen! Betroffen starrte sie weiterhin auf den Fußboden. Jemand musste dort irgendwann einmal auf einen Rotstift getreten sein, der dort für immer und ewig einen roten Farbfleck hinterlassen hatte.

„Ichhabemirsolchemühegegeben", flüsterte Anastasia in Richtung des Fußbodens.

„Sprich lauter, Anastasia."

Anastasia zwang sich, den Kopf zu heben und Mrs Westvessel direkt anzusehen. „Ich habe mir solche Mühe gegeben", sagte sie mit lauter, deutlicher Stimme.

Mrs Westvessel schien aufrichtig betrübt. „Das glaube ich dir, Anastasia", sagte sie. „Aber das Problem ist, dass du dich nicht an meine Anweisungen gehalten hast. Ich habe euch sehr, sehr klare Anweisungen gegeben, welche Art von Gedicht ihr schreiben solltet. Und du warst an jenem Tag hier, daran erinnere ich mich ganz genau."

Nach einer kurzen Pause fuhr sie fort. „Nehmen wir an, ich hätte der Klasse in Erdkunde erklärt, wie man eine Landkarte zeichnet, und jemand hätte nicht zugehört und einfach seine eigene Karte gezeichnet ..."

Alle Blicke wanderten zu Robert Giannini, der feuerrot wurde – er hatte eine wunderschöne Karte von Irland gezeichnet mit Cartoon-Figuren, die überall Bomben warfen, und dafür hatte er eine Sechs bekommen.

„Und obwohl es eine sehr schöne Landkarte sein könnte, müsste ich den Betreffenden durchfallen lassen, weil er sich nicht an meine Anweisungen gehalten hat. Und ich fürchte, genau das muss ich in deinem Fall auch tun, Anastasia. So Leid es mir tut."

Darauf kannste deinen Kopf verwetten, dachte Anastasia trotzig.

„Wenn du dich anstrengst, kannst du sicher ein besseres Gedicht schreiben, ganz bestimmt", sagte Mrs Westvessel.

Sie malte eine große, dicke Sechs auf das Papier und gab es Anastasia zurück, ehe sie den nächsten Schüler aufrief.

Zu Hause holte Anastasia an diesem Abend ihr grünes Notizbuch aus der Schreibtischschublade. Mit feierlichem Gesicht öffnete sie es auf der Seite, auf welcher stand: *Dies sind die wichtigsten Dinge, die seit meinem zehnten Geburtstag passiert sind,* strich bei Punkt drei das Wort wunderschön durch und ersetzte es durch das Wort schrecklich.

*Ich habe ein schreckliches Gedicht geschrieben,* las sie betrübt. Frank, ihr Goldfisch, kam an den Rand seines Glases geschwommen und bewegte seine Lippen. Anastasia, die ihm die Worte von den Lippen ablesen konnte, sagte: „Dir auch blubb, blubb, blubb, mein lieber Frank."

Dann blätterte sie in ihrem Notizbuch, bis sie eine leere Seite fand, Seite vierzehn, und schrieb in Druckbuchstaben ganz groß oben auf die rechte Seite: WAS ICH HASSE.

Dann dachte sie angestrengt nach, denn sie wollte ganz ehrlich sein.

Nach einer Weile schrieb sie: *Mr Belden vom Drugstore.* Anastasia hasste Mr Belden von ganzem Herzen, weil er sie „meine Kleine" nannte und weil er einmal, in Anwesenheit einer Schar Jungen aus der Fünften, die sich gerade Baseballkarten kauften, das Allergemeinste, Allerniederträchtigste und Allerfiesestes gesagt hatte, das ein Mensch überhaupt zu sagen vermochte, und ganz besonders in Anwesenheit einer Gruppe von Jungen aus der fünften Klasse.

Mr Belden hatte gesagt: „Willst du vielleicht eine Tube Schwanenweiß für deine Sommersprossen, meine Kleine?"

Dabei war sie überhaupt nicht in der Nähe dieser dämlichen Schwanenweißtuben gewesen, die pro Stück 1 Dollar 39 kosteten und direkt zwischen Babyöl und Verbandwatte im Regal lagen.

Ohne zu zögern, schrieb Anastasia den nächsten Punkt nieder: *Jungen.*

Jungen hasste sie ebenfalls von ganzem Herzen. Ganz besonders all jene Fünftklässler, die an jenem Tag Baseballkarten gekauft und herzhaft und höhnisch gelacht hatten.

*Leber* gehörte ebenfalls unter diesen Punkt. Leber war so widerlich. Alle Welt hasste Leber, nur ihre Eltern nicht.

Nach einigem Überlegen schrieb sie auch *Kürbiskuchen* auf. Sie hatte wirklich ernsthaft versucht, Kürbiskuchen zu mögen, aber sie schaffte es einfach nicht.

Als letzten Punkt ihrer Liste WAS ICH HASSE schrieb Anastasia: *Mrs Westvessel.* Die hasste sie wirklich am allermeisten.

Und weil die Liste jetzt so ungleich aussah, schrieb sie auf die linke Seite des Blattes: WAS ICH LIEBE.

Aus irgendeinem Grund fiel ihr diese Aufstellung leichter.

Ihre Eltern saßen im Wohnzimmer und tranken Kaffee. Das mit der Sechs werden sie beim nächsten Elternabend ohnehin erfahren, überlegte Anastasia. Dann sage ich es ihnen am besten gleich.

Sie nahm ihr Gedicht und ging ins Wohnzimmer. Sie hielt es unauffällig hinter ihrem Rücken.

„Wisst ihr, Leute“, begann sie, „es kann doch vorkommen, dass jemand ein berühmter Musiker ist oder so was – na ja, vielleicht spielt er ganz toll Trompete oder so –, und dann hat er vielleicht ein Kind, und plötzlich stellt sich heraus, dass dieses Kind kein bisschen Trompete spielen kann ...“ Ihre Eltern sahen sich verwundert an.

„Hm“, meinte ihr Vater. „Wovon um alles in der Welt sprichst du?“

Sie versuchte einen zweiten Anlauf. „Also, nehmen wir einmal an, jemand ist ein wahnsinnig begabter Basketballspieler. Vielleicht spielt er bei den Celtics und ist über zwei Meter groß. Und dann hat er vielleicht ein Kind, einen kleinen Sohn, der unbedingt auch ein berühmter Basketballspieler werden möchte. Aber dann wird der arme Kerl nur einen Meter sechzig groß. Also kann er nie ein guter Basketballspieler werden, richtig?“

„Ist das ein neues Rätsel, Anastasia?“, fragte ihre Mutter. „Hört sich sehr kompliziert an.“

„Wenn jemand ein guter Dichter ist und seine Tochter bemüht sich – bemüht sich wirklich sehr –, ebenfalls ein Gedicht zu schreiben, und dann kommt nur ein ganz schreckliches Gedicht dabei heraus, was dann?“

„Aha“, sagte ihr Vater. „Zeig das Gedicht mal her, Anastasia.“

Ohne ihn anzusehen, reichte Anastasia ihm ihr Gedicht.

Zuerst las er es leise. Dann las er es laut. Er las es genau so, wie Anastasia es in der Klasse versucht hatte, sodass einige Wörter sehr lang und vibrierend klangen. Das Wort Nacht sprach er so ruhig und leise aus, als würde er gleich einschlafen. Als er fertig war, schwiegen alle einen Moment lang. Ihre Eltern blickten einander an.

„Weißt du, Anastasia", sagte ihr Vater schließlich, „manche Leute – im Grunde genommen sehr viele Leute – verstehen einfach nichts von Poesie."

„Aber deshalb sind sie noch lange keine schlechten Menschen", fügte ihre Mutter hinzu.

„Einfach nur doof", schlug Anastasia vor. Wenn sie unter *Warum ich Mrs Westvessel nicht mag* die bisherige Antwort *weil ich doof bin* in *weil sie doof* ist abändern könnte, wären mit einem Mal weder die Frage noch die Antwort besonders entmutigend.

Aber ihr Vater war anderer Meinung. „Nicht doof", sagte er. „Vielleicht, vielleicht haben sie es nur einfach nie gelernt, mit Gedichten umzugehen."

Er holte seinen Rotstift aus der Tasche. „Ich hingegen", sagte er großspurig, „habe es sehr wohl gelernt, mit Gedichten umzugehen." Aus der Sechs machte er ein großes S und schrieb dann in großen Buchstaben das Wort SUPER unter Anastasias Gedicht.

Anastasia beschloss, dass sie, sobald sie wieder in ihrem Zimmer war, ihr grünes Notizbuch erneut aus der Schublade nehmen würde, um auf Seite zwei noch mal eine Änderung vorzunehmen. *Ich habe ein supertolles Gedicht geschrieben,* würde dann dort stehen. Sie lächelte.

„Papi, glaubst du, ich kann später Dichterin werden?", fragte sie.

„Ich wüsste nicht, was dagegen spräche", antwortete er. „Wenn du hart genug an dir arbeitest."

„Wie lange dauert es, um einen ganzen Gedichtband zu schreiben?"

„Hm, lass mich überlegen. In meinem letzten Band stecken neun Monate Arbeit."

Anastasia stöhnte auf. „Das ist ja 'ne halbe Ewigkeit! In neun Monaten kann man ein Baby austragen!"

Ihr Vater und ihre Mutter lachten. Dann sahen sie einander an und lachten noch lauter. Anastasia hatte plötzlich das dumpfe Gefühl, genau zu wissen, warum sie lachten. Und gleichzeitig hatte sie das sehr dumpfe Gefühl, dass ihre Liste WAS ICH HASSE bald noch länger werden würde.

| WAS ICH LIEBE: | WAS ICH HASSE: |
| --- | --- |
| Listen aufstellen | Mr Belden (vom Drugstore) |
| Schokoriegel | Jungen |
| Gedichte schreiben | Leber |
| Mein Zimmer | Kürbiskuchen |
| Meine Warze | Mrs Westvessel |
| Frank (meinen Goldfisch) | |

# *Zwei*

Diese elenden Mistkäfer! Sie bekamen also ein Baby!

Anastasia war ja schon oft wütend gewesen.

Sie war zum Beispiel sehr wütend gewesen, als sie mit Grippe und 39,8 Grad Fieber im Bett liegen musste, deswegen nicht zur Kinderaufführung des Bostoner Symphonieorchesters gehen konnte und ihre Eltern die Eintrittskarten den schrecklichen Truesdales geschenkt hatten, die im Stockwerk über ihnen wohnten.

Sie war auch sehr wütend gewesen, als der Maler damals darauf bestanden hatte, die neue Tapete in ihrem Zimmer richtig herum anzukleben, obwohl Anastasia das Muster verkehrt herum viel schöner fand.

Sie war sehr, sehr wütend gewesen auf den Typen, der ihr neues Fahrrad geklaut hatte, nur weil sie vergessen hatte, es am Zaun vor der J.-Henry-Bosler-Gesamtschule anzuketten.

Aber noch nie in ihrem ganzen Leben war sie so wütend gewesen wie an jenem Abend, als ihre Eltern ihr eröffneten, dass sie ein Baby bekommen würden.

„Was hast du eigentlich vor? Willst du unbedingt ins *Guinness Buch der Rekorde* kommen?", fragte sie ihre Mutter. „Du bist doch viel zu alt für ein Baby!"

„Mit fünfunddreißig?", fragte ihre Mutter mit

hochgezogenen Augenbrauen. „Mit fünfunddreißig ist man zu alt für ein Baby? Deswegen soll ich ins *Guinness Buch der Rekorde* kommen? Ich bitte dich, Anastasia! Mit fünfunddreißig steht man in der Blüte seines Lebens."

„Oh nein, mit zehn Jahren", korrigierte Anastasia ihre Mutter trotzig. „Mit zehn steht man in der Blüte seines Lebens!"

„Irrtum, meine Lieben", erklärte Anastasias Vater ungerührt. „Die Blüte seines Lebens erlebt man mit fünfundvierzig. Ich stehe in der Blüte meines Lebens!"

„Egal", sagte Anastasia unwirsch. „Jedenfalls braucht ihr kein Baby. Ihr habt mich." Doof, doof, doof, schoss es ihr sofort durch den Kopf. Ich bin schon wieder doof. Ich bin, verflixt noch mal, das einzige Kind auf Erden – auf der ganzen, weiten Welt, meine Eltern eingeschlossen, das glaubt, dass es so wichtig ist, dass es unbedingt Einzelkind bleiben muss.

Ihre Mutter starrte traurig vor sich hin und tat so, als würde sie den dunkelbraunen Farbkleckser auf ihrem Handrücken untersuchen. Ihr Vater verdrehte die Augen, genau so, wie er es immer tat, wenn die Patriots, seine Lieblings-Footballmannschaft, eine Angriffsaktion verpatzten.

„Ja", sagte er, „wir wissen, dass wir dich haben."

Es folgte ein langes, betretenes Schweigen.

„Und, was ist jetzt?", fragte Anastasia nach einer Weile. „Wollt ihr es euch vielleicht doch noch anders überlegen?"

Mit ihrer verkleckststen Hand strich sich ihre Mutter sachte über den Bauch. „Dafür ist es zu spät, Anastasia.“

„Es ist ein *fait accompli*“, ergänzte ihr Vater.

„Du weißt genau, dass ich kein Griechisch verstehe, Papi.“

„Das war Französisch.“

„Na schön, dann eben Französisch. Ich verstehe auch kein Französisch. Was heißt *fait accompli*? Ist es ein anderes Wort für Baby?“

„In diesem Falle ja, nehme ich an. Ein kleiner Junge.“

Anastasia zischte verächtlich. „Ach was, Leute! Ihr glaubt vielleicht, ich hätte von nichts 'ne Ahnung, aber ganz zufällig weiß ich, dass man erst nach der Geburt feststellen kann, ob es ein Junge oder ein Mädchen ist. Wieso behauptet ihr, es ist ein Junge? Seid ihr bei einer Wahrsagerin gewesen?“

„Weißt du, Anastasia“, sagte ihre Mutter, erfreut über das Interesse ihrer Tochter, und goss sich Kaffee nach. „Das ist eine ganz interessante Sache. Es gibt da einen Test, den bestimmte Frauen machen müssen ...“

„Was meinst du mit bestimmte Frauen?“

Ihre Mutter errötete. „Frauen ab fünfunddreißig, wenn sie schwanger sind.“

„Siehste“, sagte Anastasia hämisch. „Hab ich's nicht gleich gesagt!“

Ihre Mutter beschloss, diesen Einwand zu ignorieren, und fuhr fort: „Jedenfalls habe ich diesen Test gemacht, und es hat sich herausgestellt, dass das Baby gesund ist. Es ist ein gesunder Junge.“

Anastasia kickte mit ihrem Turnschuh gegen die Sprosse ihres Stuhls. Sie schwieg und überlegte angestrengt. Ihre Eltern rührten beide gleichzeitig ihren Kaffee um und nahmen gleichzeitig einen Schluck, als hätten sie es lange eingeübt: eins, zwei, drei – rühren; eins, zwei, drei – trinken.

„Dann habt ihr euch sicher auch schon Gedanken darüber gemacht, wo ihr dieses ..., hm, dieses Baby in dieser extrem winzigen, total überfüllten Wohnung unterbringen wollt, oder?", fragte Anastasia betont langsam.

„Ja", antwortete ihr Vater. „Darüber haben wir uns tatsächlich schon den Kopf zerbrochen. Irgendwelche Vorschläge?"

„Klar", sagte Anastasia und erhob sich. „Ist doch ganz einfach. Es kann mein Zimmer haben. Ich ziehe nämlich aus. Und jetzt entschuldigt mich bitte. Ich muss packen gehen."

Wütend stapfte sie über den Flur in ihr Zimmer. In der düsteren Ecke ihres Kleiderschranks fand sie die schwere Segeltuchtasche, die noch aus der Zeit ihres Vaters bei der Marine stammte. Auf einer Seite war Krupnik M. A. eingedruckt. Früher, als sie noch kleiner war, hatte ihr Vater sie manchmal hineingesetzt, die Schnüre zusammengezogen und sie darin durch die Wohnung getragen, was sie immer zu begeistertem Krähen veranlasst hatte.

Anastasia nahm das Orang-Utan-Poster von der Wand, rollte es zusammen und packte es in die Reisetasche. Dann legte sie drei Unterhosen und eine Schachtel Malstifte dazu. Sorgfältig packte sie auch ihr grünes Notizbuch und das Sweatshirt mit dem Bild von Amelia Earhart dazu. Bedauernd stellte sie fest, dass sie ihren Goldfisch nicht mitnehmen konnte. Das war schade. Aber ihr Lieblings-Comicheft, eine Schachtel Kleenex und das zusammengefaltete Programmheft einer Peter-Pan-Aufführung wanderten in die große Tasche. Etwas widerwillig legte sie auch ihr Rechenbuch dazu. Dann fischte sie ihre Pinsel aus dem Glas mit dem muffigen Wasser, das bereits seit einer Woche auf ihrem Schreibtisch stand, reinigte sie, steckte sie in den Wasserfarbkasten und stopfte auch den noch in die Reisetasche. Zum Schluss entdeckte sie noch ihren uralten Teddybären unter dem Schreibtisch. Auch er wanderte in die Segeltuchtasche.

Dann kehrte Anastasia zurück ins Wohnzimmer. Ihre Eltern tranken immer noch Kaffee, sahen bedrückt aus und unterhielten sich leise.

„Entschuldigt die Störung, aber ich hätte gerne noch die silberne Tasse, auf der mein Name steht, die Großmutter mir zu meiner Geburt geschenkt hat. Du musst sie nicht erst groß polieren oder so."

Ihre Mutter ging an den Geschirrschrank, um die Tasse zu holen.

„Weißt du, Anastasia", sagte ihr Vater. „Das Baby wird doch erst Ende März geboren. Deshalb brauchst du nicht gleich überstürzt auszuziehen. Hättest du nicht Lust, wenigstens bis Weihnachten zu bleiben?"

Anastasia gab keine Antwort. Aber sie überlegte. Eigentlich wäre es ja ganz nett, Weihnachten noch hier zu verbringen.

Ihre Mutter hielt die kleine, schwarz angelaufene Tasse in der Hand und betrachtete sie eingehend und prüfend.

„Ich glaube, ich muss sie doch noch abreiben", sagte sie. „Man kann den Namen kaum noch lesen."

„Ach ja, da wäre noch etwas", sagte Anastasia. „Welchen Namen habt ihr euch für das Baby ausgedacht?"

„Du meine Güte", antwortete ihre Mutter. „Darüber haben wir uns noch keine Gedanken gemacht. Hast du vielleicht einen Vorschlag?"

„Ich habe eine Idee", rief ihr Vater. „Ich finde, wir sollten die Entscheidung über einen Namen Anastasia überlassen. Schließlich ist es ihr Bruder."

„Aber ich werde doch gar nicht mehr hier sein", gab Anastasia zu bedenken.

„Ach ja, richtig", sagte ihr Vater. „Das hatte ich einen Augenblick vergessen! Aber ich mach dir einen Vorschlag: Falls du dich zufällig doch entschließen solltest, bei uns zu bleiben, darfst du für das Baby einen Namen aussuchen!"

„Alles, was ich will?"

„Nun ja", sagte ihre Mutter, „vielleicht sollten wir doch ..."

„Alles, was du willst", versicherte ihr Vater mit Nachdruck.

Anastasia stand unbeweglich da und überlegte.

„Okay", sagte sie schließlich. „Ich werde bleiben, aber dafür darf ich den Namen des Babys aussuchen. Mama, du kannst die Tasse wieder zurückstellen."

Sie ging wieder in ihr Zimmer und packte die Reisetasche aus. Teddybär, Wasserfarben, Rechenbuch, Peter-Pan-Programmheft, Kleenex, Sweatshirt, grünes Notizbuch, Farbstifte, Unterhosen und den Orang-Utan. Dann verstaute sie die Krupnik-M.-A.-Reisetasche wieder ganz hinten im Schrank. Während sie auspackte, überlegte sie die ganze Zeit fieberhaft.

Sie setzte sich auf ihr Bett, nahm einen Stift vom Fußboden und schlug ihr grünes Notizbuch auf einer der hinteren Seiten auf, die bislang noch leer waren.

In eine Ecke schrieb sie in ganz kleinen Buchstaben den Namen, den sie für das Baby ihrer Eltern ausgesucht hatte. Es war der abscheulichste Name, den sie je gehört hatte. Als sie ihn notiert hatte, grinste sie hämisch und klappte ihr Notizbuch wieder zu.

| WAS ICH LIEBE: | WAS ICH HASSE: |
|---|---|
| Listen aufstellen | Mr Belden (vom Drugstore) |
| Schokoriegel | Jungen |
| Gedichte schreiben | Leber |
| Mein Zimmer | Kürbiskuchen |
| Meine Warze | Mrs Westvessel |
| Frank (meinen Goldfisch) | Meine Eltern |
| | <u>Babys</u> |

# *Drei*

*Gründe, um vielleicht katholisch zu werden,* schrieb Anastasia in ihr grünes Notizbuch.

*1. In meiner Klasse gibt es vierzehn katholische und vier jüdische Kinder, alle anderen sind – ich weiß nicht genau, was – aber auf jeden Fall nichts Interessantes. Ich wäre also somit das fünfzehnte katholische Kind. Und falls sie irgendwann einen Club gründen oder so, wäre ich automatisch Mitglied. Das wäre schön.*

*2. Ich würde einen neuen Namen bekommen. Vielleicht genau dann, wenn ich einen Bruder bekomme.*

Anastasia hatte das unbestimmte Gefühl, dass es vermutlich noch andere Gründe dafür geben musste, katholisch zu werden. Aber sie wusste nicht genau, welche Gründe das sein könnten. Und die beiden, die sie notiert hatte, schienen ihr überzeugend genug.

„Ich glaube, ich werde vielleicht katholisch", sagte sie deshalb am nächsten Tag zu Jennifer MacCauley, die – wie sie hoffte – jetzt in der vierten Klasse ihre beste Freundin werden würde. Jennifer hatte einiges vorzuweisen, was für sie sprach: Sie hatte wunderschöne rotbraune Locken und einen halb abgebrochenen Schneidezahn, weil sie einmal die Kellertreppe hinuntergefallen war. Außerdem hatte sie mit Abstand die meisten Kleider für Barbiepuppen von allen Mädchen der Klasse.

Wie sie Anastasia anvertraut hatte, würde sie bald einen neuen und äußerst eindrucksvollen Namen bekommen. Bisher hieß sie Jennifer Elizabeth MacCauley. Aber demnächst, hatte sie gesagt, würde sie Jennifer Elizabeth Theresa MacCauley heißen. Weil sie nämlich katholisch war.

Katholiken durften sich nämlich, wenn sie alt genug waren, einen zusätzlichen Vornamen aussuchen, hatte Jennifer Anastasia erzählt. Diesen Namen durften sie sich selbst aussuchen, und Jennifer hatte sich für Theresa entschieden.

Dieser Punkt reizte Anastasia ungemein, denn sie hatte ihren Namen noch nie besonders schön gefunden, und außerdem hatte sie, im Gegensatz zu den meisten anderen Kindern, nicht einmal einen zweiten Vornamen.

Wenn ihr Bruder geboren war, würde sein Name – nun ja, vielleicht nicht direkt ein Ärgernis sein, aber zumindest für Gesprächsstoff sorgen, dessen war sie sich sicher. Ganz bestimmt sogar würde er für Gesprächsstoff sorgen! Es wäre schön, wenn sie gleichzeitig einen neuen zusätzlichen Vornamen erhalten würde.

„Es muss der Name einer Heiligen sein", erklärte Jennifer mit Nachdruck.

Anastasia wusste nicht genau, was eine Heilige war. Aber ihre Namen schienen ganz in Ordnung zu sein. Manche hörten sich sogar richtig cool an. Anastasia begutachtete die Liste, die Jennifer ihr vorgelegt hatte.

„Perpetua", sagte sie schließlich begeistert. „Anastasia Perpetua Krupnik, das gefällt mir! Ich glaube, ich bin fest entschlossen, katholisch zu werden."

„Das geht nicht", sagte Jennifer entschuldigend. „Du bist schon zu alt."

„Was soll das heißen?", rief Anastasia empört. „Zu alt? Ich bin erst zehn."

„Schau", sagte Jennifer. Sie öffnete ihre Schreibtischschublade – die beiden Mädchen waren gerade in Jennifers Zimmer – und stöberte zwischen abgebrochenen Farbstiftstummeln, zerknüllten Blättern und einem Packen Karten herum. Schließlich fand sie, was sie gesucht hatte, und reichte Anastasia ein Foto.

„Echt cool!", rief Anastasia begeistert aus. „Das bist du in einem Brautkleid!" Neidisch schielte sie noch mal auf das prächtige Foto. Sie hatte sich schon oft gefragt, wie man sich in einem Brautkleid fühlte. Nicht, dass sie je heiraten wollte, das nicht. Oder gar ein Baby haben. Nein, das wäre das Allerletzte!

„Ha", rief Jennifer. „Brautkleid? Spinnst du! Das ist ein Foto von meiner Erstkommunion. Damals war ich acht. Alle sind so zwischen acht und neun, wenn sie die Erstkommunion feiern. Erst danach ist man richtig katholisch."

„Du lügst", sagte Anastasia besorgt.

„Nö, im Ernst", sagte Jennifer. „Es stimmt. Du bist erst dann richtig katholisch, wenn du das gemacht hast."

„Gibt es ein Gesetz oder so etwas, dass man unbedingt acht sein muss?"

„Ich glaube schon."

Anastasia überlegte angestrengt. „Das kann nicht sein“, sagte sie zu guter Letzt. „Was ist, wenn du zum Beispiel mit acht gerade auf Weltreise bist?“

Jennifer zuckte mit den Schultern. „Keine Ahnung“, gestand sie schließlich.

„Oder wenn du mit acht gerade eine schreckliche Krankheit hast, zum Beispiel Lepra?“

Jennifer war verunsichert.

„Oder wenn du mit acht zufällig gerade Jude bist?“

Zum Glück kam Jennifer ein rettender Einfall. „Oh, ich glaube, dass es in der katholischen Kirche für solche Fälle eine Art Ausnahmeregelung gibt. Wie heißt es noch gleich? Disp-, Dispen-, ach ja, Dispensation. Genau, dann geben sie dir eine Dispensation.“

„Was ist denn das?“

„Es bedeutet, dass du ausnahmsweise etwas tun darfst, das die katholischen Regeln normalerweise nicht erlauben.“

„Gut, dann besorge ich mir also so eine Dispensation. Wie funktioniert das?“

„Ich weiß nicht genau. Ich nehme an, du musst in die Kirche gehen und mit dem Pfarrer reden.“

„Kannst du das nicht für mich tun, Jennifer? Könntest du nicht für mich mit dem Pfarrer reden und mir die Dispensation mitbringen? Wenn ich krank bin, bringst du mir doch auch immer die Hausaufgaben vorbei.“

„Ich weiß nicht, ob das geht, Anastasia.“

„Also echt, Jennifer, für 'ne Katholikin hast du wirklich ziemlich wenig Ahnung.“

Jennifer sah geknickt aus.

Anastasia seufzte. „Na schön, wann gehst du das nächste Mal zur Kirche?“

„Am Samstag.“

„Okay, dann komme ich nächsten Samstag mit und rede mit den Leuten dort wegen der Dispensation. Wahrscheinlich geben sie sie mir gleich mit. Wie lange dauert es dann noch, bis ich katholisch bin?“

„'ne ganze Weile. Du musst erst mal Religionsunterricht nehmen.“

„Klar, das ist kein Problem. Ich will Mama auch genug Zeit lassen, um die neuen Namensschilder in meine Klamotten fürs Ferienlager zu nähen. Schließlich bekomme ich dann einen zweiten Vornamen.“

„Auf diesen Schildern muss doch nicht dein voller Name stehen. Steht in meinen Kleidern ja auch nicht!“

„Hör mal, Jennifer, du glaubst doch nicht im Ernst, dass ich extra katholisch werde und einen Namen wie Anastasia Perpetua Krupnik bekomme, und dann soll es nicht alle Welt erfahren!“

Auf dem Nachhauseweg überlegte Anastasia, dass sie ihren Eltern ihre Entscheidung, katholisch zu werden, möglichst bald mitteilen sollte, aber andererseits wusste sie auch, dass das zum passenden Zeitpunkt und in der richtigen Art und Weise geschehen musste. Denn es würde vermutlich doch eine kleine Überraschung für sie werden. Wer weiß, vielleicht würden sie sich sogar ein bisschen aufregen, weil sie ihren Namen ändern wollte.

Deshalb wartete sie bis zum Abendessen. Nachdem ihre Mutter das Hähnchen auf den Tisch gestellt hatte, stand sie auf und sagte: „Schaut.“

Dann begann sie, sich zu bekreuzigen, genau wie Jennifer MacCauley es ihr beigebracht hatte. Doch irgendwie kam sie durcheinander. Sie merkte, dass sie das Kreuz in der verkehrten Reihenfolge machte.

„Moment, eine Sekunde“, sagte sie und begann laut und konzentriert: „Stirn – Bauch – linke Brust – rechte Brust.“ Dieses Mal schaffte sie es einwandfrei.

Ihre Eltern starrten sie entgeistert an.

„Toll, Anastasia“, sagte ihr Vater, nachdem er sich von seiner Verblüffung erholt hatte. „Aber jetzt schaut mir zu.“ Er erhob sich und begann: „Nase – Magen – linkes Ohr – rechtes Ohr.“

Genau in dieser Reihenfolge berührte er sich, ehe er sich zufrieden wieder auf den Stuhl fallen ließ.

Anastasias Mutter schüttelte nur den Kopf, was wohl bedeuten sollte, dass sie beide für übergeschnappt hielt.

„Papa“, sagte Anastasia aufgebracht, „mach dich nicht über mich lustig. Ich habe das Kreuzzeichen gemacht. Ich will nämlich katholisch werden.“

„Was willst du?“, fragte ihre Mutter ungläubig.

„Das ist sowohl interessant als auch absurd“, sagte ihr Vater, ehe er sich über seinen Hähnchenschlegel hermachte.

„Tja, dann passt es ja zu mir“, erwiderte Anastasia ungerührt. „Aber zuerst muss ich am Samstag mit Jennifer in die Kirche gehen und mit dem Mann dort über meine Dispensation verhandeln.“

„Oh?“, sagte ihre Mutter und hob erstaunt die Augenbrauen.

„Ja, und dann muss ich Religionsunterricht nehmen. Ich weiß noch nicht genau, wie viele Stunden ich dorthin gehen muss."

„Oh?", sagte nun auch ihr Vater.

„Und dann brauche ich ein Brautkleid, für meine Erstkommunion."

„Ein Brautkleid?" Ihre Mutter rang noch immer nach Fassung.

„Ja. Es gibt sie auch in kleinen Größen, für Katholiken."

„Und dann?"

„Tja, dieser Punkt wird euch vielleicht nicht besonders gefallen. Aber dann werde ich meinen Namen ändern. Ich heiße dann Anastasia Perpetua Krupnik."

Ihre Eltern tauschten viel sagende Blicke, ehe sie ihre Aufmerksamkeit wieder Anastasia zuwandten.

„Und was kommt dann?", fragte ihr Vater.

„Nichts mehr. Dann bin ich katholisch."

„Weißt du", sagte Anastasias Mutter, „bevor man eine so wichtige Entscheidung trifft, würden die meisten Leute wohl zuerst mit ihren Eltern sprechen."

Anastasia warf einen viel sagenden Blick auf den Bauch ihrer Mutter, der sich allmählich zu wölben begann, sodass sie den obersten Knopf ihrer Jeans offen stehen hatte. „Die meisten Leute", sagte sie in überheblichem Ton zu ihrer Mutter, „würden, bevor sie so eine wichtige Entscheidung treffen, doch zuerst mit ihrer Tochter sprechen."

Jeder kümmerte sich vorläufig um das vor ihm liegende Hähnchenstück. Nach einer Weile sagte Anastasias Vater: „Du gehst also am Samstag zur Kirche, hast du gesagt? Um etwas abzuholen?“

„Ja, meine Dispensation. Ich zeige sie euch, sobald ich zurück bin.“

„Schön. Ich schlage vor, dass wir diese Sache vorläufig nicht weiter diskutieren. Wir warten, bis Anastasia in der Kirche war und mit dem ... dem Mann dort über alles gesprochen hat.“

Alle nickten einvernehmlich. Anastasias Mutter reichte erneut die Erbsen herum, und sie begannen, sich über Namen im Allgemeinen zu unterhalten. Dr. Krupnik sagte, dass ein Betriebswirtschaftsdozent in Harvard den lustigsten Namen hatte, den er je gehört hatte: Winfried Witzig.

Mrs Krupnik fand, dass Winfried Witzig bei weitem nicht so lustig war wie der Name eines jungen Mädchens, das einst an ihrer Kunstakademie als Aktmodell posiert hatte. Das Mädchen hieß Felicity Nackt.

Anastasia war der Meinung, dass keiner der beiden Namen auch nur annähernd so lustig war wie der, den sie für das Kind ihrer Eltern ausgesucht hatte, das im März zur Welt kommen sollte. Aber das sagte sie ihnen lieber noch nicht.

Und keiner machte auch nur eine Bemerkung über den Namen Anastasia Perpetua Krupnik.

Obwohl es am Samstag regnete, trug Anastasia unter ihrem gelben Regenmantel ihr bestes Kleid, und für den Fall, dass sie ihre Dispensation gleich mit nach Hause nehmen konnte, hatte sie auch daran gedacht, eine große Einkaufstasche mit der Aufschrift *Lord & Taylor* mitzunehmen.

Sie und Jennifer MacCauley gingen die Brattle Street entlang, die zur katholischen St.-Cäcilien-Kirche führte.

„Ich wusste gar nicht, dass die Katholiken samstags zur Kirche gehen", sagte Anastasia. „Ich dachte, das sei nur bei den Juden üblich."

„Oh", sagte Jennifer, „das heute zählt nicht als richtiger Kirchgang. Zur Messe gehen wir erst morgen, am Sonntag. Am Samstag gehen wir zur Beichte. Dorthin gehen wir jetzt, zur Beichte."

Anastasia warf einen prüfenden Blick auf Jennifer und begann zu kichern.

„Zur Beichte? Ist das nicht so etwas wie ein Geständnis ablegen? Das müssen doch nur die Verbrecher tun, wenn sie von der Polizei verhört werden. Sie gestehen, wenn sie lange genug verhört und vielleicht ein bisschen zusammengeschlagen worden sind. Dann legen sie ein Geständnis ab."

„Nein, das ist etwas anderes. Bei uns gibt es keine Polizei, und man kommt auch nicht ins Gefängnis. Man geht einfach nur in die Kirche und gesteht seine Sünden."

„Diesen Teil kann ich auslassen. Ich habe nämlich keine Sünden."

„Hast du wohl! Jeder begeht Sünden. Natürlich keine großen Sünden, wie jemanden totzuschlagen oder so."

„Ich habe aber auch keine kleinen Sünden begangen."

„Lügnerin! Du hast mir doch selbst erzählt, dass du neulich Mary Ellen Baileys Napfkuchen aus ihrer Vesperbüchse geklaut hast."

„Na und? Ein Stück Kuchen! Soll das etwa eine Sünde sein?"

„Klar doch!"

„Wenn ich katholisch bin, muss ich dann die Sache mit dem Kuchen beichten?"

Jennifer nickte. „Sicher. Auch wenn du schlecht über jemanden denkst."

Anastasia blieb vor Überraschung mitten auf der Brattle Street stehen. „Was ist, wenn ich abends im Bett liege und mir wünsche, dass Mrs Westvessel eine Krankheit bekommt, bei der ihr ganzes Gesicht mit Pusteln übersät ist?"

Jennifer überlegte. „Oh ja", behauptete sie schließlich felsenfest, „sich das zu wünschen wäre eine Sünde."

„Also müsste ich es dann beichten."

Jennifer nickte. Sie hatten ihren Weg inzwischen fortgesetzt und waren fast schon bei der St.-Cäcilien-Kirche angelangt, die fast den gesamten nächsten Häuserblock einnahm. Ihre großen Fenster aus Buntglas zeigten Personen, die schrecklich traurig dreinblickten, und bei einigen von ihnen ragten Pfeile aus dem Bauch.

„Und dann", fuhr Jennifer fort, „müsstest du sagen, dass es dir Leid tut."

„Dass es mir Leid tut?"

Jennifer nickte mit unbewegtem Gesicht. „Ja, von ganzem Herzen", erklärte sie.

„Und wenn es mir aber gar nicht Leid tut?"

Jennifer war ein wenig peinlich berührt. „Hm", sagte sie, „wenn du eine gute Katholikin bist, muss es dir aber Leid tun!"

Anastasia blieb plötzlich wie angewurzelt kurz vor der Straßenecke stehen. Sie blickte auf ihre *Lord & Taylor*-Einkaufstasche.

„Jennifer", sagte sie, „meine Tasche hat einen Riss im Boden. Ich glaube nicht, dass ich meine Dispensation darin nach Hause tragen kann."

Ratlos starrte Jennifer auf den kleinen Riss im Boden der Tasche. „Hm", sagte sie zweifelnd.

„Ich glaube, ich gehe besser wieder heim."

„Okay", sagte Jennifer, „ich verstehe."

„Mama?", rief Anastasia, als sie die Wohnungstür aufschloss.

Ihre Mutter stand vor ihrer Staffelei in ihrem Atelier, dem Raum, in dem sie malte. Ein länglicher hellgelber Streifen zierte ihr Männerhemd genau an der Stelle, wo das Baby in ihrem Bauch allmählich eine kleine Wölbung herausdrückte.

„Hmmmm?", sagte ihre Mutter fragend.

„Hast du mein Brautkleid schon gekauft?"

„Nö, noch nicht." Mrs Krupnik betrachtete prüfend ihre Leinwand, ehe sie mit einem schmalen Pinsel einen dünnen gelben Strich zog.

„Gut", sagte Anastasia erleichtert. „Dann vergiss es. Ich habe meine Meinung geändert."

| WAS ICH LIEBE: | WAS ICH HASSE: |
| --- | --- |
| Listen aufstellen | Mr Belden (vom Drugstore) |
| Schokoriegel | Jungen |
| Gedichte schreiben | Leber |
| Mein Zimmer | Kürbiskuchen |
| Meine Warze | Mrs Westvessel |
| Frank (meinen Goldfisch) | Meine Eltern |
| Heimliche schlechte Gedanken | Babys |
| Brautkleider | |

# *Vier*

„Ich bin verliebt", teilte Anastasia ihren Eltern eines Morgens beim Frühstück mit. Es war ihr etwas peinlich, darüber zu reden, aber sie fand, dass ihre Eltern es wissen sollten.

Ihr Vater pustete nachdenklich in seinen Kaffee. „Dafür scheinst du mir noch ein bisschen jung zu sein", sagte er.

„Aber nein, Myron", sagte Anastasias Mutter. „Ich war auch mit zehn Jahren zum ersten Mal verliebt." Sie wurde sogar ein bisschen rot.

„Wirklich? In wen?" Anastasias Vater war sichtlich interessiert.

„Sein Name war Edward Mark." Ihr Gesicht rötete sich noch mehr.

„Edward Mark, und wie weiter?", erkundigte sich Anastasias Vater. Beide schienen Anastasias Anwesenheit völlig vergessen zu haben.

„So hieß er. Mark war sein Familienname."

„Ha, das ist ja lächerlich! Wie um alles in der Welt konntest du dich mit jemandem einlassen, der als Familiennamen nur einen Vornamen hatte?"

„Myron, ich habe mich keineswegs – wie du es so unschön ausdrückst – mit ihm eingelassen. Ich war einfach nur verliebt, rein platonisch. Edward Mark und ich haben zusammen Monopoly gespielt."

Diesen Punkt fand Anastasia durchaus nicht uninteressant.

Zufällig wusste sie, dass ihre Mutter keine gute Monopoly-Spielerin war.

„Hat Edward Mark es geschafft, viele Hotels zu bauen?“, erkundigte sie sich.

„Wenn du dich schon mit einem Hotelmagnaten einlassen wolltest“, sagte Anastasias Vater, „warum hast du dich dann nicht gleich auf Conrad Hilton gestürzt?“

„Ich ziehe es vor, mich nicht weiter über dieses Thema mit dir zu unterhalten“, sagte Mrs Krupnik gekränkt. „Das ist unter meinem Niveau.“

Sie begann, das Geschirr zusammenzuräumen. Myron Krupnik nahm einen Schluck von seinem Kaffee und warf einen Blick auf seine Uhr.

„Wie ist es?“, fragte Anastasia enttäuscht. „Würde es euch nicht interessieren, mit wem ich verliebt bin?“

„In wen“, korrigierte ihr Vater. „Man ist in jemanden verliebt.“

„Na schön, in wen“, berichtigte Anastasia. „Nun, es ist Washburn Cummings.“

„Wie um alles in der Welt konntest du dich mit jemandem einlassen, der zwei Familiennamen hat?“, knurrte ihre Mutter.

Allerdings wandte sie sich in Wirklichkeit an Anastasias Vater.

„Leute, würdet ihr mir zur Abwechslung einmal zuhören?“, rief Anastasia empört. „Ich wollte euch sagen, dass ich in Washburn Cummings verliebt bin.

Es ist mir wichtig. Washburn Cummings geht in die sechste Klasse. Und er ist schwarz. Macht es euch vielleicht etwas aus, dass er schwarz ist? Und dass er älter ist wie ich?"

„Älter als ich", korrigierte ihr Vater automatisch. „Der Komparativ wird mit als gebildet."

Anastasia fand das grammatikalische Wissen ihres Vaters zwar beachtlich, aber in diesem Augenblick war es ihr völlig schnuppe. „Na schön, älter als ich", sagte sie genervt.

Anastasias Mutter stand am Spülbecken. Sie hielt öfter mal eine Ansprache, wenn sie am Spülbecken stand. „Es ist mir völlig gleichgültig, ob der Junge, in den du verliebt bist, schwarz ist oder schon in der sechsten Klasse. Ich will nur nicht, dass du dich mit jemandem einlässt, der unsensibel und gefühllos ist und nicht davor zurückschreckt, ohne Nachsicht und Mitgefühl auf den unschuldigen Kindheitserinnerungen seiner Mitmenschen herumzutrampeln."

„Ich weiß gar nicht, warum du dich so aufregst", sagte Anastasia. „Washburn Cummings ist, soweit ich weiß, bisher noch auf gar nichts herumgetrampelt. Er ist nur einmal aus dem Kino rausgeschmissen worden, weil er zu viel Lärm gemacht hat."

Weder ihr Vater noch ihre Mutter würdigten sie einer Antwort. Sie starrten einander nur wütend an.

„Na schön, hört zu, Leute", sagte Anastasia resigniert. „Vielleicht sollten wir uns ein andermal darüber unterhalten. Ich muss jetzt zur Schule."

Sie ging ihre Jacke holen. Während sie sie zuknöpfte, erschien sie noch einmal im Türrahmen.

„Washburn Cummings", begann sie erneut, „ist ungefähr so groß als ich. Oder heißt's hier wie ich? Egal. Aber da ihm seine Haare ungefähr einen halben Meter um den Kopf herumstehen, ist er im Endeffekt, wenn man sein Haar dazurechnet, ungefähr so groß wie du, Papa."

„Sehr interessant", sagte ihr Vater, der gar nicht zugehört hatte.

„Edward Mark", sagte ihre Mutter, während sie jedes Wort einzeln betonte, „hatte den schönsten blonden Lockenkopf, den ich je im Leben gesehen habe."

„Finde ich großartig", sagte Myron Krupnik sarkastisch und rieb sich über seinen Kopf, auf dem seit geraumer Zeit kein einziges Härchen mehr wuchs. „Hoffen wir, dass er als Model einer Shampoo-Firma eine beispiellose Karriere gemacht hat."

Kopfschüttelnd machte sich Anastasia auf den Weg zur Schule. Unterwegs kam sie zu dem Schluss, dass ihre Eltern wohl nicht so richtig begriffen hatten, was es für sie bedeutete, zum ersten Mal in ihrem Leben verliebt zu sein.

Washburn Cummings hatte, um es gelinde auszudrücken, nicht die leiseste Ahnung von Anastasias Existenz.

Aber jeder Schüler an der J.-Henry-Bosler-Gesamtschule – von den Lehrern ganz zu schweigen – kannte Washburn Cummings.

Einmal war er mit einem T-Shirt aufgetaucht, auf dem quer über der Brust ein sehr vulgärer Spruch stand. Der Rektor schickte ihn sofort zum Umziehen nach Hause, aber ehe Washburn Cummings dieser Aufforderung nachkam, machte er noch schnell eine kleine Runde durch die gesamte J.-Henry-Bosler-Gesamtschule. Er tauchte kurz unter der Tür jedes Klassenzimmers auf und öffnete seine Jacke, um kurz seinen Spruch aufblitzen zu lassen. Bis der Rektor endlich von seinem schändlichen Tun erfahren hatte, war Washburn Cummings bereits bis zu den Zweitklässlern vorgedrungen und tänzelte dann eiligen Schrittes die Eingangsstufen hinunter, wobei er einen nicht vorhandenen Basketball aufdopsen ließ und mit den Hüften wackelte.

„Wer war das?“, hatte Mrs Westvessel nach Washburn Cummings' überraschendem Auftritt stirnrunzelnd gefragt.

„Das war Washburn Cummings“, rief die ganze Klasse wie aus einem Munde.

„Und was stand auf seinem T-Shirt?“, fragte sie weiter.

Niemand antwortete. Einige kicherten verlegen.

„Nun, wer von euch kann denn am besten lesen?“, fragte Mrs Westvessel. „Mary Ellen Bailey? Robert Giannini? Jemand von euch muss doch gelesen haben, was auf diesem T-Shirt stand!“

Mary Ellen Bailey errötete bis zu den Haarwurzeln. Robert Giannini, der stets mit einer Aktentasche zur Schule kam, erhob sich, ging an Mrs Westvessels Pult und flüsterte ihr etwas ins Ohr.

Mrs Westvessel bekam einen roten Kopf. „Ah“, sagte sie. „Ah ... Du meine Güte! Kinder, schlagt eure Rechenbücher auf.“

Auf ihrem Nachhauseweg, in Begleitung von Jennifer MacCauley, wackelte Anastasia mit den Hüften und ließ einen unsichtbaren Basketball aufdopsen.

„Anastasia", sagte Jennifer nach einer Weile tadelnd, „das sieht widerlich aus!"

„Nein, tut es nicht. Das tut man, wenn man cool aussehen will. Aber weißt du was? Ich verrate dir ein Geheimnis. Aber du darfst es wirklich niemandem weitersagen: Ich bin total in Washburn Cummings verliebt."

Jennifer stöhnte gequält auf. „Woher willst du das wissen? Wie merkt man, dass man verliebt ist?"

Darüber hatte Anastasia schon intensiv nachgedacht. Kürzlich erst hatte sie im Drugstore in der Zeitungsecke gestanden und in der neuesten Ausgabe der *Cosmopolitan* den Artikel mit der Überschrift *Ist es wirklich Liebe?* studiert. Leider hatte Mr Belden, der Ladenbesitzer, sie dabei ertappt und gerufen: „Kauf die Zeitschrift, oder leg sie wieder zurück, meine Kleine."

Angesichts ihrer chronischen Geldknappheit und der Tatsache, dass sie ihr ganzes Taschengeld bereits ausgegeben hatte, war Anastasia nichts anderes übrig geblieben, als die spannende Zeitschrift wieder zurückzulegen. Aber an einige der Fragen erinnerte sie sich noch ganz genau.

„Das merkst du daran, dass du immer nur an ihn denkst, dass du keine Lust mehr hast, dich mit anderen Männern zu treffen und ..."

„Du triffst dich doch sowieso nie mit anderen Männern", unterbrach Jennifer sie nüchtern.

„Klappe! Wo war ich ...? Ach ja, er taucht in deinen Träumen auf, normalerweise als Held, und du ..."

Jennifer unterbrach sie schon wieder. „Washburn Cummings taucht in deinen Träumen auf? Als Held?", fragte sie ungläubig.

„Ja. Letzte Nacht habe ich zum Beispiel geträumt, ich hätte mich verlaufen. Ich ging die Huron Avenue entlang, konnte aber unser Haus nirgends finden. Da ist Washburn Cummings aufgetaucht. Er kam einfach so hinter einem Baum hervor und bot mir an, mich nach Hause zu begleiten."

„Ha! Hatte er seinen tollen Hüftschwung drauf?"

„Nein. Er war sehr nett zu mir und hatte einen Cowboyhut auf."

„Washburn Cummings' Mähne würde nie im Leben unter einen Cowboyhut passen!"

„Egal, in meinem Traum hat sie jedenfalls druntergepasst! Vielleicht war er vorher auch noch beim Friseur. Aber lass mich endlich zu Ende erzählen, woran man merkt, dass man verliebt ist: Man ist bestrebt, alle Fantasien des geliebten Menschen zu erfüllen ..."

„Was sind Fantasien?"

„Vorstellungen, Wünsche."

„Na, super. Und was sind Washburn Cummings' Fantasien, deiner Meinung nach?"

„Weißt du, einmal habe ich ihn mit einem Transistorradio auf dem Spielplatz sitzen sehen. Er saß einfach nur da und lauschte und hatte einen glücklichen Ausdruck im Gesicht."

„Was hörte er sich an? Vermutlich die Übertragung eines Spiels der Red Sox!"

„Nein, es war Roberta Flack, die Sängerin. Ich glaube, dass er Roberta Flack mag. Und ich möchte seine Fantasien über Roberta Flack erfüllen. Ich übe singen."

„Du kannst überhaupt nicht singen. Du wurdest nicht einmal in den Jugendchor aufgenommen."

„Aber nur weil sie mich beim Vorsingen zu den Altstimmen gestellt haben, und bei dem Lied ‚Kein schöner Land in dieser Zeit' mussten wir eine andere Melodie singen als ihr anderen. Das kann ich eben nicht. Aber sonst kann ich schon singen. Hör zu!"

Die beiden Mädchen blieben an der Straßenecke stehen. Ganz leise, in ihrer besten Roberta-Flack-Stimme, begann Anastasia zu singen: „Das erste Mal, als deine Lippen mich berührten ..."

Jennifer schnitt eine Grimasse. „Okay, du singst ganz gut. Aber bei dem Gedanken, dass Washburn Cummings' Lippen mich berühren, dreht sich mir der Magen um."

„Das ist nur deshalb, weil du nicht in ihn verliebt bist. Warte ab, Jennifer. Wenn du in jemanden verliebt bist, ist alles anders. Dann wirst du dir wünschen, dass dieser Jemand dich küsst."

„Aber nicht, wenn er so ein Flegel ist wie dieser Washburn Cummings", erklärte Jennifer kategorisch. Sie drehte sich um und ging in ihre Richtung. Auf ihrem ganzen Nachhauseweg ließ Anastasia ihren nicht vorhandenen Basketball aufdopsen und fragte sich, wie sie es wohl schaffen würde, Washburn Cummings auf sich aufmerksam zu machen. Vielleicht würde es ja mit Mutters *Je reviens* klappen!

Die Haare! Das war der entscheidende Punkt, beschloss Anastasia. Es war ganz offensichtlich, dass Washburn Cummings einen Frisurentick hatte. Er hatte ständig einen Kamm im Haar stecken, und auf dem Spielplatz sah man ihn manchmal diesen Kamm aus der Mähne zerren, um ihn wieder ein Stück höher zu platzieren.

„Ich gehe noch schnell duschen und Haare waschen, bevor ich ins Bett gehe", verkündete Anastasia ihrer Mutter an diesem Abend gegen halb neun.

Sie verbrauchte das ganze Shampoo und drückte auch noch die letzten hellgrünen Kleckse aus der Plastikflasche. Dann kämmte sie ihr nasses Haar gut durch, bis hinunter zu den Schultern, betrachtete sich im Spiegel und wünschte sich, sie hätte etwas dickere Haare. Aber daran war nichts zu ändern. Sie flocht es zu so vielen dünnen Zöpfchen wie nur möglich. Es wurden vierzehn glitschige Strähnchen. Als sie im Bett lag, hatte sie das Gefühl, ihr Kopf läge auf einem ganzen Haufen kompliziert verschraubter Stränge.

Aber es klappte. Am Morgen entflocht sie alle ihre Zöpfchen, kämmte die Haare nach oben statt nach unten und betrachtete sich erstaunt im Spiegel. Soweit es ihrem blonden, schulterlangen Haar nur möglich war, sah es Washburn Cummings' Frisur verblüffend ähnlich. Bevor Anastasia sich an den Frühstückstisch setzte, stopfte sie ihre neue Haarpracht rasch unter ihre blaue Strickmütze.

„Man könnte sich fragen", sagte ihre Mutter, „warum du an einem Novembermorgen mit einer Skimütze zum Frühstück erscheinst."

„Ja, das könnte man sich fragen“, bestätigte Anastasia mit vollem Mund.

„Man könnte sich auch fragen“, sagte ihr Vater, „warum ich Socken trage, die nicht zusammengehören.“ Er hielt seine Füße in die Luft, wobei er sich sehr anstrengen musste, nicht das Gleichgewicht zu verlieren. Ein Strumpf war dunkelblau, der andere dunkelbraun. „Der Grund ist, dass ich keine zwei sauberen Socken habe, die zusammenpassen.“

„Ich muss gehen“, erklärte Anastasia und schnappte sich ihre Jacke, die wie üblich am Türknauf hing.

Kaum um die erste Straßenecke gebogen, nahm sie ihre Skimütze ab. Sie holte den Kamm aus einer Tasche ihrer Jeans und kämmte ihr Haar wieder nach oben. Dann ging sie in Richtung Schule – allerdings auf dem längeren Weg, der aber den Vorteil hatte, dass er direkt an Washburn Cummings' Haus vorbeiführte.

Sie hätte den Zeitpunkt nicht besser wählen können. Gerade als Anastasia vorbeiging, kam Washburn Cummings dribbelnd aus der Haustür.

„Hallo“, sagte sie und wackelte ein bisschen mit ihrer Hüfte. Sowohl dieses Hallo als auch den Hüftschwung hatte sie am Abend vorher noch ausgiebig einstudiert.

Washburn Cummings hielt mitten in der Bewegung inne und stand zuerst stocksteif da, ehe er seinen unsichtbaren Basketball mit einem geistesabwesenden Wurf in einen der nahen Bäume beförderte.

„Biste mit 'nem Finger in die Steckdose gekommen?“, fragte er mitfühlend.

„Nein, wieso?"

„Dein Haar, Mädchen. Du siehst aus, als hättest du einen nahezu tödlichen Stromschlag abbekommen."

Er begann, lauthals zu lachen. Ihre Eltern hatten Anastasia schon oft erklärt, dass man mit, aber auch über jemanden lachen konnte. Das Erste war okay, das andere nicht.

Washburn Cummings lachte jedoch, wie sie mit Entsetzen feststellen musste, eindeutig über sie, und das war nicht okay. Sie verspürte ein gewisses Ziehen in der Magengegend.

„Halloween ist doch längst vorbei, Herzchen", lachte Washburn Cummings. (Halloween ist das Fest am 31. Oktober, an dem alle amerikanischen Kinder sich verkleiden.) „Da solltest du nicht länger in deinem Monsterkostüm herumlaufen. Das ist nicht cool, Baby, ganz und gar nicht cool."

Nach diesen Worten holte Washburn Cummings gelassen wieder seinen Basketball von irgendwo her aus der Luft, ließ ihn ein paar Mal auf dem Gehsteig auf und ab springen, wackelte mit den Hüften und machte sich dribbelnd auf den Weg zur Schule.

Anastasia starrte ihm nach. Sie kam zu dem Schluss, dass sie heute unmöglich zur Schule gehen konnte. Ihre Magenschmerzen waren unerträglich. Sie stopfte ihre aufwändige Frisur wieder unter die blaue Skimütze zurück und ging auf dem Heimweg noch kurz in den Drugstore, um eine neue Flasche Shampoo zu kaufen. Damit war ihr ganzes Taschengeld für diese Woche futsch. Als sie Beldens Drugstore gerade wieder verlassen wollte, sprang ihr das

Titelblatt der neuen *Cosmopolitan* ins Auge. *Liebe – oder Hass? Manchmal schwer zu unterscheiden,* stand dort in Großbuchstaben.

„Wenn du eine Zeitschrift durchblätterst, musst du sie auch kaufen, meine Kleine", rief Mr Belden. Obwohl er gerade Penicillintabletten abwog, hatte er sie ganz genau beobachtet.

„Verpiss dich, Belden", murmelte Anastasia zwischen zusammengebissenen Zähnen. Sie nahm ihr Shampoo und ihre Magenschmerzen mit nach Hause, duschte, wusch sich die Haare und beschloss, sich für den Rest des Tages ins Bett zurückzuziehen.

„Ruf mich, wenn du brechen musst", sagte ihre Mutter. „Ich mache gerade die Wäsche."

Aber Anastasia war es nicht nach Brechen zu Mute. Sie setzte sich in ihrem Bett auf und schrieb: *Ich hasse Washburn Cummings* in ihr Notizbuch. Als sie es dreiundvierzigmal geschrieben hatte, waren ihre Magenschmerzen vorbei. Danach blätterte sie *Reader's Digest* durch und fand einen Artikel, in dem stand, dass eine Forschungsgruppe festgestellt hatte, dass eine Liebesaffäre durchschnittlich fünf Monate dauerte.

Meine dauerte nur drei Wochen, dachte sie traurig und wütend zugleich. Aber ich bin ja noch jung. Und doof. Doof, doof, doof!

| WAS ICH LIEBE: | WAS ICH HASSE: |
|---|---|
| Listen aufstellen | Mr Belden (vom Drugstore) |
| Schokoriegel | ~~Jungen~~ |
| Gedichte schreiben | Leber |
| Mein Zimmer | Kürbiskuchen |
| Meine Warze | Mrs Westvessel |
| Frank (meinen Goldfisch) | ~~Meine Eltern~~ |
| Heimliche schlechte Gedanken | Babys |
| Brautkleider | Jungen |
| ~~Washburn Cummings~~ | Washburn Cummings |

# Fünf

„Warum musstet ihr mich eigentlich unbedingt Anastasia nennen? Diesen Namen kann kein anderes Kind auf Anhieb schreiben, und deshalb kriege ich bei geheimen Wahlen auch nie eine Stimme. Damals, als ich mich als Klassensprecherin beworben habe, haben nur vier andere für mich gestimmt, und die anderen zweiundzwanzig haben lieber gleich Mary Ellen Bailey gewählt."

„Vermutlich haben sie deshalb nicht für dich gestimmt, weil eine Klassensprecherin eine schöne Handschrift haben sollte. Und deine Handschrift erinnert eher an Hieroglyphen", erklärte ihr Vater und blickte kurz von seiner Zeitung auf. „Erinnerst du dich noch, als du damals eine Entschuldigung gefälscht hast? Deine Lehrerin hat es sofort bemerkt, weil kein Vater und keine Mutter – eigentlich kein Erwachsener überhaupt – jemals eine so schreckliche Handschrift hätte."

„Ein Erwachsener hätte auch nie im Leben einen so grässlichen Namen wie Anastasia", murmelte Anastasia, während sie überlegte, wie sie schnell wieder von dem gefährlichen Thema Handschrift und gefälschte Entschuldigungen ablenken konnte. „Trotzdem, warum habt ihr mir diesen schrecklichen Namen verpasst?"

„Eine interessante Frage“, sagte ihr Vater. „Die Wahl eines Namens ist ein faszinierender Vorgang. Übrigens, hast du schon einen Namen für deinen Bruder ausgesucht, Anastasia? Welche Gedanken schießen dir denn da so durch den Kopf?“

Anastasia zog es vor, diese Frage vorläufig zu überhören. „Wenn ich keinen so doofen Namen hätte, würde Washburn Cummings mich vielleicht mögen“, murmelte sie, obwohl dieser Gedanke ihr zugegebenermaßen erst jetzt in den Sinn kam. Aber es bestand immerhin die Möglichkeit, dass er zutraf.

Ihre Mutter runzelte die Stirn und zählte die Maschen auf ihrer Stricknadel. Sie hatte begonnen, ein Babyjäckchen zu stricken. „Was gefällt dir nicht an deinem Namen? Ich finde ihn sehr hübsch.“

„Habt ihr euch vielleicht schon mal überlegt, Leute, dass man einen Aufpreis bezahlen muss, wenn man sich den aufs T-Shirt drucken lässt? Er ist einfach zu lang. Das ist eine Sache, die mich an ihm stört. Das andere ist, dass man keinen Spitznamen daraus machen kann. Ein Spitzname hört immer mit i auf.“ Anastasia machte ein finsteres Gesicht und zupfte einen Fussel aus ihrem Bauchnabel. Sie saß gerade im Bikini vom letzten Sommer auf dem Teppich im Wohnzimmer.

Sie hatte Kopfstand geübt, bis sie umgefallen war und beim Fallen eine Lampe umgerissen hatte. Jetzt hatte sie grässliche Kopfschmerzen.

Ihr Vater rümpfte die Nase. „Ein Spitzname, der mit i aufhört? Was um alles in der Welt meinst du damit?“

Anastasia seufzte, legte sich auf den Rücken und begann damit, jeweils das rechte, dann das linke Bein in die Luft zu strecken. Das war eine Übung für Balletttänzerinnen, und sie war ziemlich anstrengend.

„Die Mädchen in meiner Klasse haben einen Club gegründet“, erklärte sie mit düsterer Miene. „Er heißt ‚Der i-Club‘, und man kann nur Mitglied werden, wenn man einen Namen hat, der auf i endet. Alle sind Mitglied, nur ich nicht. Jenni und Becki und Traci und Cindi und Suzi und Luci und ...“

„Du lieber Himmel“, sagte ihre Mutter und verdrehte die Augen. „Warum willst du zu einem solchem Club gehören?“

„Erstens, weil jeder drin ist außer mir. Zweitens, weil sie alle ein T-Shirt mit ihrem Namen haben.“

„Hör mal“, meldete sich ihr Vater, bevor er sich an das Lösen eines Kreuzworträtsels machte, „wenn die Sache mit dem T-Shirt so wichtig für dich ist, bin ich bereit, den Zuschuss herauszurücken, den ein überlanger Name kostet.“

„Papa“, sagte Anastasia und holte so tief Luft, dass ihre Schultern bebten. Sie erhob sich. „Schau mich an. Ich meine, schau dir meinen Körper an.“

Er blickte wieder auf. „Nicht schlecht für deine zehn Jahre“, sagte er. „Die Beine sind zwar etwas dünn, aber ich habe schon wesentlich Schlimmeres gesehen.“

„Ich meine, schau dir meine Brust an“, sagte Anastasia. „Und stell dir meinen Namen darauf vor.“

Ihr Vater blickte sie lange an. Schließlich sagte er: „Du weißt doch, Anastasia, dass mein Gehirn nur verbal, also über Worte arbeitet. Deine Mutter hingegen ist ein visueller Typ. Warum lässt du deine Brust nicht von ihr begutachten?

Weiß einer von euch ein Wort mit drei Buchstaben für Herrscher?", fragte er dann, weil er sich schon wieder auf sein Kreuzworträtsel konzentrierte.

„König, Kaiser ..., nö, fällt mir nichts zu ein", sagte Anastasia ratlos. Doch dann besann sie sich wieder auf ihre Frage und baute sich vor ihrer Mutter auf. „Stell dir bitte meinen Namen vor – quer über meine Brust geschrieben", bat sie.

„Warte, ich muss nur erst diese Reihe fertig stricken." Sie strickte noch ein paar Maschen. „Gut, lass dich ansehen."

Ihre Mutter betrachtete ihre Brust eine geraume Weile. Dann seufzte sie. „Ja", sagte sie dann, „ich verstehe, was du meinst."

„Bis unter die Achseln, richtig? Die Buchstaben würden bis unter die Achselhöhlen gehen!"

Ihre Mutter nickte. „Tröste dich, mit sechzehn hast du bestimmt etwas mehr Brust", sagte sie.

„Großartig! Ein toller Trost", zischte Anastasia abfällig. „Bis ich sechzehn bin, dauert es noch ewig!"

„Zar!", rief ihr Vater begeistert. „Ich hab's!"

„Apropos Zar", murmelte er dann, während er die Buchstaben in die Kästchen eintrug. „Bei dieser Gelegenheit kann ich dir gleich etwas über deinen Namen erzählen. Anastasia war die jüngste Tochter des Zaren von Russland. Zar Nikolaus."

„Irre Sache", sagte Anastasia. „Konnte sie ein T-Shirt tragen, auf dem ihr Name stand?"

„Sie wurde ermordet."

„Ohne Quatsch?"

„Ganz ohne Quatsch. Die Bolschewiken haben die gesamte Zarenfamilie ausgelöscht, einschließlich der Kinder."

„War sie noch sehr klein?"

„Ich weiß nicht genau, wie alt sie war. Ein Teenager. Und alle wurden sie erschossen."

„Mann, das ist ja cool."

Ihr Vater hob die Augenbrauen. „Nun, das scheint mir nicht der passende Ausdruck zu sein. Ich glaube kaum, dass die Betreffenden es ‚cool' fanden. Aber es gibt da noch eine interessante Episode: Jahre später tauchte eine Frau praktisch aus dem Nichts auf und behauptete, sie wäre Anastasia. Sie wäre gar nicht umgebracht, sondern nur angeschossen worden, und später wäre sie geflohen und hätte sich jahrelang an einem geheimen Ort versteckt gehalten."

„Immer noch besser, als in Hoboken zu stecken, ha, ha", sagte Anastasia in bester Groucho-Marx-Nachahmung, was ihr Vater jedoch schlichtweg ignorierte. Er hasste ihre Groucho-Marx-Nachahmungen, weil er seine eigenen viel besser fand.

„Tut mir Leid", entschuldigte sie sich wohlerzogen. „War sie wirklich die Zarentochter Anastasia?"

„Ich weiß nicht, ob das je bewiesen wurde. Einige glaubten ihr, andere hielten sie für eine Betrügerin."

„Aber bestand überhaupt die Chance, dass die Zarentochter heil davonkommen konnte?"

„Klar. Diese Möglichkeit kann nicht ausgeschlossen werden."

Anastasia überlegte. Sie überlegte sehr lange und intensiv. Sie nahm die Lotos-Position ein, die das Denkvermögen fördern sollte, obwohl man sich dabei praktisch die Hüftgelenke auskugelte.

„Mama", sagte sie nach einer Weile betont langsam, „damals, als ich zur Welt kam, hattest du doch keine normale Geburt, nicht wahr?"

„Nein, nicht ganz."

„Sie haben dir eine Narkose verpasst, richtig? Wow! Haben dich einfach so außer Gefecht gesetzt, wie Dornröschen im Märchen."

„Oh, jetzt übertreibst du. Ich bekam irgendeine Spritze und bin dann für kurze Zeit eingeschlafen."

„Man könnte also sagen, dass du es nicht direkt gesehen hast, wie ich zur Welt kam, oder?"

„Du hörst dich an wie ein Untersuchungsrichter."

„Mag sein, aber es geht um etwas sehr Wichtiges. Du hast nicht gesehen, wie ich zur Welt kam."

„Aber ich habe es gespürt, obwohl ich schlief. Kurze Zeit später kam ich wieder zu mir und sah, wie du gebadet wurdest. Du warst schrecklich schrumpelig, hast gebrüllt wie am Spieß und der Hebamme über die Hand gepinkelt."

„Aber in der kurzen Zeit, in der du ohne Besinnung warst, hätte man dir doch ohne weiteres ein fremdes Baby unterschieben können."

Ihre Mutter stöhnte. „Nein, das ist völlig ausgeschlossen!"

„Aber du sagtest, es waren immerhin ein paar Minuten ..."

„Na schön, ich war ein paar Minuten betäubt. Aber

warum sollte jemand Babys vertauscht haben? Das einzige andere Baby, das an diesem Tag in diesem Krankenhaus zur Welt kam, war ein kleiner Chinesenjunge. Seine Eltern hatten ein Restaurant in der Tyler Street in Boston. Der Vater sah sehr gut aus, daran kann ich mich noch erinnern."

„Aber vielleicht wurden trotzdem zwei Babys vertauscht. Vielleicht bin ich gar nicht eure Tochter!"

„Das Chinesenbaby war ein Junge, vergiss das nicht. Sie nannten ihn Stanley. Ich möchte zu gern wissen, warum sie ihn Stanley nannten."

„Vielleicht bin ich die richtige Anastasia!"

Ihr Vater stand abrupt auf. „Ich glaube, ich brauche etwas zu trinken", sagte er. „Am besten ein eisgekühltes Bier."

Bevor er in der Küche verschwand, sagte er: „Anastasia, die Zarentochter wurde 1918 erschossen. Falls du wirklich mit ihr identisch wärst, hättest du dich erstaunlich gut gehalten."

„Mist", zischte Anastasia.

„Weißt du was", sagte ihr Vater, als er mit seinem Bier zurückkam und Anastasia den Schaum schlürfen ließ. „Wenn deine Großmutter am Erntedankfest hier ist, kannst du sie über den Zaren und seine Tochter Anastasia ausfragen. Ich war damals noch nicht auf der Welt. Aber sie war ein junges Mädchen. Bestimmt erinnert sie sich noch daran."

„Aber, Papa", gab Anastasia mit honigsüßer Stimme zu bedenken, „Großmutter erinnert sich doch an gar nichts mehr! Sie erinnert sich nicht einmal mehr an mich, verflixt noch mal", murmelte sie und vergaß ganz ihren honigsüßen Ton. Sie hatte plötzlich wieder dieses komische Gefühl. Das Gefühl, das sie immer hatte, wenn sie Desinfektionsmittel und die anderen Gerüche des Pflegeheims roch. Sie fühlte sich dann immer irgendwie eingeschüchtert und traurig zugleich.

WAS ICH LIEBE:

Listen aufstellen

Schokoriegel
Gedichte schreiben
Mein Zimmer
Meine Warze
Frank (meinen Goldfisch)
Heimliche schlechte Gedanken
Brautkleider
~~Washburn Cummings~~
Meinen Namen

WAS ICH HASSE:

Mr Belden (vom Drugstore)

~~Jungen~~
Leber
Kürbiskuchen
Mrs Westvessel
~~Meine Eltern~~

Babys

Jungen
Washburn Cummings
Meine Freunde
~~Meinen Namen~~

# *Sechs*

„Die Macy-Parade ist das Allerlangweiligste, das es gibt“, verkündete Anastasia mit düsterer Miene. „Und das Erntedankfest hasse ich auch.“

Ihre Mutter öffnete die Tür des Backofens, stieß mit einer Gabel in den knusprigen braunen Truthahn, sodass der Saft mit einem lauten Zischgeräusch herauslief. „Aber Truthahn magst du schon, oder?“

„Klaro. Aber Truthahn kann man auch ein andermal essen. Am meisten hasse ich die Macy-Parade, dann Footballspiele, und dann noch Kürbiskuchen. Warum musst du am Erntedankfest immer einen Kürbiskuchen backen? Gibt es ein Gesetz, das vorschreibt, dass man jedes Erntedankfest einen Kürbiskuchen backen muss? Wenn du die Wahrheit wissen willst: Kürbiskuchen schmeckt wie Kotze! Richtig ordinär!“

„Anastasia Krupnik, im Moment bist *du* ordinär, und wenn du nicht auf der Stelle aus der Küche verschwindest, werfe ich etwas nach dir, höchstwahrscheinlich einen Kürbiskuchen. Geh! Unterhalte dich ein bisschen mit deiner Großmutter.“

Anastasia knurrte etwas, als sie die Küche verließ.

„Was hast du gesagt?“, rief ihre Mutter ihr nach.

„Nichts“, rief Anastasia. Dabei hatte sie gerade „Ich hasse meine Großmutter“ gemurmelt.

Anastasias Großmutter war zweiundneunzig. Niemand anderes hatte eine Großmutter, die zweiundneunzig Jahre alt war. Robert Gianninis Großmutter war erst fünfzig, und sie spielte bei größeren Gesellschaften Hammondorgel. Sie trug falsche Wimpern, wie Robert behauptete, und wenn während der Footballübertragungen anlässlich des Erntedankfests im Fernsehen Nahaufnahmen der Cheerleader-Mädchen gezeigt wurden, rief sie immer begeistert: „Super!“

Jennifer MacCauleys Großmutter war schrecklich dick, arbeitete in einer Bäckerei und brachte jeden Abend die nicht verkauften Brötchen und Gebäckstücke nach Hause.

„Weight Watchers, aufgepasst!“, rief sie dabei immer lachend. „Jetzt komme ich!“

Anastasias Großmutter hingegen war zweiundneunzig und lebte in einem Pflegeheim. In den tiefen Falten um die Mundwinkel hatte sich schon Schorf gebildet. Sie sprach mit vollem Mund, was sie sagte, ergab meistens keinen Sinn, und beim Essen bekleckerte sie sich.

Ihr Anblick machte Anastasia traurig und rief in ihr gleichzeitig eine gewisse Beklemmung hervor. Wer brauchte so was schon?

Anastasia schlenderte ins Esszimmer, wo ihr Vater auf der Couch eingeschlafen war. Die Tageszeitung lag auf seiner Brust.

In der Ecke neben dem Fenster saß ihre Großmutter im Sessel und strich sich mit ihren schmalen, dünnen Fingern ein ums andere Mal das Kleid über den

Oberschenkeln glatt. Wie blaue Spinnweben schimmerten die Adern auf ihrem Handrücken durch die dünne Haut.

Seufzend ließ Anastasia sich neben ihrer Großmutter zu Boden sinken und sagte höflich: „Hallo, Großmutter!"

Seit ihr Vater ihre Großmutter aus dem Pflegeheim gebracht hatte, hatte sie schon viermal hallo zu ihr gesagt. Aber Großmutter vergaß ja immer alles.

Die gespensterhafte, klauenähnliche Hand fuhr sachte über Anastasias Haar. Komisch, wie weich und angenehm sich das anfühlte. Wenn sie die Hände nicht sah, war es ganz okay. Wenn sie in die feuchten, liebevollen Augen ihrer Großmutter blickte, kam ihr alles ganz okay vor.

„Wie heißt du? Du hast sehr schönes Haar."

„Anastasia."

Das hatte sie ihr schon oft gesagt, immer und immer wieder. Die meisten Leute erinnern sich an die Namen ihrer Enkelkinder, dachte Anastasia wütend, und auch daran, wann sie Geburtstag haben!

„Mein kleiner Sohn hat dieselbe Haarfarbe. Er heißt Myron", sagte die alte Frau leise.

Zum Donnerwetter, dachte Anastasia. Myron ist fünfundvierzig, schläft dort auf der Couch und ist fast kahlköpfig!

„Myron ist ein lieber Junge", sagte ihre Großmutter verträumt. „Viel lieber als seine Brüder. Myron macht immer brav seine Hausaufgaben. Und du, kleines Mädchen, machst du auch immer brav deine Hausaufgaben?"

„Meistens. Aber Rechnen gefällt mir nicht besonders."

„Myron ist mein Jüngster, deshalb verwöhne ich ihn ein bisschen. Seine Brüder sind alle viel älter als er und hänseln ihn ständig."

Anastasia blickte auf ihren Vater und versuchte ihn sich als kleinen Jungen vorzustellen, der von seinen großen Brüdern gehänselt wurde. Keine einfache Sache!

Sein Mund stand halb offen, und er schnarchte leise. Seine Brille war nach oben gerutscht und hatte ihm die Augenbrauen verbogen. Seine Füße ragten über die Couch hinaus und berührten fast den Efeu, der in einem dunkelblauen Übertopf stand. Dr. Myron Krupnik war einen Meter neunzig groß.

„Dein kleiner Sohn Myron ist mein Vater", sagte Anastasia höflich zu ihrer Großmutter, in der Hoffnung, dass sie das verstehen würde.

Doch ihre Großmutter strich ihr nur weiterhin mit ihren dünnen Händen über das Haar und starrte zum Fenster hinaus. „Hast du einen Bruder, kleines Mädchen?"

Anastasia seufzte. „Noch nicht", sagte sie. „Aber im März werde ich einen bekommen. Meine Eltern haben mir versprochen, dass ich seinen Namen auswählen darf. Welche Namen gefallen dir, Großmutter?"

Nicht, dass das wirklich wichtig gewesen wäre. Anastasia hatte sich ja schon für einen Namen entschieden. Er stand an einer geheimen Stelle in ihrem grünen Notizbuch. Sie hatte ihre Meinung noch nicht geändert. Geschah dem Baby doch recht! Und ihren Eltern auch!

„Sam“, sagte ihre Großmutter. „Sam ist ein schöner Name.“

Igitt, dachte Anastasia. Sam!

Die alte Frau beugte sich plötzlich vor und flüsterte etwas. „Sams Hände passen genau um meine Taille“, sagte sie in vertraulichem Ton. „Und weißt du was? Er kann mich hochheben und herumschwingen! Manchmal kitzelt er mich auch mit seinem Schnurrbart im Nacken.“

Nach einer kurzen Pause fuhr sie fort: „Aber er kommt gar nicht mehr. Wo Sam bloß stecken mag? Weißt du, wohin er gegangen ist?“ Sie lehnte sich wieder zurück und blickte sich suchend um. „Ist er auch eingeladen? Kommt er heute?“

„Nein“, sagte Anastasia. „Ich glaube, er konnte nicht kommen.“

Ihre Großmutter blickte wieder zum Fenster hinaus und lehnte sich zur Seite, um auf die Straße hinuntersehen zu können. Voller Erwartung sagte sie mit strahlenden Augen: „Vielleicht kommt er doch noch. Er überrascht mich gerne.“

Sie begann, mit sich selbst zu sprechen, Worte, die Anastasia nicht verstand, und strich wieder über ihr Kleid.

Anastasia stand auf und ging in die Küche zurück. Sie blieb in der Tür stehen. Ihre Mutter rührte gerade in der Sauce.

„Hast du jemanden namens Sam zum Abendessen eingeladen?“, fragte sie ihre Mutter. „Großmutter sagte, dass vielleicht noch ein Sam kommen könnte. Dann müssen wir ein Gedeck mehr auflegen."

Ihre Mutter probierte die Sauce und tat noch eine Prise Salz hinein. „Sie fantasiert", sagte sie zu Anastasia. „Sam war dein Großvater. Er ist schon vor deiner Geburt gestorben. Das vergisst sie immer wieder."

„Ich habe es auch vergessen. Vielleicht bin ich nicht viel besser als sie", sagte Anastasia, obwohl sie das nicht wirklich glaubte. „Soll ich schon mal die Teller auf den Tisch stellen?"

„Wäre lieb von dir. Stell den einen mit den blauen Blumen bitte an Großmutters Platz. Sie hat ihn schon immer gemocht."

Der Teller mit den blauen Blumen hatte einen Riss, der schon braun angelaufen war. Er hatte schon viele Erntedankfeste überlebt. Aber sehr lange würde er es nicht mehr machen.

„Musst du ihr wieder den Truthahn klein schneiden? Und müssen wir dann wieder zugucken, wie sie ihn auf dem ganzen Teller herumschmiert, wie letztes Jahr?"

„Deine Essgewohnheiten sind auch nicht besonders berühmt, meine Tochter", sagte ihre Mutter.

„Sie kleckert sicher wieder Preiselbeersauce auf ihr Kleid und spricht mit vollem Mund. Ich hasse das!"

Ihre Mutter sagte nichts.

„Und ständig vergisst sie meinen Namen. Das kann ich auch nicht leiden."

Ihre Mutter sagte nichts. Sie füllte den Kartoffelbrei in die gelbe Schüssel. Anastasia brach in Tränen aus. Eine salzige Träne rollte über ihre Wange bis in den

Mundwinkel. Mit der Zungenspitze leckte sie sie auf und wartete auf die nächste Träne.

„Es ist nicht so, dass ich Großmutter nicht mag", sagte sie mit einem Stimmchen, das sich zwischen den Tränen seinen Weg suchen musste. „Aber ich finde es schrecklich, dass sie so alt ist ... Irgendwie tut es mir im Herzen weh."

Ihre Mutter nahm ein Küchentuch vom Tisch, kniete sich neben Anastasia auf den Fußboden, tupfte ihr zärtlich die Tränen von den Wangen und legte ihren Arm um sie.

„Das tut uns allen im Herzen weh", sagte sie. Zusammen gingen sie ins Esszimmer, um Anastasias Vater zu wecken, und alle drei halfen der Großmutter an den Tisch, wo sie auf den besten Stuhl gesetzt wurde, den mit den Armlehnen. Sie alle lächelten, als die alte Frau ihren Lieblingsteller wieder erkannte, zärtlich über die blauen Blumen strich und „Vergissmeinnicht" sagte.

| WAS ICH LIEBE: | WAS ICH HASSE: |
|---|---|
| Listen aufstellen | Mr Belden (vom Drugstore) |
| Schokoriegel | ~~Jungen~~ |
| Gedichte schreiben | Leber |
| Mein Zimmer | Kürbiskuchen |
| Meine Warze | Mrs Westvessel |
| Frank (meinen Goldfisch) | ~~Meine Eltern~~ |
| Heimliche schlechte Gedanken | Babys |
| Brautkleider | Jungen |
| ~~Washburn Cummings~~ | Washburn Cummings |
| Meinen Namen | ~~Meine Freunde~~ |
| Meine Großmutter | ~~Meinen Namen~~ |
| Meine Freunde | |

# *Sieben*

„Hey, Kumpel, du hast doch heute frei, stimmt's?", fragte Dr. Myron Krupnik eines Morgens seine Tochter Anastasia.

„Stimmt, wir haben Weihnachtsferien, bis dritten Januar", sagte Anastasia und stopfte ihre Jeans in ein Paar dicke Wollsocken, damit sie die Winterstiefel darüber ziehen konnte.

„Was hast du heute Morgen vor?"

„Ich habe eine Liste gemacht." Anastasia zog einen zerknüllten Zettel aus der Tasche und las vor: „Donnerstagmorgen: einen Schneemann bauen, falls genügend Schnee liegt. Mit dem Basteln der Weihnachtsgeschenke anfangen. Fragen, ob Mama mich Kekse backen lässt." Sie rümpfte die Nase. „Mama hat Nein gesagt. Wir haben kein Mehl mehr. Na ja, ich habe das ganze Mehl aufgebraucht, als ich neulich Teig gemacht habe. Wir hatten fünf Pfund Mehl. Jetzt haben wir ungefähr vierzehn Pfund Teig, und er fängt langsam an zu stinken."

„Gut", sagte ihr Vater. „Meine Ferien beginnen erst morgen Nachmittag. Aber heute Morgen habe ich nur eine Stunde. Wie ist es, hast du Lust mitzukommen?"

„Wird es nicht arg langweilig werden?"

Ihr Vater rückte seine Brille zurecht, sodass er sie

strafend von oben herab anblicken konnte. „Langweilig? Dr. Krupniks Literaturkurs, Verzeichnis Nummer zweihundertzwei, für Literaturstudenten im Hauptstudium über die Poesie des achtzehnten und neunzehnten Jahrhunderts – langweilig?", rief er empört. Dann seufzte er. „Du hast Recht, vermutlich wird es langweilig werden."

„Okay", sagte Anastasia. „Ich komme mit. Aber warte noch schnell, ich muss noch mein Dichter-Outfit anziehen."

Anastasias Dichter-Outfit war recht simpel. Sie zog den schwarzen Rollkragenpulli zu den Jeans an, ersetzte ihre Eulenbrille durch die Brille mit den getönten Gläsern und machte ihren Pferdeschwanz auf. Dann kämmte sie sich, bis ihre Haare glatt waren. Wenn sie genügend Zeit gehabt hätte, hätte sie auch noch ihre Fingernägel knallrot angemalt.

So ähnlich war die Poetin gekleidet gewesen, die damals in die Klasse gekommen war. Sie hatte auch ein Cape getragen. Aber Anastasia hatte kein Cape. Deshalb zog sie über ihr Dichter-Outfit ihren grünen Skianorak und ging mit ihrem Vater zur Universität.

Sie hatte ihren Vater noch nie als Dozenten erlebt. Sie war schon in seinem Büro gewesen, das sich in demselben Backsteingebäude befand. Dort stand sein Name – Dr. Krupnik – auf einem eindrucksvollen Messingschild an der Tür. Als sie es zum ersten Mal gesehen hatte, war sie mit dem Zeigefinger über die eingravierten Buchstaben gefahren – ein schönes Gefühl. Dabei hatte sie sich kurz überlegt, ob sie sich ein eigenes Messingschild mit der Aufschrift A. Krupnik für ihre Zimmertür wünschen sollte, fand dann aber, dass es für eine Zehnjährige zu protzig wäre. Das Wort protzig stand auf Seite sieben ihres grünen Notizbuchs. Sie beschloss, diese Idee vorläufig fallen zu lassen. Sie würde sich ein Namensschild erst dann wünschen, wenn ihr Name wichtiger war, vielleicht, wenn sie zwölf sein würde.

Der Seminarraum sah nicht viel anders aus als das Klassenzimmer der Viertklässler in der J.-Henry-Bosler-Gesamtschule. Es gab keinen Käfig mit Wüstenmäusen, kein Bild von George Washington an der Wand, kein Alphabet, das über der großen Wandtafel hing, und auch keinen feuerfesten Adventskranz. Aber der Raum hatte dieselben großen Fenster, dieselben Tafeln, denselben Papierkorb aus Metall, dieselbe Uhr mit nervösen, sprunghaften Zeigern, und es roch genauso nach Kreidestaub und überquellenden Bleistiftspitzern.

Jemand hatte *Ich tue für Marx, was ich kann* an die Tafel geschrieben, aber als sie den Raum betraten, wischte ihr Vater es mit der Handkante ab.

„Es dauert noch fünf Minuten bis zur Fütterung der Raubtiere im Zoo“, sagte ihr Vater. „Hier, lies das schon mal durch.“ Er gab ihr die Kopie eines Gedichts mit dem Titel *Wie eine Wolke hoch im Blau.*

Anastasia setzte sich in eine der vorderen Reihen und las das Gedicht durch. Es war kein schwieriges Gedicht. Es war leichter zu verstehen als etliche der Gedichte, die ihr Vater geschrieben hatte. Es kamen nur zwei Worte vor, die sie nicht verstand: jovial und unverhofft. Die unterstrich sie sorgfältig, genau wie

Mrs Westvessel es ihr beigebracht hatte. Zu Hause würde sie nachschauen, was sie bedeuteten. Und wenn sie brauchbar waren, würde sie sie in die Wörterliste in ihrem grünen Notizbuch aufnehmen.

Langsam tröpfelten die ersten Studenten herein. Anastasia wunderte sich, wie laut sie waren – in der J.-Henry-Bosler-Gesamtschule war es den Schülern nicht erlaubt, die Pulte herumzuschieben oder miteinander zu reden, wenn der Unterricht losging. Obwohl dieser Punkt in der vierten Klasse noch nicht angesprochen worden war, nahm sie an, dass auch das Rauchen verboten war, was einige der Studenten ihres Vaters ungeniert taten. Aber sie war angenehm überrascht zu sehen, dass alle in gewisser Weise Variationen von Dichter-Outfits trugen, weshalb sie vermutlich ganz gut in ihren Kreis passte. Sie wünschte nur, dass auch sie solche coolen Frye-Stiefel gehabt hätte!

„Wer ist denn dieser Zwerg, Dr. K.?", fragte einer der Studenten. Anastasia nahm zumindest an, dass es ein Mann war. Aus seinem Äußeren war das nicht ersichtlich, aber für eine Frau hatte er eine zu tiefe Stimme.

Ihr Vater erhob sich. „Bevor wir beginnen, möchte ich Ihnen meine Tochter Anastasia vorstellen, die heute dem Seminar beiwohnen wird."

„Is' okay", sagte die junge Frau neben Anastasia und lächelte ihr freundlich zu.

Dr. Krupnik zündete seine Pfeife an. „Wir werden heute mit Wordsworth fortfahren. Da die Weihnachtsferien unmittelbar bevorstehen und Sie alle sicher viel um die Ohren haben, gab ich Ihnen nur eine einfache Aufgabe auf. Ich darf doch wohl annehmen, dass alle das Gedicht *Wie eine Wolke hoch im Blau* gelesen und darüber nachgedacht haben."

Anastasia nickte feierlich und sagte laut: „Ja."

Die Studenten johlten und lachten. Mrs Westvessel hätte sie alle zum Rektor geschickt. Ihr Vater grinste nur etwas gequält und seufzte.

„McAllister?", sagte er. „Fangen wir mit Ihnen an. Was halten Sie von dem Gedicht?"

Der junge Mann, der gefragt hatte, wer der Zwerg sei, ächzte. „Um ganz ehrlich zu sein, Dr. K.", sagte er, „ich finde, es ist nichts als ein Haufen Scheiße."

Dann setzte er sich etwas aufrechter, blickte verlegen auf Anastasia und murmelte: „Entschuldigung."

Ihr Vater saugte an seiner Pfeife. „Ich bin sicher, dass meine Tochter das Wort Scheiße schon mal gehört hat", sagte er. „Aber ich nehme an, dass sie ebenso überrascht ist wie ich, es hier im Seminarraum zu hören."

Anastasia kicherte. Sie hatte dieses Wort in der Tat heute Morgen schon mal gehört, und zwar von ihrem Vater, als dieser nämlich festgestellt hatte, dass sein Füllfederhalter ausgelaufen war und sein Lieblingshemd mit Tinte beschmiert hatte.

„Würden Sie uns bitte erklären, was Ihnen an diesem Gedicht missfällt, McAllister?", fuhr ihr Vater fort.

Der junge Mann starrte auf seine Kopie. „Na ja, wissen Sie, man braucht sich bloß Zeile sechzehn und siebzehn anzugucken. Ich meine, na ja, nicht nur, dass er ständig über die Blumen quatscht, die da am Ufer herumstehen ... Dann kommt er auch noch daher und meint: *erwacht des Dichters Freude ganz?* Ach, kommen Sie ... Und hold. Was soll das bedeuten?"

„Hold bedeutet umgänglich, wohlwollend, wohlgesonnen, McAllister", sagte Anastasias Vater. „Sie haben doch sicher Zugang zu einem Wörterbuch. Würden Sie es dann bitte auch gelegentlich benutzen?"

In Dr. Krupniks Stimme klang ein leichter Tadel mit.

McAllister sackte wieder auf seinem Stuhl zusammen. Er ließ die Fingerknöchel knacken. Anastasia zuckte zusammen. Ihr Vater ebenfalls.

„Miss Eisenstein? Würden Sie uns bitte sagen, welche Zeile oder welche Zeilen Ihnen das Thema des Gedichts vermitteln und um welches Thema es sich handelt?"

Eine sehr dicke junge Frau, die von Kopf bis Fuß schwarz gekleidet war – wirklich ein Super-Dichter-Outfit –, rückte ihre Brille zurecht.

„Nun, ich kann keine zwei oder drei Zeilen herauspicken, wissen Sie. Man muss das Gedicht in seiner Gesamtheit betrachten. Und vor allem die Dichotomie berücksichtigen ..."

Anastasias Vater unterbrach sie. „Miss Eisenstein, erinnern Sie sich an die ausdrückliche Vereinbarung, den Begriff Dichotomie in diesem Seminar nicht mehr zu benutzen, weil er in letzter Zeit etwas zu inflationär benutzt wird."

Das dicke Mädchen runzelte die Stirn. „Na schön, können wir es dann so ausdrücken, dass Wordsworth von zwei verschiedenen Dingen spricht, von Einsamkeit und auch von Gemeinschaft? Zum einen beschreibt er, wie die Blumen alle in Gruppen zusammenstehen und tanzen, aber in der letzten Strophe liegt der Dichter auf seiner Couch, ganz allein."

Das war interessant, fand Anastasia. Ihr Vater schrieb „Einsamkeit – Gemeinschaft" an die Tafel.

„Das ist interessant, Miss Eisenstein", sagte ihr Vater. Aber er sagte es in demselben Ton, in dem er ja, ja sagte, wenn Anastasia ihm die Handlung eines Films in allen Details beschrieb. Das bedeutete, dass er das Ganze ganz und gar nicht interessant fand.

„Möchte es sonst noch jemand versuchen?", fragte ihr Vater. „Miss Cameron?"

Anastasia wandte den Kopf. Die angesprochene Frau in der hintersten Ecke war mindestens einen Meter achtzig groß, trug ein schwarzes Trikot und hatte einen Jeans-Wickelrock lose um ihre Hüften gebunden. Ihr Haar war rot und sehr, sehr lang. Es reichte ihr bis weit über ihre Taille.

Sie gähnte, wand ihre bestrumpften Beine aus den Tischbeinen, breitete die Arme aus und sagte: „Meiner Meinung nach erstrecken sich die aussagekräftigen Zeilen über das ganze Gedicht. *Tanzend und schwank im Windeswehn. – Schüttelnd die Häupter ohne Zahl. – Die Wogen tanzten. – Tanzt selig dann mit den Narzissen.* – Die ganze Geschichte ist irgendwie im Fluss. Begreifen Sie das mit dem Fluss? Ich würde sagen, das Hauptthema ist so etwas wie Bewegung als Ausdruck der Freude. Spüren Sie, was ich meine? Bewegung als Ausdruck der Freude?" Das Mädchen fuchtelte mit einem ihrer dünnen Arme durch die Luft.

Ihre Kommilitonen starrten sie verwundert an.

„Ah, hm ..., ja, Miss Cameron", sagte Anastasias Vater. Er schrieb „Bewegung als Ausdruck der Freude" an die Tafel. „Sehr interessant! Ich weiß zwar nicht, ob Wordsworth verstanden hätte, was Sie meinen – besonders die Sache mit dem Fluss, aber ja, es ist hochinteressant."

„Noch jemand?", fragte er. „Wilder? Was ist mit Ihnen?"

Ein rundlicher junger Mann mit zerzausten Locken hatte seinen Kopf auf dem Pult liegen. Als er aufgerufen wurde, hob er den Kopf und blickte mit schlaftrunkenen Augen um sich.

„Sinnlosigkeit des Seins", sagte er.

Es folgte ein langes Schweigen. Schließlich sagte Dr. Krupnik: „Haben Sie dem noch etwas hinzuzufügen, Wilder?"

„Nein."

„Ich finde es faszinierend, Wilder, dass Sie bislang die Werke von Pope, Gray, Cowper, Blake und Burns allesamt mit dem Etikett ‚Sinnlosigkeit des Seins' versehen haben. Und nun auch noch Wordsworth?"

„Ja", erklärte Wilder.

Anastasias Vater schrieb „Sinnlosigkeit des Seins" an die Tafel.

„Wer noch?", fragte er.

Der junge Mann namens McAllister rief provozierend: „Warum fragen Sie nicht Ihre Tochter?"

Dr. Krupnik zog an seiner Pfeife. Anastasia bemerkte, dass er es in seinem Gleich-werde-ich-sehr-zornig-Stil tat.

„Weil meine Tochter nicht zu den eingeschriebenen Studenten meines Seminars gehört“, erklärte er trocken.

Er schwieg für eine lange Weile und zog wieder an seiner Pfeife. „Ich würde sagen“, sagte er dann, „dass wir für heute Schluss machen. Gehen Sie nach Hause, und feiern Sie Weihnachten. Und lesen Sie in den Ferien, bitte! Egal, was, aber lesen Sie!“

Diese Aussage passte gar nicht zu ihm, wie Anastasia fand. Zu ihr sagte er zu Hause immer: „Liest du schon wieder? Tust du denn überhaupt nichts anderes mehr als lesen?“

Die Studenten packten ihre Sachen zusammen und schleppten sich zur Tür. Einige von ihnen sagten: „Frohe Weihnachten.“ Einer rief: „Fröhliche Weihnachten, Wilder!“ Wilder war der Einzige, der noch nicht aufgestanden war. Sein Kopf war wieder auf das Pult gesunken, und er schien tief und fest zu schlafen. Vielleicht war er auch schon tot.

Anastasia hielt ihren Vater an der Hand, als sie zum Mittagessen nach Hause gingen. Sie mochte das Gefühl, wenn ihr Fäustling in seinem Lederhandschuh ruhte. Sie wusste nicht genau, warum, aber irgendwie tat er ihr Leid.

„Papa“, sagte sie schüchtern, „ich glaube, ich habe das Gedicht teilweise verstanden. Zumindest gefallen mir einige Zeilen davon.“

Er lächelte und drückte ihre Hand. „Was gefiel dir?"

„Der innere Sinn", gestand sie. „Ich fand es schön, was er über den inneren Sinn sagt."

Er zitierte die betreffende Zeile, als kenne er sie seit jeher:

*„Denn oft, wenn ich voll Ruhe bin,*
*mein Geist die Welt bedenkt, vergisst,*
*erstehn sie vor dem innern Sinn,*
*den nur die Einsamkeit erschließt;*
*mein Herz, zur Freude hingerissen ..."*

„Erkläre mir, was es bedeutet!", bat Anastasia.

„Nun", sagte ihr Vater nachdenklich, „der innere Sinn ist so etwas wie ein sechster Sinn, ein inneres Auge, mit dem wir unsere Erinnerungen betrachten. Freude steht für Glück. Also, was glaubst du, was diese Zeilen ausdrücken?"

Anastasia versuchte, die einzelnen Wörter wie ein Puzzle zusammenzusetzen. „Die Erinnerungen stellen das Glück dar, wenn man einsam ist?"

„Kein schlechter Gedanke, nicht wahr?", sagte ihr Vater mit leiser Stimme.

„Stimmt", sagte Anastasia etwas verwundert. „Aber mein Problem ist, dass ich noch nicht sehr viele Erinnerungen habe. Und ich bin auch nicht einsam. Folglich brauche ich auch keinen inneren Sinn, um glücklich zu sein."

Er lächelte sie an.

„Aber vermutlich werde ich es eines Tages brauchen“, sagte sie. „Vermutlich braucht jeder es eines Tages, nicht wahr, Papa?“

„Richtig“, sagte er. Sie wusste, dass er über etwas nachgrübelte.

„Papa“, fuhr sie fort, „ein paar Sachen in deinem Unterricht habe ich nicht verstanden. Zum Beispiel den Jungen namens Wilder, der dauernd schlief. Was meinte er mit der ‚Sinnlosigkeit des Seins‘?“

Ihr Vater dachte kurz nach. „Manche Leute glauben, dass es nichts im Leben gibt, worauf es sich zu freuen lohnt. Nichts Wichtiges. Nichts, das für sie von Bedeutung wäre. Dieses Grundgefühl führt dazu, dass sie alles langweilig finden, über alles meckern und sich einsam fühlen. Dann wollen sie diesem Grundgefühl einen Namen geben. Wilder hat sein Grundgefühl ‚Sinnlosigkeit des Seins‘ getauft. Und er schläft deswegen im Unterricht, weil er abends bis spät unterwegs ist, Bier trinkt und darüber spricht, dass das Leben keinen Sinn hat.“

„Wie dumm von ihm.“

„Natürlich ist es dumm von ihm.“ Er drückte ihre Hand.

„Weißt du, was mir gerade durch den Kopf gegangen ist? Es ist allerdings etwas Trauriges“, sagte Anastasia.

„Macht nichts.“

„Großmutter. Sie hat nichts mehr, worauf sie sich freuen kann. Großmutter erlebt die ‚Sinnlosigkeit des Seins‘. Vielleicht sollte sie abends ausgehen und die ganze Nacht über Bier trinken.“

Ihr Vater überlegte. Dann sagte er: „Nein. Denn

deine Großmutter hat etwas, das sie davor bewahrt, gelangweilt, übellaunig und einsam zu sein. Errätst du, was es ist?"

Anastasia überlegte sehr lange, was ihre Großmutter wohl haben könnte. „Arthritis und Krampfadern", sagte sie dann. „Außerdem hat sie einen Topf mit Geranien neben dem Bett im Pflegeheim und zwölf verschiedene Pillensorten. Etwas besonders Tolles fällt mir beim besten Willen nicht ein."

„Oh nein", sagte ihr Vater. „Nichts von alldem ist besonders aufregend. Aber deine Großmutter hat das, worüber wir gerade gesprochen haben. Sie hat Erinnerungen. Die Leute vom Pflegeheim sagen immer, dass sie in der Vergangenheit lebt und dass sie glücklich und zufrieden ist."

„Der innere Sinn!", rief Anastasia, die plötzlich begriff. „Großmutter hat den inneren Sinn!"

*„Den nur die Einsamkeit erschließt"*, zitierte ihr Vater und schob ihre Hand mit seiner eigenen in seine Manteltasche.

Sie waren beinahe zu Hause. Ein paar Schritte lang sagten sie kein Wort.

„Papa?"

„Was ist?"

„Ich fand dein Seminar irgendwie langweilig", gestand Anastasia.

„Das war es auch!" Er lachte. „Es war einfach grässlich, schrecklich, abscheulich langweilig."

„Aber Wordsworth finde ich ganz okay."

„Ja", sagte er. „Der gute alte Wordsworth. Der ist eindeutig okay."

| WAS ICH LIEBE: | WAS ICH HASSE: |
|---|---|
| Listen aufstellen | Mr Belden (vom Drugstore) |
| Schokoriegel | ~~Jungen~~ |
| Gedichte schreiben | Leber |
| Mein Zimmer | Kürbiskuchen |
| Meine Warze | Mrs Westvessel |
| Frank (meinen Goldfisch) | ~~Meine Eltern~~ |
| Heimliche schlechte Gedanken | Babys |
| Brautkleider | Jungen |
| ~~Washburn Cummings~~ | Washburn Cummings |
| Meinen Namen | ~~Meine Freunde~~ |
| Meine Großmutter | ~~Meinen Namen~~ |
| Meine Freunde | |
| Wordsworth | |
| Weihnachten | |

# Acht

„Mir passiert überhaupt nie etwas Aufregendes", beschwerte sich Anastasia eines Tages. „Kein Wunder, dass ich noch keine Erinnerungen habe."

„Was um alles in der Welt meinst du? Mir fällt jede Menge Aufregendes ein, das dir schon passiert ist", widersprach ihre Mutter.

„Dann nenne mir wenigstens drei Dinge!"

„Als du zwei Jahre alt warst, ist dir Ameisengift in die Finger geraten, und wir mussten dir den Magen auspumpen lassen."

„Okay, das ist ein Ereignis. Aber leider kann ich mich nicht daran erinnern."

„Einmal, als wir auf dem Harvard Square waren, bist du verschwunden. Nach langem vergeblichem Suchen rief ich die Polizei, und als sie dich endlich fanden, bist du die Green Street hinuntermarschiert, in Begleitung einer alten Frau, die Armeestiefel trug und eine Tupperware-Schüssel auf dem Kopf hatte."

„Oh ja, das war nett. Sie erzählte mir, dass sie diese Schüssel immer trägt, wenn sie aus dem Haus geht, weil es die radioaktiven Strahlen daran hindert, in ihr Gehirn einzudringen. Sie wollte mich mit zu sich nach Hause nehmen, wo wir für immer zusammenleben würden. Sie sagte, sie würde mir beibringen, wie man sich gegen den Schmutz und die Gefahren auf der Welt wehrt. Ich sollte ihr dabei helfen, die Türklinken in ihrer Wohnung abzuwaschen. Das musste sie dreimal täglich tun."

„Siehst du, dir ist also doch etwas Aufregendes passiert."

„Das sind erst zwei Sachen. Nenn mir eine dritte."

Ihre Mutter überlegte und überlegte. „Wie wär's mit dem Ausflug in der zweiten Klasse in den Franklin Park Zoo?"

„Wie ätzend!"

„Sag mal, worauf willst du überhaupt hinaus?"

„Ich habe im Drugstore diesen Artikel gelesen. Schon auf der ersten Seite – und der Artikel ging noch zwei Seiten weiter! – stand etwas von einem Mann und seinem Sohn in Südamerika, die von einem UFO auf einen anderen Planeten gebracht wurden. Und von einem fünfjährigen Mädchen aus Idaho, das vier Nieren hatte, und alle vier funktionierten einwandfrei. Und von achtjährigen Zwillingen aus New York, die vier Monate ganz allein in ihrer Wohnung lebten, nachdem ihre Mutter mit einem Kosmetikvertreter auf und davon gegangen war. Dabei habe ich die zweite Seite nicht einmal gelesen, weil Mr Belden mich wieder einmal angemault hat, dass ich die Zeitung kaufen müsse, wenn ich die zweite Seite auch nur überfliegen würde!"

„Bei einem so spannenden Artikel hätte ich die Zeitung gekauft."

„Ich konnte nicht. Hatte kein Geld mehr. Nicht nur, dass mir nie etwas Spannendes zustößt, ich habe auch nie Geld!"

„Dann geh zu Papa, und hol dir dein Taschengeld. Er ist im Arbeitszimmer und stöbert alle Schränke nach dem Christbaumschmuck durch."

„Mach ich gleich. Aber sag mir doch bitte eins: Ist dir je etwas Aufregendes zugestoßen?"

„Wie zum Beispiel auf einen anderen Planeten gebracht zu werden? Nein."

„Nein, nicht so etwas. Ich dachte eher – nun, zum Beispiel, hattest du je eine Liebesgeschichte? Als du erwachsen warst?"

„Nicht, seit ich deinen Vater geheiratet habe."

„Und zuvor? Hattest du vor deiner Hochzeit eine Liebesgeschichte?"

Ihre Mutter wurde rot. „Anastasia, das ist eine sehr persönliche Frage."

„Schon, aber du bist schließlich meine Mutter, oder? Man muss doch wenigstens seiner Mutter persönliche Fragen stellen können."

„Ja."

„Was, ja?"

„Ja, ich hatte einen festen Freund. Ehe ich deinen Vater kannte."

„Wer war es?"

„Du meine Güte, Anastasia, niemand, den du kennst. Er hieß John. Er war Anwalt in New York, damals, als ich noch Kunst studierte."

„War er verheiratet, sodass ihr euch heimlich treffen musstet, oder hat euch vielleicht sogar ein Detektiv verfolgt?"

„Um Himmels willen, natürlich nicht. Er war einfach ein junger Anwalt, nicht verheiratet, und ich ..."

„Gut aussehend? Sah er gut aus?“

Ihre Mutter errötete erneut. „Ja“, sagte sie und lachte leise auf. „Er sah sehr gut aus.“

„Und habt ihr schrecklich romantische, verrückte Sachen angestellt?“

„Klar.“

„Zum Beispiel?“

Ihre Mutter grinste. „Einmal fuhren wir mitten im Winter bis zum Montauk Point und haben dort das Wochenende verbracht. Während ein fürchterlicher Schneesturm tobte, marschierten wir am Strand entlang. Danach, beim Abendessen, tranken wir jede Menge Wein und hörten Beethoven aus einem kleinen Radio, das ständig gestört war. Und wir haben uns andauernd umarmt und geküsst. Ist es so was, was du wissen wolltest, Anastasia?“

„Nur romantische Sachen. Ich will nur die romantischen Sachen wissen.“

„Schön, es gab auch romantische Episoden. Einmal musste er geschäftlich nach Charleston in South Carolina. Er musste irgendetwas Rechtliches erledigen. Ganz spontan fragte er mich, ob ich nicht mitkommen wollte. So flogen wir nach Charleston – es war mittlerweile Frühling –, und die ganze Stadt duftete nach Azaleen und Gardenien. Wir wohnten in einem Hotel, das ganz von blühenden Blumen umgeben war, und jedes Mal, selbst heute noch, wenn ich diese Frühlingsblumen rieche, denke ich an diese Tage. Am Tag unserer Ankunft aßen wir im Hotel zu Abend, bei Kerzenschein. Und nach dem Abendessen tranken wir Tee, waren glücklich und lachten und kamen auf die Idee, dem anderen aus den Teeblättern die Zukunft vorauszusagen."

„Toll, das ist romantisch. Was hat er dir vorausgesagt?"

„Er sah in meine Teetasse und sagte mir, dass ich eine gute Malerin werden würde und dass er, wenn er zehn Jahre in die Zukunft blickte, mich barfuß vor sich sähe, einen Farbklecks am Knöchel und einen auf der Nase, und dass ich lache."

„Wie nett! Diese Weissagung hat dir gefallen, nicht wahr?"

„Ja, sie gefiel mir."

„Und wie sah seine Zukunft aus?"

„Nun, ich blickte in seine Teetasse und sagte ihm, dass ich ihn in zehn Jahren sehen könne. Er würde ein sehr erfolgreicher Anwalt sein, eine Aktentasche mit sehr wichtigen Papieren mit sich herumtragen, einen eleganten Dreiteiler tragen, bald zum Richter ernannt werden und ein großes Haus in Scarsdale besitzen."

„Und das gefiel ihm?"

„Ja, das gefiel ihm."

„Was dann?"

„Dann sahen wir einander an, und ich begann zu weinen."

Anastasia war verblüfft. Warum sollte ihre Mutter in dieser Situation weinen? Doch plötzlich begriff sie.

„Ich weiß, warum. Weil eure Zukunftsaussichten irgendwie nicht zusammenpassten."

„Richtig."

„Und er weinte auch."

„Nein. Er war sehr süß. Sehr traurig. Sehr lieb. Und er sagte genau die richtigen Sachen. Aber er hat nicht geweint."

„Weil Männer nicht oft weinen."

„Ja, Männer weinen nicht oft."

„Papa weint aber manchmal. Er weint sogar immer, wenn er das Violinkonzert von Sibelius hört."

„Herzchen, das ist einer der Gründe, warum ich deinen Vater geheiratet habe."

Das konnte Anastasia verstehen. „Ja", sagte sie. Sie betrachtete ihre Mutter. Ihre Mutter war zwar nicht barfuß, weil Dezember war; aber sie trug einen grünen und einen weißen Kniestrumpf, und auf dem weißen war ein dicker orangefarbener Farbklecks, und auch auf ihrem Kinn war ein Farbklecks. Sie lächelte, und Anastasia fand ihre Mutter wunderschön. In diesem Moment war es auch nicht so schlimm, dass sie – irgendwo zwischen den Kniestrümpfen und dem Lächeln – ein Baby im Bauch hatte.

„Vati, ich glaube, Liebe gehört zu den Dingen, die am schwersten zu begreifen sind."

„Warte, bis du eine eigene Tochter hast", erklärte ihr Vater und zuckte wie Groucho Marx mit einer Augenbraue.

„Lass die Witze, Vati. Ich meine es ernst. Ich muss langsam damit anfangen, mir ein paar Erinnerungen anzueignen. Ich muss die Dinge verstehen lernen."

„Tut mir Leid. Du hast Recht. Liebe ist wirklich sehr schwer zu verstehen. Vielleicht ist das der Grund, weshalb es Maler, Musiker und Dichter gibt."

„Und Hebammen", kicherte Anastasia. „Kann ich mein Taschengeld haben? Und hast du den Christbaumschmuck schon gefunden? Und hattest du schon mal Liebesgeschichten?"

„Ja. Nein. Ja." Er drückte ihr einen Dollar in die Hand. „Weißt du noch, in welcher Schachtel er ist? Erinnerst du dich?"

„In einer Jordan-Marsh-Schachtel, und ich glaube, du hast sie ganz hinten in eine Ecke gestopft. Erzähl mir von deinen Liebesgeschichten!"

„Herrje, davon hatte ich jede Menge. Haben Dichter immer. Sie lesen den meist jungen Frauen mit den großen schönen Augen ihre Gedichte vor, und die Frauen bekommen dann feuchte Augen, lecken sich über die Lippen, und schwuppdiwupp – plötzlich stammeln sie: *Ich liebe dich.* Das passiert Dichtern ständig."

„Da ist die Schachtel ja, dort, unter dem alten Pullover." Anastasia deutete mit dem Finger darauf. „Hast du eine dieser Frauen wirklich geliebt?"

„Nö, aber so getan. Nun ja, eine habe ich vielleicht wirklich geliebt."

„Annie?"

„Woher weißt du von Annie?"

„Dein Buch. Darin steht: *Für Annie.*"

„Ach, richtig", sagte ihr Vater. „Das habe ich vergessen. Annie war eine tolle Frau. Aber sie ist weggegangen. Nach Guatemala, glaube ich, und das hat mir das Herz gebrochen."

„Wie fühlt sich das bei einem Erwachsenen an, ein gebrochenes Herz?"

„Schreckliche Magenschmerzen, die ungefähr ein halbes Jahr andauern. Bei einem Dichter kann ein gebrochenes Herz allerdings zu ein paar guten Gedichten führen."

„Hattest du auch eine Liebesgeschichte, nachdem du und Mama geheiratet hattet?"

„Klar. Mit deiner Mama. Hab ich immer noch."

„Ach Mann, Papa. Sei bitte ehrlich. Mit sonst jemandem?"

„Nö, weil ich nie saubere Unterwäsche anhatte. Aber jetzt komm, meine Süße, schmücken wir den Weihnachtsbaum!"

„Großmutter, möchtest du mir etwas von Sam erzählen?"

Nach dem Weihnachtsessen saß Anastasia neben ihrer Großmutter auf der Wohnzimmercouch. Sie hatte sich alles Mögliche ausgedacht, um mit ihrer Großmutter eine Unterhaltung zu führen. Sie hatte über die Kerzen am Christbaum gesprochen, über ihr schönstes Weihnachtsgeschenk – einen Kassettenrekorder –, und sie hatte ihrer Großmutter ein paar Fotoalben gezeigt. Sie hatte versucht, das Gespräch auf den russischen Zaren und seine Ermordung zu bringen, und auch noch einiges aus der Schule erzählt.

Aber das schien ihre Großmutter nur zu verwirren, und sie hatte fragend den Kopf auf- und abbewegt. Sie hielt Anastasias Hand ganz fest, fast als würde sie sich fürchten.

„Vielleicht willst du mir etwas von dir und Sam erzählen, als ihr noch jung gewesen seid", schlug Anastasia schließlich vor.

Ihre Großmutter lächelte plötzlich. „Ist Sam hier?", fragte sie und blickte sich suchend um.

„Nein", sagte Anastasia bedauernd. „Aber erzähl mir von ihm."

„Er nennt mich immer Ruthie. Ruthie mit dem feuerroten Haar. Ist das nicht albern?"

Anastasia sah auf die schlohweißen Haare ihrer Großmutter. Sie war plötzlich traurig, obwohl Weihnachten war.

„Nein", sagte sie schnell. „Ich finde es nicht albern."

„Einmal habe ich ihm ein Hemd genäht, für seinen Geburtstag. Aber das war ein Geheimnis. Ich habe nie daran genäht, wenn er in der Nähe war, und es immer vor ihm versteckt. Ich habe jede Naht doppelt genäht, von Hand – was für ein schönes, weiches, blaues Hemd! Und zu seinem Geburtstag habe ich ihm ein Festessen gekocht und ihm gestanden, dass ich kein Geschenk für ihn hätte. Ich tat so, als würde es mir sehr Leid tun, und natürlich wusste er, dass wir kein Geld hatten. Es kostet so viel, die Jungs satt zu bekommen. Du meine Güte, was die Jungs alles essen können! Sind sie auch da? Haben sie schon zu Abend gegessen?"

Anastasia wusste nicht recht, was sie sagen sollte. „Ja", antwortete sie schließlich. „Sie haben schon gegessen."

„Tja, und dann habe ich ihm das Hemd überreicht! Du meine Güte, hat Sam vielleicht Augen gemacht!

Er war so überrascht! Er hat es gleich angezogen und mich ganz fest umarmt, obwohl ich einen dicken Bauch hatte, weil ich ein Baby erwartete, und weißt du was?"

„Was?"

„In dieser Nacht, genau in dieser Nacht, kam das Baby zur Welt. Zwei Wochen zu früh. So kam es, dass Sam sein neues Hemd trug, als der kleine Myron geboren wurde, direkt am Geburtstag seines Vaters! Ich blickte auf und sah, wie Sam das Baby an sein blaues Hemd drückte. Er sagte zu mir, dass wir noch einen Jungen bekommen haben. Ach, war das eine schöne Zeit!" Die alte Frau schloss für einen Moment die Augen und seufzte wehmütig.

„Was für eine wunderschöne, glückliche Zeit", sagte sie dann leise und streichelte über Anastasias Hand.

„Der innere Sinn", dachte Anastasia, „der einen glücklich macht, sodass man sich nicht einsam fühlt. Der gute alte Wordsworth!"

Plötzlich setzte sich ihre Großmutter auf, blickte sich um und sagte höflich: „Mein kleines Mädchen, ich möchte jetzt gerne nach Hause gehen. Ich möchte bei Sam sein."

„Großmutter, ich wünschte, du könntest zu ihm gehen", sagte Anastasia und erschrak plötzlich über ihre eigenen Worte. Sie sah hinüber zu ihrem Vater und ihrer Mutter, die dasaßen und alles gehört hatten, und sie wusste plötzlich, dass diese Worte nicht unpassend gewesen waren. Sie wusste, dass ihre Eltern der Großmutter dasselbe wünschten.

„Frohe Weihnachten, Großmutter“, rief sie dem Auto leise nach, als ihr Vater die Großmutter ins Pflegeheim zurückfuhr. Komisch, noch nie hatte sie es so traurig gefunden, „Frohe Weihnachten“ zu sagen.

| WAS ICH LIEBE: | WAS ICH HASSE: |
|---|---|
| Listen aufstellen | Mr Belden (vom Drugstore) |
| Schokoriegel | ~~Jungen~~ |
| Gedichte schreiben | Leber |
| Mein Zimmer | ~~Kürbiskuchen~~ |
| Meine Warze | Mrs Westvessel |
| Frank (meinen Goldfisch) | ~~Meine Eltern~~ |
| Heimliche schlechte Gedanken | Babys |
| Brautkleider | Jungen |
| ~~Washburn Cummings~~ | Washburn Cummings |
| Meinen Namen | ~~Meine Freunde~~ |
| Meine Großmutter | ~~Meinen Namen~~ |
| Meine Freunde | |
| Wordsworth | |
| Weihnachten | |
| Meine Eltern | |
| Erinnerungen | |

# Neun

„Papa, ich muss ein Wort wissen."

„Hmmmmm?"

„Ein Wort, das eine Person beschreibt, die – nun, die ständig ihre Meinung wechselt."

„Wie viele Buchstaben?"

„Mann, Papa, ich löse kein Kreuzworträtsel! Ich suche einfach nur ein Wort, um so jemanden zu beschreiben. Jemanden, der an einem Tag das und am nächsten Tag das denkt."

„Aha, lass mich überlegen. Man könnte sagen, er ist wetterwendisch, launisch, sprunghaft oder wankelmütig. Man könnte vermutlich von einem ‚sanguinischen Temperament' sprechen."

Anastasia wiederholte diesen Ausdruck im Stillen ein paar Mal. Sanguinisches Temperament. Sanguinisches Temperament. Das hörte sich gut an – und so wissenschaftlich! Sie holte ihr grünes Notizbuch und notierte auf Seite zwei, unter der Überschrift DIES SIND DIE WICHTIGSTEN DINGE, DIE SEIT MEINEM ZEHNTEN GEBURTSTAG PASSIERT SIND: *Ich bekomme allmählich ein sanguinisches Temperament.*

Dann legte sie das grüne Notizbuch wieder zur Seite und schlenderte in den kleinen Vorratsraum zwischen Küche und Esszimmer. Dort versuchte ihre Mutter gerade, eine Vorhangstange über dem Fenster anzubringen. Sie hatten schon alles Geschirr aus dem Vorratsraum geräumt und die Wände hellblau gestrichen. Der Vorratsraum war nämlich das neue Kinderzimmer. Anastasia fand zwar, dass es ein etwas komisches Kinderzimmer war, und es tat ihr ein bisschen Leid für das Baby, das von seinem Kinderbettchen aus auf die Glastüren des Schranks blicken musste, in dem früher Cocktailgläser gestanden hatten. Aber ihre Mutter hatte hübsche Vorhänge an die kleinen Scheiben gehängt, und auf diesen Vorhängen waren blaue und grüne schielende Einhörner abgebildet.

Anastasia schielte kurz auf die Vorhänge. Sie konnte recht gut schielen, aber danach taten ihr immer die Augen weh. Robert Giannini konnte stundenlang schielen, er musste einfach nur seine Brille abnehmen. Und er sagte auch, dass ihm danach kein bisschen die Augen wehtaten; aber dass er nichts sehen konnte, wenn er schielte.

„Ich habe ein sanguinisches Temperament", erklärte Anastasia ihrer Mutter.

„Und ein schrecklich schmutziges T-Shirt an", stellte ihre Mutter unbeeindruckt fest. „Hast du keine sauberen Sachen mehr?"

„Doch, aber meine sauberen T-Shirts kann ich nicht leiden. Das ist mein Lieblingsshirt. Die sauberen hebe ich für die Schule auf. Das hier ist für Samstag doch ganz okay."

Ihre Mutter schlug mit dem Hammer auf einen Nagel am Fensterbrett, sagte Aua, und der verbogene Nagel fiel zu Boden. Ihre Mutter steckte den Daumen in den Mund.

„Findest du nicht auch, dass ich ein sanguinisches Temperament habe?“

„Sag mir zuerst, was das heißt“, sagte ihre Mutter, die noch immer an ihrem Daumen saugte.

„Es beschreibt jemanden, der ständig seine Meinung ändert.“

„Worüber hast du denn deine Meinung geändert?“

Anastasia setzte sich auf die Kommode und ließ ihre Beine baumeln. Was für ein ungewöhnliches Kinderzimmer, dachte sie noch einmal. Mit einem Spülbecken und allem.

„Nun, um nur ein Beispiel zu nennen: Erinnerst du dich daran, dass ich dir am Erntedankfest gesagt habe, dass ich Kürbiskuchen hasse?“

„Mhmmm.“

„Und ist dir zu Weihnachten aufgefallen, dass ich den Kürbiskuchen nur so in mich reingeschaufelt habe?“

„Ja“, sagte ihre Mutter nachdenklich. „Das ist mir tatsächlich aufgefallen. Ich bin nämlich am Heiligen Abend sehr spät noch in die Küche gegangen, um mir etwas zu essen zu holen, und ich hatte richtig Lust auf ein Stück Kürbiskuchen. Aber er war spurlos verschwunden. Du hattest auch die ganze Schlagsahne aufgegessen!“

„Tja, mein sanguinisches Temperament!“

Ihre Mutter nahm einen weiteren Nagel aus der Schachtel und setzte ihn vorsichtig auf die angezeichnete Stelle.

„Erinnerst du dich daran, dass ich in Washburn Cummings verliebt war? Und dass ich ihn nach einer

Weile geradezu gehasst habe? Und rate mal, was jetzt ist?“

„Was?“

„Jetzt bin ich gerade dabei, mich wieder in ihn zu verlieben.“

Ihre Mutter holte mit dem Hammer aus, und wenig später lag ein weiterer verbogener Nagel auf dem Fußboden. „Scheibenkleister“, knurrte sie leise.

„Weißt du auch noch, dass ich mal katholisch werden wollte? Und dann doch nicht mehr?“

„Und jetzt möchtest du wieder katholisch werden?“

„Nö“, sagte Anastasia niedergeschlagen. „Aber ich überlege, ob ich vielleicht zu den Hare-Krishna-Anhängern gehen soll.“

„Zu wem bitte?“

„Den Hare-Krishna-Anhängern. Weißt du, diese Typen mit den gelben Gewändern und den kahl rasierten Köpfen, die immer auf dem Harvard Square tanzen und ‚Hare Krishna! Hare Krishna!‘ singen.“ Anastasia hüpfte von der Kommode und begann mit schlurfenden Schritten durch die kleine Vorratskammer zu tanzen. Dabei stieß sie gegen das zusammengeklappte Kinderbettchen, das prompt gegen ihre Mutter kippte, die gerade wieder zum Schlag ausgeholt hatte.

Ein weiterer Nagel fiel zu Boden.

„Anastasia“, sagte ihre Mutter ärgerlich.

„Entschuldige“, sagte Anastasia und setzte sich wieder auf die Kommode. „Dann ist da noch mein Name. Manchmal hasse ich meinen Namen, und manchmal finde ich ihn ganz okay. Diese Hare-Krishna-Typen, die dürfen sich alle neue Namen zulegen."

Mit einem gequälten Seufzer lehnte ihre Mutter das Kinderbettchen wieder an die Wand und griff zu einem weiteren Nagel.

Anastasia kickte mit den Füßen gegen die Schubfächer der Kommode.

„Was für ein komisches Kinderzimmer", dachte sie, „mit Schubfächern, in denen früher Tischtücher aufbewahrt wurden." Bum, bum, bum. Ein paar Splitter weißen Lacks fielen zu den verbogenen Nägeln auf den Boden.

Ihre Mutter hielt den Nagel mit der linken Hand, holte tief Luft und schwang den Hammer mit der rechten Hand. Bum, bum. Anastasia kickte noch etwas Lack von den Schubfächern und sagte warnend: „Pass auf, sonst schlägst du noch gegen die Fensterscheibe." In diesem Moment schlug ihre Mutter mit voller Wucht mit dem Hammer gegen die Scheibe. Das Glas zersprang, und die Scherben landeten klirrend in dem kleinen Waschbecken.

Zuerst verharrte ihre Mutter völlig reglos. Dann sagte sie betont langsam: „Wenn du nicht auf der Stelle verschwindest, Anastasia, drehe ich dir den Hals um."

Anastasia sprang von der Kommode und zog mit den schlurfenden Schritten der Hare-Krishna-Anhänger von dannen.

„Ich dachte immer, du magst mich", rief sie über die Schulter zurück. „Ich glaube, du hast auch ein sanguinisches Temperament."

Aufgebracht stürmte sie in die Küche, wo ihr Vater mit grinsendem Gesicht gerade dabei war, Knoblauchzehen zu schälen. Sie hatten für heute Abend Gäste eingeladen.

„Igitt", sagte Anastasia. „Was stinkt hier denn so?"

Ihr Vater schien schlechte Laune zu haben. „Wo ist deine Mutter?", fragte er. „Warum muss ich dieses verdammte Abendessen vorbereiten?"

„Sie hämmert herum und ist schlecht drauf."

„Tja, ich bin auch nicht gerade bester Laune. Ich habe keine Ahnung, wie man Lammkeule zubereitet. Schließlich bin ich Literaturprofessor! Sag ihr, dass wir die Party wieder absagen können, falls sie keine Lust hat zum Kochen."

„Ich kann es ihr nicht sagen. Ich spreche nämlich nicht mehr mit ihr, vielleicht nie mehr wieder. Darf ich heute Abend mit euch essen?"

„Nein." Ihr Vater rieb die Lammkeule mit Knoblauch ein. Dabei setzte er wesentlich mehr Druck ein, als nötig gewesen wäre.

„Warum nicht?"

„Weil es eine Party für Erwachsene ist. Wahrscheinlich gibt's ohnehin nichts zu essen. Nun ja, zumindest hat sie die kalten Vorspeisen hergerichtet, bevor sie sich verdrückt hat. Dann essen wir eben nur Vorspeisen. Übrigens, wenn du dieses verdreckte T-Shirt gegen ein sauberes austauschst, darfst du die Vorspeisen herumreichen."

„Ich liebe dieses T-Shirt. Es ist mit ein paar guten Erinnerungen verknüpft. Vergiss nicht, dass ich noch nicht so viele Erinnerungen gesammelt habe."

„Dieses T-Shirt ist am Ärmel mit einer Erinnerung an Cheeseburger verknüpft. Hast du denn nichts Anständiges anzuziehen? Hat deine Mutter dir nicht kürzlich ein Kleid gekauft?"

Anastasia beschloss, diese Frage einfach zu ignorieren.

Sie legte sich auf den Rücken, mitten auf den Küchenboden, und begann, sehr laut und schnell heftig zu atmen und zu keuchen.

„Soll ich einen Krankenwagen rufen? Hast du einen epileptischen Anfall?"

Sofort hörte Anastasia auf zu keuchen, setzte sich auf und blickte ihn strafend an. „Vati, von dir sollte man eigentlich erwarten können, dass du eine Lamaze-Atmung erkennst. Ich tue genau das, was du und Mami immer tut, wenn ihr euch auf die Geburt vorbereitet – Zwischenatmung."

Verblüfft sah er von der Lammkeule auf, die er gerade mit Mehl einrieb, und starrte seine Tochter an. „Zum Teufel! Ich hätte nie gedacht, dass es sich so grotesk anhört."

Sie legte sich wieder auf den Rücken und keuchte weiter. Nach einer Weile erkundigte sie sich: „Mache ich es richtig?"

„Ich glaube schon. Du hast also gut aufgepasst, als deine Mutter und ich es gestern im Wohnzimmer geübt haben, stimmt's?"

„Ja", gab sie zu. „Ich habe nur so getan, als würde es mich nicht interessieren. Dabei habe ich die ganze Zeit zugehört. Und über mein Buch hinweggeschielt."

„Hmmm“, sagte er. Ratlos starrte er auf die bemehlte Lammkeule.

„Vati, willst du wissen, warum ich die Atmung übe?“

„Klar. Warum?“

„Weil ich zur Geburt mitkommen will, genau wie du.“

Ihr Vater ging zum Kühlschrank, goss sich ein Glas Bier ein, ließ sie vom Schaum nippen und setzte sich dann an den Küchentisch.

„Kannst du nicht, Kumpel“, sagte er bedauernd. „Mir wäre es gleich, und deiner Mami bestimmt auch. Aber das Krankenhaus hat strikte Vorschriften. Keine Kinder im Kreißsaal – mit Ausnahme der Babys, die dort gerade geboren werden.“

„Warum?“

Er nahm einen Schluck Bier und strich sich über den Bart.

„Hm, ich nehme an, dass es mit der Größe zusammenhängt. Alles ist auf die Körpergröße von Erwachsenen zugeschnitten. Du bist einfach noch zu klein, Anastasia. Der Krankenhauskittel würde dir nicht passen. Du würdest ihn auf dem Boden nachschleifen. Du bist auch noch nicht groß genug, um neben dem Kreißbett zu stehen. Du würdest dir deine süße Nase anstoßen, Herzchen.“

„Papa, das ist das Allerdümmste, das ich je gehört habe. In meinem ganzen Leben.“

„Warum ist es dumm?“

„Hast du je etwas von Liliputanern gehört?“

„Klar habe ich schon von Liliputanern gehört.“

„Und glaubst du, dass die Lilliputaner nicht auch Babys bekommen? Mann, glaubst du etwa, die im Krankenhaus sagen zu einer Liliputanerin: ‚Tut uns Leid, aber wir können Sie nicht in den Kreißsaal lassen, obwohl Sie ein Baby bekommen, weil Sie dort Ihre süße, kleine Nase anstoßen würden'; echt, Papa, so etwas Blödes!"

Er schnitt eine Grimasse und kniff sie grinsend in die Nase. „Du hast vollkommen Recht. Das war dumm von mir. Es hat nichts mit der Größe zu tun. Es ist einfach nur eine Vorschrift. Und wir müssen uns daran halten."

„Soll das heißen, dass du nicht einmal versuchen willst, für mich eine Sondergenehmigung zu bekommen?"

„Nein, Kumpel. Du kannst das Baby sehen, wenn es auf der Welt ist. Nicht während der Geburt."

„Verräter! Ich hoffe, euer Abendessen wird ein Riesenreinfall."

Anastasia funkelte ihren Vater wütend an und stapfte aus der Küche. Im Vorratsraum kniete ihre Mutter auf dem Boden und besserte mit einem dünnen Bürstchen den abgesplitterten Lack aus.

„Setz ja keinen Fuß mehr hier herein, Anastasia", rief ihre Mutter drohend. „Ich habe nur noch drei Wochen Zeit, dieses Zimmer für das Baby herzurichten, und ich kann diese drei Wochen nicht damit zubringen, die von dir angerichteten Schäden wieder gutzumachen."

Deshalb ging Anastasia ins Esszimmer, stellte sich direkt neben den bereits gedeckten Tisch und rief mit lauter Stimme: „Nur damit ihr Bescheid wisst, Leute: Ich hatte *fast* schon angefangen, meine Meinung über das Baby zu ändern. Ich hatte *fast* schon angefangen, mich auf das Baby zu freuen. Ich hatte *fast* schon angefangen, mich an den Gedanken zu gewöhnen, einen kleinen Bruder zu haben, der im Vorratsraum schläft, und ich war sogar kurz davor, euch anzubieten, dass ich gelegentlich seine Windeln wechsle. Aber merkt euch eins, Leute: Ihr solltet etwas sorgsamer mit jemandem umgehen, der ein sanguinisches Temperament hat wie ich, denn eines kann ich euch versichern: Ich habe meine Meinung kein bisschen geändert, und ich kann das Baby absolut *nicht* ausstehen!"

Dann stapfte sie wütend in ihr Zimmer und schlug die Tür hinter sich zu. Frank, der neugierig an den Rand seines Glases geschwommen kam, starrte sie ergeben an und bewegte seine Lippen zu einem lautlosen „Blubb".

„Halt die Klappe, Frank", sagte Anastasia ungnädig.

Sie wühlte in der Schreibtischschublade nach ihrem grünen Notizbuch. Sie schlug die hinteren Seiten auf und suchte eifrig nach der geheimen Seite, auf die sie den Namen des Babys geschrieben hatte. Sie fand ihn noch immer genauso schrecklich wie am ersten Tag, als sie ihn gehört hatte. Das war im letzten September gewesen, als sie an einer Ecke vor der J.-Henry-Bosler-Gesamtschule an Washburn Cummings und seinen Freunden vorbeigegangen war. Sie hatten gesungen. Als Anastasia näher kam, hatte einer der Jungen

„Pssst" gerufen, und alle waren abrupt verstummt. Doch sobald sie vorbeigegangen war, hatten sie weitergesungen. Da war sie stehen geblieben, hatte sich niedergekniet, als müsste sie einen Schnürsenkel binden, und hatte heimlich gelauscht. Das Lied hatte eine Menge Strophen, und sie hatte nicht alles verstanden, aber sie alle handelten von einem Mann mit einem ganz besonderen, ganz grässlichen Namen.

Jetzt blickte sie finster auf diesen Namen, den sie mit Bleistift in die Ecke der Seite geschrieben hatte.

Sorgfältig fuhr sie die Buchstaben mit rotem Filzstift nach.

Der Name lautete: Hasenfuß-Johnny.

| WAS ICH LIEBE: | WAS ICH HASSE: |
| --- | --- |
| Listen aufstellen | Mr Belden (vom Drugstore) |
| Schokoriegel | ~~Jungen~~ |
| Gedichte schreiben | Leber |
| Mein Zimmer | ~~Kürbiskuchen~~ |
| Meine Warze | Mrs Westvessel |
| Frank (meinen Goldfisch) | ~~Meine Eltern~~ |
| Heimliche schlechte Gedanken | Babys |
| Brautkleider | ~~Jungen~~ |
| ~~Washburn Cummings~~ | ~~Washburn Cummings~~ |
| Meinen Namen | ~~Meine Freunde~~ |
| Meine Großmutter | ~~Meinen Namen~~ |
| Meine Freunde | Meine Eltern |
| Wordsworth | Krankenhaus-vorschriften |
| Weihnachten | |
| ~~Meine Eltern~~ | |
| Erinnerungen | |
| Washburn Cummings (vielleicht!) | |

# *Zehn*

Anastasia wachte auf, streckte einen Arm aus dem Bett, tastete über ihren Schreibtisch und schnippte etwas Fischfutter in Franks Glas.

Soweit sie wusste, schlief Frank nie, dafür fraß er aber die ganze Zeit. Auf Seite eins ihres grünen Notizbuchs hatte sie alle Wörter aufgelistet, die ihr eingefallen waren, um Franks Appetit zu beschreiben: Die Liste begann mit *unstillbar*, endete mit ihrem Lieblingswort *heißhungrig* und umfasste sogar *gigantisch*, obwohl ihr Vater meinte, dass dieser Ausdruck nicht in ihre Liste passte.

Frank sagte lautlos „blubb" zu ihr, schwenkte seine Schwanzflosse und schwamm aufgeregt in seinem Glas umher, um die herabschwebenden Futterteilchen zu erhaschen.

Irgendetwas war komisch. Etwas fehlte. Anastasia setzte sich kerzengerade im Bett auf und sah sich suchend im Zimmer um. Manchmal trocknete der Klebestreifen aus, und ihr Orang-Utan-Poster fiel von der Wand, aber heute hing es noch. Ihre Red-Sox-Mütze lag auf dem Lampenschirm, wo sie immer lag. Ihr Rechenbuch lag auf dem Fußboden, wo sie es hingelegt hatte. Aber sie spürte ganz genau, dass etwas fehlte. Deshalb zog sie ihre Beine unter der Decke hervor und zählte ihre Zehen.

Sie waren alle noch da.

Dann begann sie, ihre Finger zu zählen. Mitten beim Zählen ihrer Finger bemerkte sie, was passiert war.

„Mama! Papa!", rief Anastasia entsetzt. „Meine Warze ist verschwunden!"

Sie schlug ihre Decke zurück und untersuchte das Betttuch. Keine kleine rosafarbene Warze! Sie war spurlos verschwunden, genauso geheimnisvoll, wie sie gekommen war. Ihr linker Daumen fühlte sich richtig nackt an.

Sie konnte hören, dass ihre Eltern sich in der Küche unterhielten. Es roch nach Kaffee.

„Mama? Papa?", rief sie erneut. „Habt ihr mich gehört? Meine Warze ist weg!"

Hastig schlug sie ihr grünes Notizbuch auf Seite zwei auf und schrieb: *Ich habe plötzlich keine Warze mehr.*

„Mann, hört ihr mir denn nie zu, wenn ich euch etwas Wichtiges sagen muss?", rief Anastasia empört, als sie in die Küche gestürzt kam, wo ihre Eltern im Bademantel am Tisch saßen. Der Bauch ihrer Mutter war, wie sie plötzlich bemerkte, riesengroß. Gigantisch.

Ihre Eltern sahen sehr bedrückt aus.

„Ach, so wild ist's nun auch wieder nicht", erklärte Anastasia hastig. „Eigentlich nichts Wichtiges. Wahrscheinlich wächst mir eines Tages eine neue."

„Anastasia", sagte ihr Vater leise, „das Pflegeheim hat gerade angerufen. Großmutter ist gestorben."

„Ruthie mit dem feuerroten Haar. Ruthie mit dem

feuerroten Haar." Immer wieder sagte Anastasia im Geiste diese Worte vor sich hin, und plötzlich fing sie an zu weinen.

„Ich weiß noch, wie sie zu Weihnachten dort im Sessel saß", schluchzte Anastasia unter Tränen.

„Und neulich, am Wochenende, erinnert ihr euch noch? Sie mochte diese kleinen Johannisbeertörtchen so sehr, als sie das letzte Mal bei uns war. Erinnert ihr euch noch?"

Ihre Eltern nickten.

„Und dann sagte sie, sie wolle zu Sam gehen, wisst ihr noch? Und nun ist sie endlich bei ihm, deshalb kann ich gar nicht verstehen, warum ich so traurig bin. Es ist nur, weil ich noch ganz genau weiß, wie sie mich immer gestreichelt hat, wie sie mir übers Haar strich, und ihre Hände waren so weich und zärtlich. Und ich sehe noch ihre Augen vor mir, wie sie mich manchmal ansah, obwohl sie sich nie an meinen Namen erinnert hat ... Sie sah mich einfach nur an und strich mir über das Haar, und ich weiß noch genau, wie schön es sich anfühlte ..."

Anastasia weinte und weinte.

„Ich habe Erinnerungen, ganz plötzlich!", schluchzte sie. „Aber sie machen mich nur traurig, verflixt noch mal! Und ich wünsche mir, ich wäre netter zu ihr gewesen und nicht immer so wütend, bloß weil sie nie gewusst hat, wer ich bin." Anastasia weinte haltlos. Mit einem Papiertaschentuch putzte sie sich die Nase. „Sie hatte keine Schmerzen, als sie starb, oder?"

„Nein", sagte ihr Vater. „Ihr Herz hat einfach aufgehört zu schlagen. Sie starb an Altersschwäche. Ihre Lebensuhr war abgelaufen."

„Wie die meiner Warze."

„Na ja", sagte ihr Vater, „vielleicht so ähnlich wie bei deiner Warze."

„Ihr haltet mich doch nicht für dumm, bloß weil ich geweint habe, oder?"

„Du meine Güte, Anastasia", sagte ihre Mutter. „Dein Vater und ich haben auch geweint, bevor du aufgewacht bist. Schau in den Papierkorb. Darin liegen haufenweise zerknüllte Papiertaschentücher."

„Ich bin gleich zurück. Ich muss nur schnell etwas aufschreiben."

In ihr grünes Notizbuch, in ihre Liste der wichtigen Dinge, die in dem Jahr geschehen waren, seit sie zehn war, schrieb Anastasia: *Ich habe plötzlich keine Großmutter mehr.* Dann schrieb sie: *Aber ich habe plötzlich den inneren Sinn, zum ersten Mal.*

Am nächsten Morgen ging Anastasia mit ihrem Vater ins Pflegeheim *Flussblick.*

„Ich möchte Großmutter nicht tot sehen", hatte sie gesagt, als er sie fragte, ob sie ihn begleiten würde.

„Nein", hatte er ihr erklärt. „Das wirst du nicht. Großmutters Leiche ist bereits weggebracht worden. Aber die Leute im Pflegeheim wollen, dass wir ihre Sachen abholen. Ich nehme an, dass schon jemand darauf wartet, in das Zimmer einziehen zu können."

Also kam sie mit. Sie war schon früher im Pflegeheim gewesen, um ihre Großmutter zu besuchen, aber sie war nie gerne dorthin gegangen. Der Name

*Flussblick* war eine Lüge. Der Charles River war zwar ganz in der Nähe, aber vom Pflegeheim aus konnte man ihn nicht sehen. Vom Zimmerfenster ihrer Großmutter aus konnte man nur auf den unteren Teil einer Feuerleiter und die Rückseite der lutherischen Kirche sehen.

„Großmutter fand es bestimmt nicht schön, ständig auf diese Feuerleiter starren zu müssen", sagte Anastasia, als sie das Zimmer betraten und sie den Ausblick wieder sah.

„Ich glaube", sagte ihr Vater, „dass sie von ihrem Bett aus wahrscheinlich den Himmel sehen konnte."

Anastasia legte sich ganz gerade und flach auf die unbezogene Matratze im Bett ihrer Großmutter. Sie sah zum Fenster hinaus und fühlte sich gleich besser.

„Ja", sagte sie zufrieden. „Sie konnte den Himmel sehen."

„Würdest du mir bitte helfen, Schatz?", fragte ihr Vater. „Es sind nur die paar Sachen im Schrank. Packen wir sie in den Koffer."

Anastasia half ihrem Vater, die Kleider zusammenzufalten, die nach ihrer Großmutter rochen: nach Seife, Puder und Kölnischwasser. Das machte sie beide traurig.

„Ich erinnere mich noch, dass sie diese Strickjacke zu Weihnachten trug", sagte Anastasia und rieb ihre Wange an der grauen Wolljacke.

„Dieses Nachthemd hatte sie an, als ich sie letzten Sonntag besuchte", sagte ihr Vater, als er das gelbe Flanellnachthemd in den Händen hatte.

„Was ist das?", fragte Anastasia und griff nach einer Schuhschachtel im oberen Schubfach. Sie öffnete sie und sah hinein. „Schau! Der Briefbeschwerer, den ich in der ersten Klasse für sie gebastelt habe!"

Sie nahm den mit Tulpen bemalten kleinen Briefbeschwerer aus Ton in die Hand.

„Und schau! Meine Schulfotos!"

Sie holte die kleinen Fotografien heraus, es waren drei: von der ersten, zweiten und dritten Klasse. Auf dem Bild der ersten Klasse fehlten ihr die Schneidezähne.

Auf dem Bild von der zweiten Klasse standen ihre Haar wirr vom Kopf ab, und ihr neuer Schneidezahn ließ sie aussehen wie ein gestreiftes Eichhörnchen. Das Foto von der dritten Klasse war nicht schlecht, wie sie beim Betrachten fand. „Hallo, kleines Mädchen", sagte sie im gleichen Tonfall, wie ihre Großmutter es immer gesagt hatte. „Wie heißt du?"

Ihr Vater nahm einen goldenen Ring aus der Schachtel. „Das war ihr Ehering", sagte er. Anastasia streifte ihn über ihren Finger. Er passte fast. Ihre Großmutter hatte sehr schlanke Finger gehabt.

„Wer ist das? Sieht aus wie du, ist aber komisch angezogen." Sie nahm ihrem Vater eine Fotografie aus der Hand.

„Das war mein Vater, Sam Krupnik."

Der Mann hatte dasselbe Gesicht wie ihr Vater, keinen Bart, dafür aber einen sorgfältig gestutzten Schnurrbart und einen steifen Kragen um den Hals. Ein nettes, aber ernst wirkendes Lächeln umspielte seine Lippen.

„Er war ein guter Vater, nicht wahr, Papa?"

„Ja“, erklärte ihr Vater. „Er war ein sehr guter Vater.“

„Großmutter hat ihn bestimmt sehr geliebt.“

„Ganz bestimmt.“

„Junge, Junge“, sagte Anastasia nachdenklich, „weißt du, was ich mir wünsche? Ich wünschte, dass alle, die einander lieben, genau zur gleichen Zeit sterben könnten. Dann würde niemand vor Sehnsucht leiden müssen.“

„Tja“, sagte ihr Vater bedächtig, „so funktioniert das aber nicht. Das passiert fast nie.“

Sie packten den Rest der Besitztümer ihrer Großmutter ein: ihre Brille, die goldene Brosche, die sie zum Erntedankfest und zu Weihnachten an ihrem Kleid getragen hatte, den Wintermantel, ihre Strümpfe und ein Paar weicher Wollhandschuhe. Es dauerte nicht sehr lange.

Anastasia dachte an ihr eigenes Zimmer und daran, wie es war, als sie damals beschlossen hatte wegzulaufen und ihre wichtigsten Habseligkeiten in Vaters Marinesack gestopft hatte. Sie hatte so viele Dinge in ihrem Zimmer, dass sie das meiste hatte zurücklassen müssen.

Sie fragte sich, wie es möglich war, dass eine Zweiundneunzigjährige so wenige Dinge hinterließ.

„Wenn ich alt bin“, teilte sie ihrem Vater mit, „möchte ich unbedingt meine Lieblingssachen behalten, zum Beispiel mein Orang-Utan-Poster und meine Red-Sox-Mütze. Und auch Frank natürlich. Falls ich ins Pflegeheim muss, sorgst du dann bitte dafür, dass ich all diese Dinge bei mir haben kann?“

„Wenn du alt bist, Kumpel“, sagte ihr Vater, „bin ich wohl kaum noch in der Nähe.“

„Oh, stimmt! Hab ich vergessen. Dann werde ich es wohl meinen Kindern sagen müssen.“ Anastasia beschloss, zu Hause eine neue Liste in ihrem grünen Merkbuch anzulegen: *Dinge, die ich im Alter unbedingt ins Pflegeheim mitnehmen will.*

„Gibt es etwas Bestimmtes, das du unbedingt um dich haben willst, wenn du alt bist? Dann sag es mir am besten gleich, damit ich es mir aufschreiben kann“, sagte sie zu ihrem Vater.

„Nur eine Sache“, antwortete er lächelnd. „Deine Mutter.“

Sie ließen den Koffer zuschnappen und sahen sich im leeren Zimmer um. Außer dem leichten Geruch nach Puder und Kölnischwasser gab es hier nichts mehr, das an Großmutter erinnert hätte. Anastasia legte sich noch mal flach auf das Bett.

„Vati, konnte man letzte Nacht die Sterne sehen?“

„Ja, es war eine sehr klare Nacht mit Millionen von Sternen.“

„Schön. Dann glaube ich ganz fest, dass Großmutter, als sie gestorben ist, in den Himmel geschaut und Millionen von Sternen gesehen hat. Wahrscheinlich hat sie sogar gelächelt.“

„Und an Sam gedacht“, ergänzte ihr Vater.

„Ja, sie hat an Sam gedacht.“

Eine Krankenschwester schob ihren Kopf durch die Tür. Schuldbewusst sprang Anastasia auf, weil sie mit ihren Schuhen auf dem Bett war.

„Dr. Krupnik?“, sagte die Schwester.

„Ja?"

Die Schwester lächelte. „Ihre Frau hat eben angerufen. Sie sollen so schnell wie möglich nach Hause kommen. Die Wehen haben eingesetzt."

„Junge, Junge!", rief Anastasia fassungslos. „Heute ist ja allerhand los. Daran muss meine Warze schuld sein."

| WAS ICH LIEBE: | WAS ICH HASSE: |
|---|---|
| Listen aufstellen | Mr Belden (vom Drugstore) |
| Schokoriegel | ~~Jungen~~ |
| Gedichte schreiben | Leber |
| Mein Zimmer | ~~Kürbiskuchen~~ |
| Meine Warze | Mrs Westvessel |
| Frank (meinen Goldfisch) | ~~Meine Eltern~~ |
| Heimliche schlechte Gedanken | <u>Babys</u> |
| Brautkleider | ~~Jungen~~ |
| ~~Washburn Cummings~~ | <u>~~Washburn Cummings~~</u> |
| Meinen Namen | ~~Meine Freunde~~ |
| ~~Meine Großmutter~~ | ~~Meinen Namen~~ |
| Meine Freunde | <u>~~Meine Eltern~~</u> |
| Wordsworth | Krankenhaus-vorschriften |
| Weihnachten | |
| ~~Meine Eltern~~ | |
| Erinnerungen (besonders an meine Warze) | |
| Washburn Cummings (vielleicht!) | |
| Meine verstorbene Großmutter | |
| Meine Eltern | |

# Elf

Am späten Nachmittag, als Anastasia allein in der Wohnung war, klingelte das Telefon.

Einmal hatte sie Washburn Cummings anonym angerufen, um ihn aus Jux zu fragen, ob sein Kühlschrank noch in Ordnung war. Aber als Washburn Cummings mit verstellter, tiefer Stimme geantwortet hatte: „Für wen hat diese Glocke geläutet?", war sie so verblüfft gewesen, dass sie nur kichernd wieder aufgehängt hatte.

Seit damals hatte sie sich immer wieder vorgenommen, genauso cool wie er am Telefon zu fragen: „Für wen hat diese Glocke geläutet?", aber im letzten Moment fehlte ihr immer wieder der Mut.

So auch dieses Mal. Sie nahm den Hörer und sagte: „Hallo."

Es war Mrs Westvessel.

Anastasia war es irgendwie unheimlich, mit Mrs Westvessel am Telefon zu sprechen. Aus irgendeinem Grund mochte sie sich nicht vorstellen, wie Mrs Westvessel aß oder zum Einkaufen ging, Fernsehen schaute oder schlief. Der Platz einer Lehrerin war vorne an ihrem Pult, wo sie mit lauter, deutlicher Stimme ein Diktat vorlas oder wo sie jemandem befahl, sich sofort wieder umzudrehen oder gerade zu sitzen.

Sie mochte sich auch nicht vorstellen, dass Mrs Westvessel einen Vornamen hatte und nicht einfach nur Mrs hieß. Deshalb war es ihr irgendwie unheimlich, als sie die Stimme ihrer Lehrerin sagen hörte: „Anastasia, hier spricht Dorothy Westvessel."

„Oh", sagte Anastasia verblüfft. „Hallo."

„Anastasia, als du heute nicht zur Schule kamst, dachte ich, du hättest dich vielleicht erkältet. Du hast gestern schon ein paar Mal die Nase hochgezogen."

Anastasia wollte einfach keine bessere Antwort einfallen als „Oh".

„Aber dann habe ich in der Abendzeitung gelesen, dass deine Großmutter gestorben ist. Ich habe dich angerufen, um dir zu sagen, wie Leid mir das tut."

„Hm", sagte Anastasia leise, „sie war schon sehr, sehr alt."

„Ja, ich weiß. Letztes Jahr ist meine Mutter gestorben, und sie war fast genauso alt wie deine Großmutter. Und trotzdem war ich sehr, sehr traurig, weil ich sie sehr lieb gehabt habe. Ich weiß, dass du auch traurig bist."

„Ja", sagte Anastasia. „Das bin ich."

„Gut, dann will ich dich nicht länger stören, Liebes. Mach dir keine Sorgen wegen der Hausaufgaben. Wir haben dich heute im Unterricht alle vermisst, aber wir haben nichts Wichtiges durchgenommen. Wir haben einen Film über die Eskimos angeschaut."

„Mrs Westvessel?"

„Ja, mein Kind?"

„Meine Mutter ist im Krankenhaus und bekommt gerade ein Baby."

„Wirklich, Anastasia? Du meine Güte! Das ist ja ein sehr ereignisreicher Tag für dich, und wenn du wieder zur Schule kommst, wirst du uns bestimmt viel zu berichten haben."

Anastasia sagte höflich: „Bis bald." Und auch Mrs Westvessel sagte höflich: „Bis bald."

Dann ging Anastasia in ihr Zimmer, nahm ihr grünes Notizbuch und strich den Namen Mrs Westvessel von der Liste der Dinge, die sie nicht leiden konnte.

„Es tut mir von ganzem Herzen Leid, dass ich mir gewünscht habe, Mrs Westvessel würde Pusteln im Gesicht bekommen", beichtete Anastasia mit lauter Stimme den Wänden ihres Zimmers. Es tat ihr wirklich Leid, und sie überlegte kurz, dass sie vielleicht doch eine brauchbare Katholikin geworden wäre.

Sie blätterte ihr Notizbuch durch, bis sie zu dem Namen des Babys kam. Der gute alte Hasenfuß-Johnny Krupnik. Anastasia hoffte inständig, dass er seinen Weg ins Leben heil hinter sich bringen würde.

Vielleicht war es gar nicht so schlecht, einen Bruder zu haben. Anastasia schlenderte in den ehemaligen Vorratsraum. Ihre Mutter hatte die zerbrochene Scheibe bereits ausgetauscht und sorgfältig die Ecke gekittet. Auch die Einhorn-Vorhänge hingen schon. Das Kinderbettchen war aufgestellt, und darin lag eine hellblaue Decke. In den Schubfächern, in denen früher die Tischdecken aufbewahrt wurden, waren fein säuberlich Babyklamotten aufgestapelt. Sie nahm ein winziges Unterhemdchen heraus, faltete es auseinander und fragte sich, wie jemand so klein sein konnte.

„Zum Donnerwetter, Hasenfuß-Johnny“, sagte Anastasia laut zu dem leeren Raum, „du musst ja grässlich hilflos sein, wenn du so ein Zwerglein bist.“

„Na ja“, fuhr sie fort, nachdem ihr Blick auf den Kinderwagen in der Ecke des Esszimmers gefallen war, „ich glaube, dass ich vielleicht doch mit dir ausfahre, vielleicht an Washburn Cummings' Haus vorbei. Aber unter gar keinen Umständen werde ich dir je die Windeln wechseln.“

„Anastasia!“ Ihr Vater schoss zur Wohnungstür herein. „Es ist ein Junge!“

„Papa“, sagte Anastasia nachsichtig, „das weiß ich schon!“

Ihr Vater sah sie zuerst erstaunt an und grinste dann.

„Natürlich weißt du das schon. Hab ich vergessen. Ich brauche dringend einen Kaffee. Nein, lieber ein Bier. Es war großartig! Deine Mutter war großartig, und das Baby war großartig. Es wiegt acht Pfund und vierhundert Gramm. Oder waren es vier Pfund und achthundert Gramm? Nein, ich glaube, das Erste stimmt. Himmel, ich brauche wirklich ein Bier!“

Anastasia holte ihm ein Bier und schlürfte den Schaum ab, bevor sie ihm das Glas reichte.

„Beruhige dich erst mal“, sagte sie beschwichtigend. „Und dann erzählst du mir alles in Ruhe. Hat Mami richtig geatmet?“

„Ganz fantastisch. Und ich bin nicht ohnmächtig geworden. Einen Moment lang habe ich befürchtet, ich würde gleich umkippen, bin es dann aber doch nicht.“

„Papa, warum hättest du umkippen sollen? Das ist ja lächerlich!"

„Natürlich ist es lächerlich. Warum sollte ein erwachsener Mann ohnmächtig werden? Das Baby sieht genauso aus wie du, Anastasia."

„War es schrecklich schrumpelig, hat gebrüllt wie am Spieß und der Hebamme auf die Hand gepinkelt?"

„Genauso war es. Aber später, als es gebadet war und schlief, sah es wunderschön aus, genau wie du. Es hat dieselbe Haarfarbe."

„Sommersprossen? Hat das Baby Sommersprossen?"

Ihr Vater überlegte. „Nein", sagte er dann. „Sommersprossen habe ich keine entdeckt."

„Er hat aber doch nicht etwa meine Warze, oder?"

„Nein, keine Warze."

„Gut. Wenn er größer ist, bekommt er vielleicht seine eigene Warze."

„Okay, zieh dich an. Ich wollte dich nur schnell abholen und mit dir ins Krankenhaus zurückfahren, damit du Mama und das Baby sehen kannst."

Auf dem Weg ins Krankenhaus machten sie am Drugstore Halt.

„Ich brauche eine Schachtel Ihrer besten Zigarren", sagte Anastasias Vater zu Mr Belden. „Ich bin soeben Vater eines Jungen geworden."

Mr Belden lehnte sich über die Ladentheke und schüttelte ihm die Hand. „Herzlichen Glückwunsch", sagte er. Dann beugte er sich nach unten, um auch Anastasia die Hand zu geben. „Auch dir gratuliere ich von ganzem Herzen, meine Kleine. Es passiert nicht alle Tage, dass man einen kleinen Bruder bekommt."

Er nahm eine in Folie verpackte Schokoladenzigarette aus dem Regal mit den Süßigkeiten und überreichte sie ihr.

„Ich weiß zwar zufällig, dass du lieber Schokoriegel magst", sagte Mr Belden zu Anastasia, „aber heute musst du dich mit einer Schokozigarette zufrieden geben, zur Feier des neuen Erdenbürgers. Mit den besten Empfehlungen von Beldens Drugstore."

„Vielen Dank", sagte Anastasia überrascht.

Als sie wieder im Auto saß, holte Anastasia ihr grünes Notizbuch aus dem Handschuhfach, schlug die Seite auf, die mit WAS ICH HASSE überschrieben war, und strich Mr Beldens Namen aus.

Dann blätterte sie die allerletzte Seite auf, die noch leer war, und schrieb in Schönschrift etwas Geheimes, sehr Privates auf, eine Art Überraschung. Sie wurde sehr froh, während sie diese Worte schrieb.

Im Krankenhaus saß ihre Mutter im Bett und lächelte. In dem kleinen Kinderbettchen neben ihrem Bett lag das Baby auf dem Rücken, die Augen fest geschlossen. Anastasia betrachtete das kleine Wesen eingehend. Blonde Härchen, keine Sommersprossen, keine Warze. Es roch nicht schlecht, sondern frisch und gepudert. Es weinte nicht.

„Mannomann, gar nicht übel, der Kleine", sagte Anastasia. Zärtlich strich sie über sein geballtes

Fäustchen, und das Baby öffnete im Schlaf sein Händchen und umklammerte ihren Daumen.

„Hey“, sagte Anastasia überrascht. „Ich glaube, ich mag ihn.“

Ihre Eltern lächelten.

„Macht er ständig die Windeln voll?“, erkundigte sich Anastasia argwöhnisch.

„Er ist erst fünf Stunden alt“, antwortete ihre Mutter, „deshalb hatte ich noch nicht die Möglichkeit, eingehende Feldstudien durchzuführen. Aber, ganz unter uns, Anastasia, will ich dir schon mal verraten, dass er vermutlich häufig in die Windeln machen wird.“

Anastasia seufzte. „Na schön“, sagte sie schließlich, „ich sehe schon, dass dieses Baby ganz schön viel Arbeit machen wird. Deshalb werde ich mich vermutlich doch bereit erklären, ab und zu seine Windeln zu wechseln.“ Nach kurzem Überlegen fügte sie hinzu: „Aber nur wenn sie nass sind, sonst nicht.“

„Das ist nicht mehr als fair“, sagte ihre Mutter schmunzelnd.

„Hast du inzwischen einen Namen für ihn ausgesucht?“, fragte ihr Vater.

„Ob ich inzwischen einen Namen für ihn ausgesucht habe?“, sagte Anastasia empört. „Was für eine dumme Frage! Natürlich habe ich einen Namen ausgesucht. Aber wartet noch eine Sekunde, ich möchte etwas aufschreiben.“

Höflich wandte sie sich an ihren Bruder. „Gib mir bitte für einen Moment meine Hand zurück“, sagte sie zärtlich, ehe sie ihren Daumen vorsichtig aus seinem Fäustchen löste. In ihrem grünen Notizbuch, unter der Rubrik WAS ICH HASSE, strich sie das Wort *Babys* aus.

Dann blätterte sie zum letzten Blatt ihres Notizbuchs, zu der Seite, die sie im Auto geschrieben hatte, und riss es sorgfältig heraus. Sie legte das Blatt auf das Baby, mitten auf die weiße Decke, die seinen winzigen Bauch und seine noch winzigeren angewinkelten Beinchen bedeckte. Hingerissen beobachtete sie, wie sich das Blatt ganz leicht auf- und abbewegte.

„Schaut", flüsterte Anastasia ehrfürchtig. „Schaut, wie er atmet."

Auf dem Papier stand: „Für jemand ganz Besonderen: SAM."

„Grüß dich, Sam", sagte sie.

„Grüß dich, Sam", sagte ihre Mutter.

„Grüß dich, Sam", sagte ihr Vater.

„Wisst ihr was?", fragte Anastasia nach einer Weile. „Mir ist gerade aufgefallen, dass auf meiner Liste unter WAS ICH HASSE außer Leber nichts mehr steht! Ich fürchte, Leber werde ich für den Rest meines Lebens hassen."

„Arme Anastasia", sagte ihr Vater mit gespieltem Ernst, „das ist wirklich schade, denn genau das hatte ich für das heutige Abendessen geplant."

Anastasia holte ihre folienverpackte Schokozigarette aus der Tasche. Langsam und bedächtig wickelte sie die Folie ab. Dann steckte sie sich die Zigarette in den Mund, kaute genüsslich darauf herum und kräuselte kurz die Stirn. Schließlich nahm sie sie wieder aus dem Mund, bewegte ihre Augenbrauen im Stil von Groucho Marx auf und ab, tippte die nicht vorhandene Asche von ihrer Zigarette und sagte: „Sag das gesuchte Wort, und du bekommst glatte einhundert Punkte.“

„Und das gesuchte Wort ist nicht Leber?“, fragte ihr Vater und zuckte ebenfalls mit den Augenbrauen.

„Nein!“

„Steak?“

Anastasia grinste zufrieden. „Mit Champignons“, erklärte sie.

| WAS ICH LIEBE: | WAS ICH HASSE: |
| --- | --- |
| Listen aufstellen | ~~Mr Belden (vom Drugstore)~~ |
| Schokoriegel | ~~Jungen~~ |
| Gedichte schreiben | Leber |
| Mein Zimmer | ~~Kürbiskuchen~~ |
| Meine Warze | ~~Mrs Westvessel~~ |
| Frank (meinen Goldfisch) | ~~Meine Eltern~~ |
| Heimliche schlechte Gedanken | ~~Babys~~ |
| Brautkleider | ~~Jungen~~ |
| ~~Washburn Cummings~~ | ~~Washburn Cummings~~ |
| Meinen Namen | ~~Meine Freunde~~ |
| ~~Meine Großmutter~~ | ~~Meinen Namen~~ |
| Meine Freunde | ~~Meine Eltern~~ |
| Wordsworth | ~~Krankenhausvorschriften~~ |
| Weihnachten | |
| ~~Meine Eltern~~ | |
| Erinnerungen (besonders an meine Warze) | |
| Washburn Cummings (vielleicht!) | |
| Meine verstorbene Großmutter | |
| Meine Eltern | |
| Babys (besonders Sam) | |

# *Anastasia verflixt noch mal*

# *Eins*

„Wie bitte?", rief Anastasia empört. „Ihr wollt umziehen? In einen Vorort? Ich glaub, mich tritt ein Pferd! Das könnt ihr mir nicht antun! Niemals! Lieber bringe ich mich um. Sobald ich meinen Pudding aufgegessen habe, springe ich aus dem Fenster."

„Wir wohnen im Erdgeschoss, Herzchen", gab ihre Mutter ungerührt zu bedenken, „und du bist schon zigmal aus dem Fenster gesprungen. Das erste Mal, als du drei Jahre alt warst und keinen Mittagsschlaf mehr halten wolltest."

„Richtig." Anastasia musste kichern. „Und du hast geglaubt, ich sei entführt worden, als du in mein Zimmer kamst und ich verschwunden war. Dabei war ich nur im Garten und habe deinen Tulpen die Köpfe abgerissen."

„Dafür hätte ich dich umbringen können. Es war das erste Frühjahr, in dem ich richtig schöne Tulpen hatte."

„Ach, ich wünschte, du hättest mich damals wirklich umgebracht", seufzte Anastasia. „In einem Vorort wird das Leben ohnehin nicht mehr lebenswert sein."

Ihr Vater ließ seine Zeitschrift sinken, die *New Yorker Bücherrevue,* in der er gerade einen Artikel mit dem Titel *Ethik und Mythologie* las. Darunter konnte sich Anastasia zwar nicht viel vorstellen, aber es imponierte ihr, dass ihr Vater sich für solche Dinge interessierte. Bestimmt gab es in sämtlichen Vororten Amerikas keinen einzigen Menschen, der jemals im Leben einen Artikel über das Thema *Ethik und Mythologie* lesen würde.

„Warum zum Kuckuck“, fragte ihr Vater leicht irritiert, „bist du dir so sicher, dass das Leben in einem Vorort so schrecklich ist, wo du doch gar nichts anderes kennst als unser Viertel hier in Cambridge?“

„Papa“, sagte Anastasia mit Nachdruck, „wie dir vielleicht bekannt ist, kann ich lesen! Du hast es mir selbst beigebracht, als ich vier war. Ich habe massenhaft Bücher über das Vorstadtleben gelesen. Ich weiß, wie die Leute sind, die dort wohnen.“

„Aha, und wie sind sie?“

„Anders als wir, so viel steht fest. Erstens leben sie in kleinen Reihenhäuschen und haben Möbel aus dem Versandhaus. Könnt ihr euch das vorstellen? Standardmöbel aus einem Versandhaus? Wie ätzend! Ich meine, denkt doch mal einen Moment an unser Wohnzimmer. Was steht da drin?“

Ihre Eltern überlegten. „Bücher“, sagte ihre Mutter dann.

„Richtig, Millionen von Büchern. Und in den Reihenhäuschen der Vororte gibt es null Bücherregale. Dort, wo normalerweise Bücherregale sind, haben diese Leute nur einen riesigen Farbfernseher stehen.“

„Einen Fernseher haben wir auch“, sagte ihr Vater. „Apropos, da fällt mir gerade ein, dass ich die erste Runde des Spiels der Red Sox verpasse.“

„Vati, wir haben einen uralten kleinen Fernseher. Und darauf, dahinter und davor liegen zig Stapel von Büchern. Das ist doch etwas ganz anderes. Ich spreche von riesigen Fernsehern mit eingebautem Videogerät, auf denen immer eine Schale mit Plastikobst steht."

„Plastikobst? Weißt du das genau, Anastasia?"

„Klar. Du brauchst dir doch bloß die Werbeprospekte in den Zeitungen anzuschauen. Aber vergessen wir das vorläufig. Was haben wir sonst noch in unserem Wohnzimmer?"

„Bilder", sagte ihre Mutter. „Aber ich glaube, auch in den Vororten hat man Bilder an den Wänden hängen."

„Schon, aber da gibt es einen himmelweiten Unterschied", erklärte Anastasia. „Wir haben ausschließlich Originale, Mami. Ein paar sind von dir, und dann haben wir noch den Hahn, den ich gemalt habe, als ich fünf war. Außerdem haben wir auch dieses hübsche von deiner Exfreundin Annie, Papa ..."

„... das meiner Meinung nach längst aussortiert gehört, Myron", sagte Anastasias Mutter etwas abfällig.

„Annie ist eine großartige Malerin", murmelte ihr Vater. „Und auch ein großartiger Mensch. Sie würde dir gefallen. Falls sie jemals aus Mittelamerika zurückkehrt, könnten wir sie mal zum Abendessen einladen."

„Nur über meine Leiche", knurrte Anastasias Mutter.

„Mami, Papa, ihr weicht vom Thema ab. Es geht

doch darum, dass wir echte Bilder an der Wand haben."

„Die Leute in den Vororten etwa nicht?"

„Oh nein, ganz und gar nicht. Bei ihnen hängen Bilder von der Sierra Nevada, solche Massenanfertigungen. Oder aber Bilder von Kätzchen mit großen Augen, die mit einem Wollknäuel spielen, passend zu den Versandhausmöbeln."

„Ehrlich gesagt", warf ihre Mutter ein, „finde ich unsere Möbel zum Teil auch nicht umwerfend."

„Stimmt nicht! Wir sind die einzigen Menschen auf der Welt, die eine weiße Couch mit einer großen aufgestickten Sonnenblume haben."

„Anastasia, diese Sonnenblume habe ich nur aufgestickt, um den hässlichen Fleck von Sams Erbrochenem zu verbergen."

„Ist ja auch in Ordnung. Ich meine, zumindest in der Stadt. Wenn wir aber in einem Reihenhäuschen in einer öden Vorstadtsiedlung wohnten, hätten die Leute keinerlei Verständnis dafür."

„Anastasia", sagte ihr Vater mit jenem drohenden Unterton, den er nur hatte, wenn ihm etwas ernsthaft auf die Nerven ging. „Du gibst Präjudizien zum Besten!"

„Unsinn, ich mache nie etwas am besten. Ich wurde ja nicht einmal in die Basketball-Schulmannschaft aufgenommen."

„Du *gibst* Präjudizien zum Besten, habe ich gesagt."

„Ich habe keine Ahnung, was Präjudizien sind. Ich kann ja noch nicht einmal anständige Weihnachtskekse backen."

„Präjudizien sind Vorurteile, oberflächliche Klischees.“

„Und beim Buchstabierwettbewerb am Ende der sechsten Klasse bin ich nicht einmal in die Endausscheidung gekommen. Ich bin in gar nichts die Beste!“

„Ich sagte, du gibst Vorurteile zum Besten! Idiotische, oberflächliche Klischees! Und außerdem verpasse ich deinetwegen das Spiel der Red Sox im Fernsehen!“

Anastasia merkte, dass er ernstlich böse war. Aber sie konnte sich nicht zurückhalten. „Nicht einmal mein Bett kann ich ordentlich machen“, knurrte sie leise. „Das Letzte, was ich im Leben gut gemacht habe, war der blöde Topflappen in der dritten Klasse. Deshalb würde ich auch nie im Leben Präjudizien zum Besten geben. Die kämen doch nur völlig verschroben heraus.“

Ihre Mutter seufzte. „Eines kannst du mit Sicherheit ganz hervorragend, Anastasia, nämlich einem manchmal das Leben schwer machen!“

Sie sammelte die Dessertschalen ein.

„Lass deinen Vater jetzt das Spiel anschauen. Ich gehe spülen. Hilfst du mir, oder möchtest du lieber Sams Windeln wechseln? Er müsste inzwischen aufgewacht sein. Wir unterhalten uns später weiter über dieses Thema.“

„Ich gehe zu Sam. Falls er nicht schon aus dem Fenster gesprungen ist. Er ist langsam in einem Alter, in dem er auf solche Ideen kommen könnte.“

Wütend stapfte sie durch den langen Flur und

klopfte beim Gehen an die Wand. Das gab ein schönes, hohles Geräusch in dem dunklen Gang. Anastasia hatte das rausgefunden, als sie etwa drei oder vier Jahre alt war, und seither klopfte sie immer an die Wand. Die ersten Handabdrücke sah man weit unten – sehr kleine Abdrücke; weiter oben wurden sie schon größer (etwa in dieser Höhe war auch ein dunkler Fleck, der von einer Tomate stammte, die sie im zarten Alter von neun Jahren zerquetscht hatte, als sie sich ganz fürchterlich über etwas geärgert hatte); und jetzt, als Zwölfjährige, die zudem recht groß für ihr Alter war, konnte sie ihre Handabdrücke an Stellen hinterlassen, die bislang noch makellos gewesen waren.

Die ganze Wohnung hatte eine Geschichte, und es war ihre Geschichte und die ihrer Eltern und mittlerweile auch der Anfang von Sams Geschichte. Sie hatte vorgehabt, Sam demnächst beizubringen, wie man dieses interessante Geräusch erzeugte. Bei dem Gedanken, eventuell bald von hier wegziehen zu müssen, bekam sie Bauchweh.

„Die vielen anderen Punkte haben wir noch gar nicht besprochen!", rief sie zornig in Richtung Küche zurück, wo ihre Mutter das Geschirr abwusch. „Wir müssten nämlich auch ein Auto kaufen, wie grässlich! Ausgerechnet ihr, die ihr ständig von Umweltschutz redet, würdet mit einem Auto die Luft verpesten! Und ich müsste den öden Vorstadtkram mitmachen, wahrscheinlich sogar den Pfadfindern beitreten und so ..."

Von ihrer Mutter kam keine Antwort. Anastasia

hörte, dass ihr Vater den Fernseher lauter stellte, um ihre Stimme zu übertönen.

„Und du könntest nie wieder Jeans tragen, Mami", rief sie. „Ist dir das klar? Vorstadtfrauen tragen nur diese braven Baumwollkleider aus dem Kaufhaus!"

Wieder keine Reaktion. Wartend stand Anastasia vor Sams Zimmertür.

„Nachmittags gehen sie immer zum Bridgespielen! Und haben ein Verhältnis mit dem Mann ihrer Nachbarin! Das dürfte dir doch wohl bekannt sein!"

Immer noch keine Reaktion. Ihre Mutter klapperte nur auffallend laut mit dem Geschirr, was höchstwahrscheinlich bedeutete, dass ihre Geduld aufs Äußerste strapaziert war. Nicht mehr lange, und sie würde mit Tellern werfen.

„Ach, ihr Ätztypen", knurrte Anastasia leise, ehe sie die Tür zum Zimmer ihres Bruders öffnete. Früher, vor Sams Geburt, war es das Esszimmer gewesen. Es stimmte, die Wohnung war ziemlich klein für vier Personen. Aber das war nicht so schlimm. Nicht so schlimm wie Wegziehen.

„Hallo, Sam", sagte Anastasia. Ihr Bruder saß in seinem Kinderbettchen, hatte sich die Decke über den Kopf gezogen und gluckste vor Vergnügen.

„Dir wird das Lachen gleich vergehen", erklärte Anastasia mit düsterer Stimme. „Ich habe eine schreckliche Nachricht für dich." Sam zog sich die Decke vom Kopf und blinzelte sie fragend an. Er hatte Schlaffältchen im Gesicht.

„Frank Goldfisch wird sterben", fuhr Anastasia fort. „So schreckliche Sachen wie einen Umzug in einen Vorort überleben Goldfische nämlich nicht. Vorstadtgoldfische sind ohnehin ganz anders. Sie haben Aquarien mit allerlei Plastikkram darin – kleine Burgen, kitschige Plastiktaucher und so. Frank braucht sein kleines, hundsgewöhnliches Stadt-Goldfischglas. Ich bin sicher, er würde einen Umzug niemals überleben.“

Da fiel ihr ein, dass diese Perspektive ihren kleinen Bruder vermutlich völlig kalt lassen würde. Schließlich war er es gewesen, der Frank den Ersten kaltblütig die Toilette hinuntergespült hatte.

„Und außerdem“, fuhr sie mit trauriger Stimme fort, „wird auch deine Schmusedecke den Umzug nicht überleben. Möbelpacker weigern sich nämlich schlichtweg, alte, schäbige Decken zu befördern. Tut mir Leid für dich, Sam.“ Sie hob ihn aus seinem Bettchen und zog ihm die verschossene gelbe Decke aus den Händen. Er griff danach, bekam sie aber nicht zu fassen und begann zu kreischen.

„Es ist wirklich jammerschade um deine Decke, Sam“, sagte Anastasia mit leiser, mitleidvoller Stimme. „Wir werden sie wohl oder übel auf den Müll werfen müssen.“

Sam stampfte mit seinem kleinen, nackten Fuß auf. „Gib mir meine Schmusedecke wieder!“, brüllte er und schnappte danach. Anastasia hielt sie noch ein Stück höher.

„Es tut mir wirklich sehr, sehr Leid“, sagte sie und versuchte, den dramatischen Tonfall zu imitieren, den sie neulich in einem alten Film gehört hatte. In genau diesem Ton hatte der Arzt der Hauptdarstellerin Bette Davis mitgeteilt, dass sie einen Gehirntumor hatte.

Sam bekam einen Tobsuchtsanfall, warf sich auf den Boden und schlug um sich.

„Mami? Papa?“, rief Anastasia. „Ich habe es Sam gerade gesagt. Hört ihr, wie er reagiert? Ich glaube, er will auch nicht in einen Vorort ziehen!“

Danach ging Anastasia in ihr Zimmer, um zu schmollen. Wenn sie schmollte, ließ sie ihre Zimmertür immer offen. In der Kunst des Schmollens war sie eine wahre Meisterin, die wusste, wie wichtig es war, dass die anderen mitbekamen, dass man schmollte. Deshalb musste die Zimmertür unbedingt offen bleiben.

Sie legte sich aufs Bett, den idealen Ort zum Schmollen, der zudem vom Flur aus gut zu sehen war. Aber wenn niemand an ihrer Zimmertür vorbeikam, war das Ganze natürlich langweilig. Um die Zeit totzuschlagen, holte sie deshalb das Notizbuch heraus, in das sie ihren ersten Roman schreiben wollte. Seit fast einem Jahr trug sie sich schon mit diesem Gedanken, aber bisher war ihr noch kein guter Titel eingefallen. Auf die Idee zu einem eigenen Roman war sie gekommen, nachdem ihr aufgefallen war, dass ihre Lieblingsromane, die Krimis und Detektivgeschichten von Nancy Drew, keinerlei Bezug zum wirklichen Leben hatten. In wessen wirklichem Leben kamen schon Spukschlösser, Wendeltreppen und flackernde Kerzen vor? Und doch gab es im wirklichen Leben – besonders in Anastasias wirklichem Leben – jede Menge Rätsel und Geheimnisse. Seit einem Jahr schon machte sie sich Notizen über die Rätsel und Geheimnisse in ihrem eigenen Leben. Doch keiner der notierten Punkte hatte sich bisher zu einer kompletten Romanhandlung ausbauen lassen. *Das Rätsel, warum ich nicht in Filme ab 18 gehen darf, obwohl ich schon mit sechs Jahren aufgeklärt war,* zum Beispiel, war ein durchaus ungeklärter Punkt des wirklichen Lebens. Aber irgendwie wollte es ihr nicht gelingen, daraus einen spannenden Roman zu machen.

Aufgebracht, wie sie gerade war, begann sie zu schreiben. „Das Rätsel, warum gewisse Leute Entscheidungen treffen, ohne sie zuvor mit ihren zwölfjährigen Kindern zu besprechen", schrieb sie. Darunter: „Erstes Kapitel: Die unglückselige Entscheidung, in einen scheußlichen Vorort zu ziehen."

Aber schon beim Gedanken daran wurde sie so wütend, dass sie nicht mehr weiterschreiben konnte. Schreiben, während man im Bett lag, war sowieso fast unmöglich. Es war wesentlich bequemer, einfach nur auf dem Rücken zu liegen und zu schmollen.

# *Zwei*

„Papa“, begann Anastasia, während sie an der Badezimmertür stand und zuschaute, wie ihr Vater Sam badete, „ist dir und Mami eigentlich schon aufgefallen, was für ein komisches Baby Sam ist?“

An dieser Tatsache gab es nicht den geringsten Zweifel. Gerade jetzt zum Beispiel saß Sam in der Badewanne und sah aus wie jedes andere zweieinhalbjährige Kleinkind. Er hatte ein rundes Bäuchlein mit einem vorstehenden Bauchnabel, rosige Wangen, Löckchen, dunkle Augen mit langen Wimpern und Schaum in den Ohren, was recht niedlich aussah. Eben noch hatte er gequietscht und sich gewunden, während sein Vater ihm das Gesicht gewaschen hatte. Das war für ein zweieinhalbjähriges Kind absolut normal.

Doch danach hatte er ernsthaft gesagt: „Pass bitte auf, dass du mir keine Seife in die Augen reibst. Ich habe sehr empfindliche Augen.“

Wenn das nicht komisch war! Der kleine Junge von nebenan sagte Worte wie Ma-ma, Pa-pa, ada-ada und ähnliche Dinge, die normale Kleinkinder eben sagen.

Sam hatte nie Ma-ma oder Pa-pa oder ada-ada gesagt. Schon mit einem Jahr hatte er begonnen, wie ein Erwachsener zu reden. Anastasias Mutter schwor sogar, dass er mit vier Monaten danke gesagt hatte, als sie ihn mit Aprikosenbrei gefüttert hatte. Aber kein Mensch glaubte ihr, und Zeugen hatte sie keine.

„Er ist nicht komisch", sagte Anastasias Vater, während er Sam aus der Wanne hob. „Es ist nur so, dass Kinder sich sehr unterschiedlich entwickeln. Du zum Beispiel, Anastasia, bist zwar erst zwölf Jahre alt, aber fast schon ein Meter siebzig groß ..."

„Das weiß ich, Papa. Völlig überflüssig, mich ständig daran zu erinnern!"

„Ich erwähnte es nur, weil es für eine Zwölfjährige eben doch sehr ungewöhnlich ist. Du bist auch sehr weit entwickelt, zumindest was die Länge betrifft. Doch ansonsten bist du körperlich wohl eher ein Spätzünder. Du hast beispielsweise noch keine Hüften oder ..."

„Papa! Werde bitte nicht vulgär!", zischte Anastasia ungehalten.

„Hüften haben absolut nichts Vulgäres an sich. Ich wollte nur betonen, dass sich Menschen eben unterschiedlich schnell entwickeln. Auch Sam ist in mancher Hinsicht noch ein Baby. Lass das, Sam."

Sam lutschte an der Zahnpastatube.

„Es schmeckt mir aber", sagte Sam. „Ich mag den Geschmack."

„Mag sein, aber die Tube kostet ein Dollar fünfundneunzig. Lass das!"

Er trocknete Sam mit einem großen blauen Badetuch ab.

„Verstehst du, was ich meine, Anastasia? Er macht genau denselben Unfug wie alle Kleinkinder. Und er braucht eben noch Windeln, weil er noch nicht so weit ist, uns zu sagen, wann er auf die Toilette muss. Ich wünschte, du würdest uns sagen, wenn du musst, Sam."

„Keine Lust", erklärte Sam mit einem verschmitzten Grinsen.

„Und er hängt noch immer sehr an seiner Schmusedecke, genau wie andere Kleinkinder ..."

„Wo ist meine Schmusedecke?", fragte Sam. „Ich will sie sofort haben."

„Mami hat sie gewaschen, während du gebadet hast", sagte Anastasia. „Sie ist im Trockner."

„Gut, aber wenn ich ins Bett gehe, muss ich sie haben", erklärte Sam bestimmt.

Dr. Krupnik klebte Sams Windelhöschen zu und zog seinen Schlafanzug hoch.

„Fertig, alter Junge. Jetzt geh zu Mama."

Sam tapste den Flur hinunter.

„Er ist eben sprachlich sehr weit für sein Alter", sagte Anastasias Vater, während er sich vorbeugte, um die Badewanne auszuputzen. „In diesem Punkt ist er wirklich ungewöhnlich. Aber deswegen ist er doch kein – wie hast du es genannt? – komisches Baby."

„Na schön, dann ist er eben ungewöhnlich. Aber Mami und du, ihr müsst doch einsehen, was für eine Katastrophe es für ein Baby wie Sam wäre, in einen Vorort zu ziehen! Dort sind alle Babys gleich."

„Aha, dessen bist du dir sicher?"

„Absolut. Alle Vorstadtbabys werden in Einkaufswagen durch die Supermärkte gefahren, plärren und bekommen von ihren Müttern eins hintendrauf."

„Von ihren Müttern eins hintendrauf ...?"

„Genau. Und die Mütter haben alle rosa Lockenwickler im Haar. Willst du wirklich, dass Mami und Sam so enden?"

Dr. Krupnik seufzte. „Anastasia, hol mir ein Bier aus dem Kühlschrank. Sobald deine Mutter Sam ins Bett gebracht hat, werden wir uns ausführlich über den bevorstehenden Umzug unterhalten."

„Täusche ich mich, oder habe ich da eben richtig gehört?"

„Hast du! Ich sagte ‚über den bevorstehenden Umzug'."

„Oh! Hast du nicht einmal behauptet, in unserer Familie gehe es demokratisch zu?"

„Falsch. Ich sagte, es herrsche eine wohlwollende Diktatur."

„Ihr habt diese Entscheidung also über meinen Kopf hinweg getroffen? Meine Meinung zählt überhaupt nichts?"

„Oh doch, natürlich darfst du mitbestimmen."

„Ach wirklich?", fragte Anastasia spöttisch. „Und wobei?"

„Bei der Wahl des neuen Hauses."

Sie saßen um den Tisch im Wohnzimmer, der früher der Esszimmertisch gewesen war, bis das Esszimmer zu Sams Zimmer umfunktioniert worden war – im Vorratsraum war es einfach zu eng für ihn gewesen. Es stimmt schon, schoss es Anastasia wieder durch den Kopf, die Wohnung wird allmählich zu klein. Oder vielleicht wurden sie einfach zu groß. Auf sie traf das mit Sicherheit zu. Schon ein Meter achtundsechzig, verdammt noch mal! Wenn sie erst fünfzehn war, würde sich vermutlich jede Basketballmannschaft der Stadt um sie reißen, weil sie dann bestimmt über zwei Meter groß sein würde. Schon jetzt interessierten sich die Jungen ihrer Klasse herzlich wenig für sie, weil sie größer war als sie. Wenn sie erst zwei Meter groß war, würde alles noch schlimmer!

Nicht dass ihr das mit den Jungens etwas ausgemacht hätte, ganz im Gegenteil! Anastasia fand Jungen sowieso schrecklich, besonders die Jungen in der sechsten Klasse der Bosler-Gesamtschule, und ganz besonders einen gewissen Robert Giannini, der immer mit einer Aktentasche zur Schule kam. Sie fragte sich, was er jetzt während der Sommerferien wohl mit seiner Aktentasche machte.

Vielleicht waren die Jungen in der High School, die sie ab Herbst besuchen würde, etwas interessanter. Obwohl es ihr im Grunde ja völlig egal war.

Ach ja, bei Schulanfang im Herbst würden sie vielleicht schon in einer Vorstadtsiedlung wohnen. Da war es wieder, dieses unangenehme Ziehen in der Magengegend.

Ihr Haar wurde schon wieder fettig, sodass sie es vor dem Zubettgehen wohl oder übel noch mal waschen musste, obwohl sie es erst heute früh getan hatte. Zudem spürte sie deutlich, dass an ihrem Kinn ein Pickel zu sprießen begann. Vor ihren Augen flimmerte es. Na super! Womöglich würde sie zu allem Unglück auch noch erblinden!

Anastasia sah sich schon in der Vorstadt: über zwei

Meter groß, pickelig, mit fettigen Haaren – und blind obendrein. Natürlich bekäme sie dann einen Blindenhund, einen ganz wilden Burschen, den sie – nach dem Höllenhund in einer griechischen Sage – Zerberus nennen würde. Und wenn einer der Jungen eine dumme Bemerkung über ihre Größe machen würde, würde sie zu Zerberus einfach leise „Fass!“ sagen.

Kein schlechter Gedanke! Sie musste sogar lächeln, als sie sich vorstellte, wie ihr Blindenhund mit seinen scharfen Zähnen Robert Gianninis Aktentasche in tausend kleine Stückchen zerfetzte und sich schließlich auf Robert stürzte. Sie grinste. Ihr Sehvermögen war plötzlich wieder hergestellt.

„So“, sagte ihr Vater und nahm sein Notizbuch zur Hand, „als Erstes müssen wir eine Liste erstellen.“

Anastasia stöhnte. Sogar ihre Mutter stöhnte. Dr. Krupnik machte ständig Listen. Früher, als Anastasia jünger gewesen war, hatte auch sie ständig Listen gemacht. Aber dann war ihr Leben zu kompliziert dafür geworden.

„Unser neues Haus“, schrieb Dr. Krupnik oben auf eine neue Seite. „Also“, sagte er dann, „notieren wir als Erstes die Punkte, auf die wir am meisten Wert legen. Katherine, was ist dir wichtig?“

Ihre Mutter überlegte und kaute nachdenklich an einer ihrer langen Haarsträhnen. Ihr Haar schimmerte immer wie in einem Shampoo-Werbespot. Dabei wusch sie es nicht einmal jeden Tag! Als Teenager hatte sie auch fettiges Haar gehabt, wie sie behauptete, aber Anastasia glaubte ihr kein Wort. Eltern erzählen immer solche Sachen, um einen zu trösten.

„Hell soll es sein", sagte ihre Mutter schließlich. „Ich möchte ein Haus mit hellen, freundlichen Zimmern und mit einem Atelier, in dem ich ungestört malen kann."

Ein vernünftiger Punkt. Anastasia hatte schon befürchtet, ihre Mutter würde sich Küchenmöbel aus dem Versandhaus wünschen. Jeder, der eine Küche vom Versandhaus hatte, würde früher oder später damit anfangen, mit rosa Lockenwicklern herumzulaufen und eine ganz bestimmte Waschpulvermarke zu kaufen.

Aber ein Atelier mit gutem Licht, das klang vernünftig. Anastasias Mutter war nämlich Malerin. Vor langer Zeit, vor ihrer Heirat, hatte sie in New York Kunst studiert. Einige ihrer Bilder hingen in Galerien in Boston und Cambridge. Aber ihre Staffelei und ihre Farben befanden sich zurzeit in dem winzigen Raum, der zuvor schon die Speisekammer und Sams Babyzimmer gewesen war. Sie hatte sich zwar nie darüber beschwert, aber Anastasia tat es ein bisschen Leid für sie.

„Helle Zimmer", schrieb Dr. Krupnik oben auf die Seite. „Atelier zum Malen." Dann sah er Anastasia an. „Und was ist dir am wichtigsten?"

Sie überlegte angestrengt. Jetzt, da sie wieder klar sehen konnte und offensichtlich doch nicht erblindete, brauchte sie keinen Blindenhund. Vermutlich war es für Nichtblinde sogar gesetzlich verboten, einen Blindenhund zu halten. Trotzdem gefiel ihr die Vorstellung, Herrin eines ungestüm an seiner Leine zerrenden Riesenköters zu sein, dem sie „Fass!" zuflüstern konnte, wenn jemand wie Robert Giannini eine dumme Bemerkung machte.

„Zuerst du, Papa", sagte Anastasia. „Ich muss noch überlegen."

„Großes Arbeitszimmer mit vielen Bücherregalen", notierte ihr Vater.

Auch das klang vernünftig. Dr. Krupnik war Professor für englische Literatur. In seiner Freizeit schrieb er Gedichte, und jedes Mal wenn er genügend davon hatte, schickte er sie seinem Verleger, und wenig später wurde ein neues Buch veröffentlicht, auf dem sein Name stand. Auf der Rückseite war sogar sein Foto abgedruckt. Anastasia begriff nicht, warum die Leute ihn auf der Straße nicht erkannten, auf ihn zustürmten und ihn um ein Autogramm baten. Aber das taten sie nicht. Ihr Vater sagte, das sei ihm egal; ja, er sei sogar froh darüber, dass ihn niemand behelligte.

Aber ein paar Leute schrieben ihm. Völlig fremde Menschen, die einen seiner Gedichtbände gelesen hatten. Vor etwa einem Jahr hatte sich Anastasia wegen dieser Briefe einen Haufen Ärger eingehandelt. Eines Abends, beim Essen – Sam war noch ein kleines Baby gewesen, und sie konnten nachts kaum schlafen, weil er ständig schrie und brüllte, sodass sie alle völlig übermüdet waren –, hatte Dr. Krupnik gestöhnt: „Wenn ich an den Berg von Briefen auf meinem Schreibtisch denke, bekomme ich noch graue Haare!"

„Papa", hatte Anastasia ihn nachsichtig erinnert, „du hast doch kaum noch Haare." Das stimmte. Im Grunde hatte er fast eine Glatze.

„Na schön, dann bekomme ich eben einen grauen Bart wegen dieser Briefe. Ich frage mich, woher ich die Zeit nehmen soll, sie alle zu beantworten. Ich muss noch dreihundert Examensarbeiten korrigieren, mein Verleger wartet darauf, dass ich so schnell wie möglich die Druckfahnen für mein neues Buch durchsehe, und ..."

„Keine Sorge", versuchte Anastasias Mutter ihn zu beruhigen, „irgendwann wirst du schon Zeit dafür finden. Die meisten erwarten ohnehin keine Antwort."

Ihr Vater hatte nur geknurrt und sich über den Bart gestrichen.

Da hatte Anastasia eine tolle Idee gehabt. Sie schrieb leidenschaftlich gerne Briefe, hatte aber niemanden, dem sie schreiben konnte, da sie nie Post bekam. Deshalb hatte sie sich am nächsten Tag einfach an Vaters Reiseschreibmaschine gesetzt und alle Briefe beantwortet. Das hatte großen Spaß gemacht.

An den Mann aus Des Moines, der drei Gedichte mitgeschickt und Dr. Krupnik um eine Stellungnahme gebeten hatte, schrieb Anastasia:

*Lieber Mr Covington,*
*wie gewünscht, habe ich Ihre drei Gedichte gelesen. Sie sind recht nett. Nicht so gut wie meine, aber das liegt daran, dass ich immer sehr lange an meinen Gedichten arbeite und schon sehr berühmt bin. Vielleicht sollten Sie Ihre Gedichte noch mal überarbeiten, dann werden sie in Zukunft etwas besser. Ich hoffe es für Sie.*

Eine Frau aus San Francisco hatte einen sehr merkwürdigen Brief geschrieben. Sie hatte geschrieben, dass Myron Krupniks Gedichte eine besondere Saite in ihrem Herzen zum Klingen gebracht hätten, dass sie und er verwandte Seelen wären und dass sie ihn gerne treffen würde, falls er einmal nach San Francisco kommen sollte. Anastasia hatte ihr geantwortet:

*Liebe Lisa,*
*ich bin verheiratet und habe zwei bezaubernde Kinder. Nach San Francisco komme ich nie. Trotzdem herzlichen Dank für Ihr Schreiben.*

Eine Bibliothekarin aus Detroit hatte geschrieben, dass Dr. Krupniks Buch in ihrer Bücherei sehr gefragt sei. Es sei erstaunlich, schrieb sie, wie oft es ausgeliehen würde. Anastasia antwortete der Bibliothekarin:

*... ich finde es kein bisschen erstaunlich. Schließlich handelt es sich um eine der schönsten Gedichtsammlungen des zwanzigsten Jahrhunderts. Allerdings möchte ich Sie bitten, die begeisterten Leser darauf aufmerksam zu machen, dass sie das Buch auch kaufen können. Wenn sie es nur in der Bücherei ausleihen, verdiene ich keinen Penny daran. Wenn sie es kaufen, erhalte ich immerhin zehn Prozent.*

Insgesamt waren es zwölf Briefe gewesen, und Anastasia hatte sie alle beantwortet und ihre Briefe auch gleich zur Post gebracht. Voller Stolz hatte sie ihrem Vater am Abend davon erzählt und natürlich gehofft, er würde sich bereit erklären, sie zu seiner Sekretärin zu ernennen und entsprechend zu bezahlen. Einen ganzen Tag hatte sie dafür gebraucht. Und selbst wenn er nur das Mindestgehalt zahlte, wäre das immer noch eine schöne Taschengeldaufbesserung gewesen.

Doch ihr Vater war nur wütend vom Tisch aufgesprungen und zur Tür hinausgerannt. Er rannte zur Post, um die Briefe zurückzufordern. Die Leute von der Post hatten ihn hereingelassen, obwohl längst geschlossen war, wollten ihm die Briefe aber nicht zurückgeben, weil das gegen die Vorschriften verstieß. So kam er unverrichteter Dinge wieder nach Hause und trank zwei Flaschen Bier, eine nach der anderen, ohne Anastasia wie sonst immer den Schaum anzubieten – geschweige denn überhaupt mit ihr zu reden. Anschließend war er bis zwei Uhr nachts aufgeblieben, um genau denselben Leuten zu schreiben, denen Anastasia gerade geschrieben hatte.

Anastasia hatte anfangs nicht begriffen, warum ihr Vater sich so aufgeregt hatte. Erst Wochen später war es ihr klar geworden, als Robert Giannini ihr in der Schule einen Zettel zugesteckt hatte. Darauf stand: „Ich finde dich sehr nett. Du mich auch? Bitte Antwort ankreuzen: Ja – Nein – Sehr – Ich hasse dich – Weiß nicht." Spontan hatte sie „Ich hasse dich" angekreuzt, aber dann fiel ihr ein, dass das vielleicht doch zu brutal klang. Deshalb hatte sie dieses erste Kreuzchen wieder ausradiert und das einfache „Nein" angestrichen. Und sie hatte „Tut mir Leid" darunter geschrieben.

Während sie das tat, überlegte sie sich, wie ihr Vater wohl darauf geantwortet hätte. Ihr Vater hielt nämlich nichts von „knappen Abfuhren", wie er zu sagen pflegte. Ein schlichtes „Nein" hätte er niemals angekreuzt. Wahrscheinlich hätte er einen langen und langweiligen Antwortbrief dazugelegt, etwa in der Art: „Lieber Robert, du bist wirklich ein sehr netter Mensch, aber in diesem speziellen Fall ..."

Jedenfalls war ihr in diesem Moment aufgefallen, dass jeder Mensch seinen eigenen Stil hat und dass es einfach nicht möglich ist, Briefe für einen anderen zu beantworten.

Erst als ihre Eltern sie fragend ansahen, bemerkte Anastasia, dass sie wieder einmal vor sich hin geträumt hatte. Aber sie hatte nicht darüber nachgedacht, was sie sich eigentlich hatte überlegen sollen – ihre Wünsche bezüglich des neuen Hauses. Ein grässlicher Gedanke – ein neues Haus! Dann doch lieber an Robert Giannini denken!

„Was ist", begann sie langsam, „wenn wir jetzt diese Liste machen und dann gar kein Haus finden, das all das hat, was wir uns wünschen?"

„Tja", sagte ihr Vater, „dann müssten wir die Suche vermutlich aufgeben und hier bleiben. Aber ich denke schon, dass wir das Passende finden werden. Schau, wir haben folgende Punkte notiert: ein helles Zimmer für Mama zum Malen, ein großes Arbeitszimmer für mich mit vielen Regalen, und während du mit deinen Gedanken ganz woanders warst, haben wir noch einen Garten zum Spielen für Sam hinzugefügt. Fällt dir denn gar nichts ein, Anastasia, worauf du besonderen Wert legst?"

„Oh doch", erklärte da Anastasia wie aus der Pistole geschossen, denn plötzlich war ihr eingefallen, wie sie es bewerkstelligen konnte, dass sie niemals von hier weggehen und in einen Vorort ziehen musste. „Einen Turm. Ich möchte ein Haus mit einem Turmzimmer."

Zu ihrer großen Überraschung schrieb ihr Vater diesen Wunsch kommentarlos auf.

„Das Geheimnis um das Mädchen im Turm", schrieb Anastasia verträumt.

Dann begutachtete sie diesen Titel. Du meine Güte! Hörte sich an wie der Titel eines Buches von Nancy Drew! Auf dem Regal mit den zwölftausend Nancy-Drew-Büchern in der Bibliothek stand garantiert schon eines mit dem Titel „Das Geheimnis um das Turmzimmer" oder so ähnlich.

Sie riss das Blatt aus ihrem Notizbuch und warf es weg. Ein Buch zu schreiben war wesentlich schwieriger, als sie sich je hätte träumen lassen.

# *Drei*

„Telefon für dich, Anastasia!", rief ihre Mutter aus der Küche.

Anastasia legte ihr Buch zur Seite und kam in die Küche, während sie unterwegs mit den Händen an die Wand klopfte.

„Wer ist es?", fragte sie.

„Keine Ahnung, ich habe nicht gefragt."

„Junge oder Mädchen?" Blöde Frage. Jungen riefen nie bei ihr an.

„Mädchen, nehme ich an."

Klar doch!

Anastasia nahm den Hörer und zog an der Schnur, damit sie sich mit dem Telefon in die Speisekammer verziehen konnte.

„Hallo?"

„Hallo, Anastasia. Hier spricht Robert."

„Wer?"

„Robert Giannini."

„Oh, ich dachte, es sei ein Mädchen."

Du lieber Himmel! Wie konnte man nur etwas derart Schwachsinniges sagen? Was konnte der arme Robert dafür, dass sich seine Stimme noch immer wie die eines Mädchens anhörte? Anastasia ließ sich auf dem Fußboden nieder und wäre am liebsten auf der Stelle tot umgefallen.

„Nein, ich bin's, Robert." Vielleicht war ihm ja gar nicht aufgefallen, welchen Schwachsinn sie eben von sich gegeben hatte.

„Hallo, Robert."

„Hallo."

Verflixt, hätte sie doch nur den Artikel in der letzten *Cosmopolitan* etwas aufmerksamer gelesen, in dem es darum ging, ein geistreicher Gesprächspartner zu werden. Sogar ein Kapitel über Telefon-Flirts hatte es gegeben. Aber im Grunde interessierte sie das ja ohnehin nicht!

Aber Robert war auch kein sehr geistreicher Gesprächspartner, verdammt noch mal! Inzwischen hatte jeder von ihnen zweimal hallo gesagt, und schon war Sendepause.

„Gerade neulich habe ich mich gefragt", meinte Anastasia schließlich, um dem peinlichen Schweigen ein Ende zu bereiten, „was du jetzt in den Sommerferien mit deiner Aktentasche machst."

Du lieber Himmel, etwas Idiotischeres hätte sie wohl kaum sagen können. Es musste einem ja gerade so vorkommen, als hätte sie an ihn gedacht oder so.

„Ich gehe damit auf Tour, weißt du. Ich sammle Sachen."

„Aha."

„Hast du nicht Lust, mit mir sammeln zu gehen?"

„Wie meinst du das?"

„Nun, wir könnten eine kleine Radtour machen. Vielleicht an den Fluss und schauen, ob dort etwas Interessantes herumliegt."

„Oh. Ja, gut."

„Wie wär's mit heute?"

„Hm, okay."

„Dann warte ich bei dir an der Ecke. In einer Stunde, passt dir das? Es ginge schon früher, aber ich möchte noch schnell duschen."

„Okay, bis dann."

Sobald sie den Hörer aufgelegt hatte, knirschte Anastasia mit den Zähnen. Warum hatte er die Sache mit dem Duschen erwähnen müssen? Dass Robert Giannini noch duschen wollte, war so ungefähr das Allerletzte, was sie interessierte, zum Teufel noch mal! Etwas Peinlicheres hatte sie noch nie gehört.

Doch dann raffte sie sich auf und ging wieder in ihr Zimmer zurück. Als ihr Blick auf die verstreut am Fußboden liegenden Klamotten fiel, traf es sie wie ein Blitzschlag. Sie hatte nichts anzuziehen! Die Jeans, die sie anhatte, hatten einen Farbklecks am Knie. Und alles, was auf dem Boden oder auf dem Bett lag oder über dem Stuhl und im Kleiderschrank hing, war entweder zu klein, zu hässlich, oder – noch schlimmer – Robert Giannini hatte es bereits an ihr gesehen!

Am besten, sie rief schnell zurück und sagte ihm, sie könne nicht kommen. Aber dann würde er sie bestimmt nach dem Grund fragen. Und ihm dann gestehen zu müssen, dass sie nichts anzuziehen hätte – nein, das wäre voll peinlich gewesen!

Nervös marschierte sie in die Küche, wo ihre Mutter gerade damit beschäftigt war, den Kühlschrank abzutauen. Sam saß auf dem Fußboden, nur mit einer Windel bekleidet, und lutschte an einem Eisstückchen, das aus dem Kühlschrank gefallen war.

„Ich lutsche Eis“, erklärte er sachlich. Sam hatte den Tick, ständig Dinge zu sagen, die ganz offensichtlich waren, zum Beispiel „Ich habe in die Windel gemacht“ oder „Ich esse meinen Brei“ oder „Ich habe meinen Pyjama mit den Clowns an“.

„Ich sehe, dass du Eis lutschst“, erwiderte Anastasia sarkastisch. „Mami, du hast mir nicht zufällig in letzter Zeit neue Klamotten gekauft und vergessen, es mir zu sagen?“

Ihre Mutter strich sich mit dem Handrücken eine Haarsträhne aus dem Gesicht. „Nein, wie kommst du darauf?“

„Weiß nicht, war nur eine leise Hoffnung. Ich habe nichts anzuziehen.“

„Hast du etwas vor?“

„Hm, ja. Ich wollte mit einem Freund Rad fahren gehen, nichts Besonderes.“

„Und was stört dich an dem, was du anhast?“

„Herrje, schau doch! Hier ist ein Fleck. Und am T-Shirt ist die Naht am Ärmel gerissen.“

„Nun ja, heute ist es ziemlich heiß. Warum ziehst du nicht deine Boxershorts an?“

„Aber Mami! Darin sieht man doch meine Beine!“

Ihre Mutter schien verwundert. „Natürlich sieht man darin deine Beine. Bei jedem, der Boxershorts trägt, sieht man die Beine.“

„Richtig, aber meine sind zufällig zu dünn.“

Ihre Mutter seufzte. „Rechts im oberen Fach liegt eine saubere Jeans. Wenn dir die auch nicht gefällt, kann ich dir nicht weiterhelfen. Es sei denn, du willst ausnahmsweise ein Kleid anziehen ...“

An die Wände klopfend, kehrte Anastasia in ihr Zimmer zurück und holte die besagte Jeans aus dem Fach. Sie zog sie an. Nicht allzu übel. Dann zog sie ein T-Shirt heraus, begutachtete es von allen Seiten, sah dann aber, was dick und fett auf der Vorderseite stand, und stopfte es schnell wieder in den Schrank zurück. BOSTON – DIE STADT DER VERLIEBTEN stand darauf. Ach, du liebe Zeit! Man stelle sich vor, sie hätte tatsächlich ein T-Shirt an, auf dem BOSTON – DIE STADT DER VERLIEBTEN stand, wenn sie zum Treffen mit dem Blödmann Robert Giannini ging! Schon bei dem Gedanken wurde sie rot.

Inzwischen war sie sich absolut sicher, dass an ihrem Kinn ein Pickel wuchs. Ihr Kinn fühlte sich plötzlich riesig an. Besorgt starrte sie in den Spiegel, aber ihr Kinn sah völlig normal aus, abgesehen von den üblichen grässlichen Sommersprossen. Aber garantiert lauerte der heimtückische Pickel bereits unter irgendeiner Sommersprosse darauf auszubrechen. Und das bestimmt in dem Moment, in dem sie Robert gegenüberstand. Genau dann würde das Miststück an ihrem Kinn sprießen. Vermutlich würde der Blödmann sogar eine Bemerkung darüber machen.

Schließlich entdeckte Anastasia doch noch ein T-Shirt, das nicht allzu ätzend aussah – das mit dem scheußlichen Frosch auf der Vorderseite –, und zog es über den Kopf. Ihre Haare sahen fürchterlich aus. Aber Zeit, sie zu waschen, hatte sie keine mehr. Erst gestern Abend hatte sie sie gewaschen, aber jetzt sahen sie schon wieder aus, als hätte sie einen Liter Salatöl darüber gegossen.

Anastasia stöhnte missgelaunt, rief ihrer Mutter und Sam „Tschüss" zu und marschierte in die Garage, um ihr Rad zu holen.

„Hallo."

„Hallo."

Großartig! Genau wie vorhin am Telefon.

„Na, wie waren deine Ferien bis jetzt, Anastasia?" Robert hörte sich an wie ihre Großtante, die ab und zu aus Milwaukee anrief.

„Hm, ganz gut. Aber ich fürchte, wir ziehen bald weg."

„Ihr zieht weg? Wohin?"

„Irgendwo in einen Vorort, nehme ich an. Wir suchen ein Haus."

Robert rümpfte die Nase. Anastasia wusste nicht, ob er das Gesicht verzog, weil sie in einen Vorort ziehen würde, oder ob er das nur tat, um seine Brille wieder zurechtzurücken. Manchmal tat sie das auch, besonders wenn es heiß war.

„Echt ätzend", sagte Robert mitfühlend. „Dann musst du ja in eine neue Schule, in der du keinen Menschen kennst, hast keine Freunde mehr ..."

Junge, Junge. Manche Leute hatten wirklich Talent, wenn es darum ging, andere aufzumuntern!

„Ich möchte lieber nicht darüber reden", knurrte sie.

„Gut, gehen wir", sagte Robert. „Sollen wir an den Fluss fahren?"

Sie stiegen auf ihre Räder. Robert hatte seine Aktentasche auf den Gepäckträger geklemmt. Typisch, dachte Anastasia mit einem schiefen Blick. Echt typisch!

Der Charles River trennte den Stadtteil Cambridge von Boston. Wenn man hinüberschaute, sah man die Hochhäuser der Innenstadt. Anastasia liebte Boston, aber sie fand ihre Flussseite schöner, wo die alten Backsteinhäuser von Harvard standen. Ihr Vater unterrichtete in Harvard. Er fuhr jeden Tag mit dem Rad zur Uni und hatte ebenfalls eine Aktentasche hinten auf dem Gepäckträger. Aber das war okay. Denn schließlich war er siebenundvierzig.

Auf dem Rad ihrer Mutter war hinten ein Kindersitz angebracht, und das war natürlich auch okay. Im Grunde waren ihre Eltern waschechte Cambridger, wie Anastasia fand. Viele der Cambridge-Männer trugen einen Bart, genau wie ihr Vater, und fuhren mit dem Rad zur Arbeit. Die meisten Cambridge-Mütter trugen Jeans und fuhren mit ihrem Rad mit Kindersitz zum Einkaufen, genau wie ihre Mutter. Kein Mensch starrte hier in Cambridge auf die Klamotten ihrer Mutter, zum Beispiel auf das französische T-Shirt mit dem Küken darauf, unter dem ein Oval abgebildet war, in dem œuf stand. Œuf war das französische Wort für „Ei“, und Anastasia wusste, dass es „öff“ ausgesprochen wurde. Anastasias Mutter sprach Französisch, denn vor ihrer Hochzeit hatte sie ein Jahr als Malerin in Paris gelebt.

In einem Vorort würde bestimmt kein Mensch wissen, was œuf bedeutete. Davon war Anastasia felsenfest überzeugt.

Am Ufer des Charles River waren unzählige Menschen. Im Sommer traf man hier immer jede Menge Leute: Studenten, die auf einer Decke lagen und lasen, Familien mit Kleinkindern oder Babys, Schwarze, Weiße, Chinesen und andere, die in völlig unverständlichen Sprachen redeten. Die Inder gefielen Anastasia am besten, besonders die Inderinnen mit ihren langen, fließenden Gewändern, die eigentlich gar keine richtigen Kleider waren, sondern nur farbenprächtige Stoffstücke, in die sie sich kunstvoll eingewickelt hatten. Einige von ihnen hatten einen roten Punkt auf der Stirn.

Die dazugehörigen Männer trugen Turbane und hatten buschige Bärte oder Schnurrbärte, die sie seitlich hübsch gezwirbelt hatten. Zwei dieser Männer mit Turban warfen gerade ein Frisbee hin und her, und zwischen ihnen krabbelte ein dunkelhäutiges Baby mit Pampers herum.

Anastasia überlegte, ob es in Indien wohl auch Drogerien gab mit Regalen voller Pampers, Penatencreme und Babyöl.

Sie und Robert lehnten ihre Räder an einen Baum. Ganz in der Nähe versuchten zwei Französisch sprechende Mädchen, einen Drachen zusammenzubauen. Sie stellten sich völlig bescheuert dabei an. Anastasia hätte ihnen zu gern erklärt, wie man es richtig machte, aber die einzigen französischen Wörter, die sie kannte, waren œuf und merci.

Robert hatte seine Aktentasche abgeschnallt, und Anastasia sah, dass er etwas unter einem Busch hervorfischte und blitzschnell einsteckte.

„Was war das?", fragte sie mit Unschuldsmiene.

„Nichts, nur Abfall."

Lügner! Sie hatte genau gesehen, dass es ein alter *Playboy* war.

„Was für Zeug sammelst du normalerweise?"

„Letzte Woche habe ich ein abgerissenes Seil und einen Plastikbecher gefunden. Einmal sogar einen Dollar."

Ein Dollar! Das hörte sich nicht schlecht an. Anastasia schlenderte neben Robert her. Sie entdeckten einiges im Gras, aber nichts, was besonders interessant gewesen wäre. Nur zerquetschte Bierdosen, zerknüllte Papierservietten oder leere Zigarettenschachteln. Schließlich sah Anastasia ein kleines Plastikauto ohne Räder. Sie hob es auf und steckte es in die Tasche. Sam würde sich darüber freuen.

„Robert, brauchst du eine Socke?"

Robert sah sie verstört an. „Was?"

„Da, schau, da drüben. Dort liegt eine Socke."

„Wo? Welche Farbe?" Er sah nichts.

„Grau, aber wahrscheinlich nur schmutzig. Früher war sie bestimmt mal weiß."

„Hm, was soll ich mit einer einzelnen Socke anfangen?"

„Du könntest sie zu Weihnachten an den Kamin hängen, für den Weihnachtsmann." Ach du Schreck! Hätte sie das bloß nicht gesagt. Jetzt dachte Robert wahrscheinlich, sie würde wie ein Baby an Heiligabend ihre Socke am Kamin aufhängen.

Aber Robert grinste nur. „Dafür nehme ich lieber eine Strumpfhose meiner Mutter. Da passt mehr rein."

Anastasia kicherte. Zufällig wusste sie, dass Roberts Mutter ziemlich dick war. Sie fragte sich, ob Mrs Giannini wohl die Strumpfhosenmarke trug, die ihr neulich im Supermarkt aufgefallen war, die mit der Aufschrift *Übergröße für die vollschlanke Dame.*

Natürlich konnte sie Robert nicht danach fragen.

Irgendwie komisch, was für einen Unterschied es machte, ob man mit einem Jungen oder mit einem Mädchen sprach. Das war Anastasia ein Rätsel. Mit ihrer besten Freundin, Jenny MacCauley, hätte sie problemlos über Strumpfhosen in Übergröße reden können. Bei Robert hätte sie das nie im Leben über sich gebracht.

Ihre Mutter schien dieses Problem nicht zu kennen, wenn sie mit Anastasias Vater redete. Auch gegenüber anderen Männern nicht. Ihre Mutter hätte von Strumpfhosen in Übergröße reden können, als sei es die selbstverständlichste Sache der Welt.

Was machte es dann so anders, Robert gegenüber? Anastasia beschloss, den Artikel in der *Cosmopolitan* zu lesen, sobald sie wieder zu Hause war, den über die geistreiche Konversation. Vielleicht stand da drin, warum man manchen Leuten gegenüber Hemmungen hatte, über bestimmte Themen zu reden, und warum man in Gegenwart dieser Leute so häufig das Gefühl hatte, einen Knoten in der Zunge zu haben.

„Sollen wir uns hinsetzen und den Booten zuschauen?", fragte Robert.

Sie waren schon ein gutes Stück am Fluss entlanggewandert. Roberts Ausbeute war nicht schlecht: der *Playboy,* von dem er dachte, sie hätte ihn nicht gesehen; ein altes Taschenbuch mit Shakespeare-Sonetten, das er – wie er erklärt hatte – seiner Großmutter schenken wollte; eine zerbrochene Gürtelschnalle, die er wieder reparieren wollte, und jede Menge Eisstiele, aus denen er angeblich solche Sachen wie Modellflugzeuge bastelte. Anastasia hatte nur das kleine Plastikauto in ihrer Tasche und ein Streichholzbriefchen aus dem Hyatt Regency Hotel.

Sie setzten sich, und Robert begann, an einem seiner Turnschuhe herumzufummeln. Anastasia fing an zu beten. Sie betete nicht sehr oft – eigentlich nur, wenn es absolut nötig war –, aber im Moment war es absolut nötig. Sie betete inständig, dass Robert seine Turnschuhe nicht ausziehen möge. Ihrer Meinung nach gab es nichts Ordinäreres auf der Welt als nackte Füße. Wenn sie Robert Gianninis nackte Füße anschauen müsste, würde sie auf der Stelle tot umfallen, direkt hier am Ufer des Charles River.

Aber er holte nur ein Steinchen aus dem Schuh. Gott sei Dank, schloss Anastasia ihr Stoßgebet ab.

„Wie geht es deiner Familie?", erkundigte sich Robert höflich.

„Alles okay. Mein Vater gibt ein paar Sommerkurse, und meine Mutter arbeitet an den Illustrationen zu einem Buch über Muscheln."

„Hast du nicht noch einen kleinen Bruder? Ich glaube, damals, als wir in die vierte Klasse gingen, bekam deine Mutter doch ein Baby."

„Ja, Sam. Er ist ..." Anastasia zögerte. Es war schwierig, Sam zu beschreiben. „Er ist irgendwie komisch", sagte sie schließlich.

Fragend runzelte Robert die Stirn.

„Ich meine, er kann schon sprechen ...", erklärte sie.

„Warum ist er dann komisch?"

Du lieber Himmel. Es wäre so einfach zu erklären, wenn sie sagen könnte, dass Sam noch nicht sauber war. Aber das konnte sie Robert gegenüber doch nicht sagen, genauso wenig, wie sie *Übergrößen für die vollschlanke Dame* aussprechen konnte. Zum Glück fiel ihr da wieder ein, was ihr Vater über Sam gesagt hatte.

„In mancher Hinsicht entwickelt er sich nicht so rasch wie in anderer", erklärte sie Robert. „Sein Gehirn ist okay. Aber andere Körperteile funktionieren nicht so gut."

„Aha", sagte Robert nickend. „Ich verstehe."

Schweigend saßen sie da und beobachteten die Segelboote. Der Fluss war übersät mit kleinen Booten, die im Wind dahinsegelten. Anastasia versuchte sich vorzustellen, wie man sich auf einem Segelboot fühlte. Sie hatte keine Ahnung vom Segeln, aber es wäre bestimmt lustig. Sie würde einfach nur dasitzen und ihre Finger durch das Wasser gleiten lassen, während Robert sich um die Segel kümmerte ...

Du meine Güte! Anastasia erschrak. Sie hatte sich doch tatsächlich ernsthaft vorgestellt, wie es wäre, mit diesem Blödmann von Robert Giannini segeln zu gehen. Garantiert würde er seine Aktentasche mit an Bord nehmen!

„Weißt du", sagte Robert plötzlich, „ich habe noch nie mit jemandem darüber gesprochen ..."

Oh nein, bitte nicht, dachte Anastasia. Ich will

nicht, dass er mir etwas erzählt, was er noch nie jemandem anvertraut hat.

„... aber ich habe einen Cousin ..."

„Aha."

„Nun, mein Cousin Peter, er ist sechzehn, der Sohn meiner Tante Marie."

„Hm."

„Er ist zurückgeblieben."

„Wie traurig", sagte Anastasia höflich.

Robert stocherte mit einem Zweig im Gras. „Ich meine, er ist geistig behindert. Er kann nicht einmal zu Hause leben. Er musste in ein Heim. Manchmal holt Tante Marie ihn für einen Tag ab, und dann kommen sie gelegentlich auch zu uns. Er ist praktisch noch ein Baby und muss sogar gefüttert werden."

„Wie traurig", sagte Anastasia noch einmal höflich. Roberts Cousin Peter tat ihr wirklich aufrichtig Leid.

„Nun, weißt du, ich erzähle es dir nur, damit du dir wegen Sam keine zu großen Sorgen machst. Du hast ja gesagt, sein Gehirn wäre in Ordnung, und das ist das Wichtigste. Dass er deformiert ist, ist nicht so schlimm. Deswegen brauchst du dich nicht zu schämen oder so."

Deformiert? Hatte sie etwa behauptet, Sam wäre deformiert? Hatte sie das wirklich gesagt? Und deshalb hatte Robert ihr diesen langen Vortrag über seinen Cousin Peter gehalten, über den er bisher mit keiner Menschenseele gesprochen hatte? Da konnte sie jetzt doch nicht einfach sagen, Moment mal, das muss ein Irrtum sein, ich habe gelogen, Sam ist gar nicht deformiert.

„Ach, weißt du, es macht mir gar nichts aus", quetschte sie schließlich heraus. „Es ist nicht sehr schlimm."

„Und außerdem, weißt du, kann man ihm in der Kinderklinik vielleicht helfen. Wahrscheinlich waren deine Eltern schon mit ihm dort."

„Ja, waren sie." Gott sei Dank – das war nicht gelogen. Sam war letztes Jahr in der Kinderklinik geröntgt worden, weil er aus seinem Hochstuhl direkt auf den Kopf gefallen war. Zum Glück war nichts passiert, wie die Röntgenaufnahme zeigte. Es hatte nur ziemlich lange gedauert, bis sie ihm den Haferbrei aus den Haaren gewaschen hatten.

An der Straßenecke in der Nähe von Anastasias Wohnung verabschiedete sich Robert von ihr. Er wollte nach Hause gehen, um etwas aus den Eisstielen zu basteln. Beim Abschied sagte er noch zwei Sachen, die Anastasia komisch fand.

Die eine war: „Falls ihr nicht zu weit wegzieht, könnte ich dich ja mit dem Fahrrad mal besuchen kommen."

Sie hatte okay geantwortet.

Die andere Sache war: „Meine Familie spendet immer Geld für das Kinderkrankenhaus."

Anastasia fragte sich, weshalb er das gesagt hatte. „Das ist nett", sagte sie dann, „meine spendet immer für Amnesty International."

„Der Kinderkrankenhaus-Fonds ist für Kinder wie Sam eingerichtet worden", erklärte Robert, ehe er sich auf sein Rad schwang und davonfuhr.

Anastasia schob ihr Rad nach Hause. Sie musste

den Artikel in der *Cosmopolitan* unbedingt lesen. Vielleicht stand auch darin, warum manche Leute sich ständig in höchst verzwickte Situationen hineinmanövrierten, sobald sie den Mund aufmachten. Und vielleicht stand auch darin, wie man wieder herauskam.

Sie rätselte, wie sie es anstellen sollte, Sam zu verstecken, falls Robert sie wirklich eines Tages in ihrem Vorort besuchen kommen würde.

Ach, das Leben war einfach zu kompliziert, zu rätselhaft. Sie fand nichts Verbindendes zwischen all dem, was ihr Leben zu einem einzigen großen Rätsel machte, nichts, was den Stoff für einen spannenden Roman geliefert hätte.

Vielleicht sollte sie lieber einen Leserbrief an die Rubrik „*Frau Dr. Abby* weiß Rat“ schreiben.

„Liebe *Frau Dr. Abby*“, begann Anastasia. „In meiner Klasse gibt es einen Jungen, den ich Richard nennen möchte, damit er anonym bleibt. Es begann alles damit, dass Richard mich heute anrief, und da sagte ich schon die ersten blöden Dinge am Telefon, und dann ...“

Sie hielt inne. *Frau Dr. Abby* würde sich totlachen. Anastasia hatte plötzlich eine Horrorvision. Sie sah *Frau Dr. Abby,* schön und elegant, an ihrem Mahagoni-Schreibtisch sitzen und Anastasias Leserbrief lesen. Mit ihrem zarten Spitzentüchlein müsste sie sich die Tränen von den Wangen tupfen, denn sie lachte so sehr, dass ihr die Tränen kamen. Später würde sie den Brief in der Zeitung abdrucken, und jeder an

Anastasias Schule – höchstwahrscheinlich sogar jeder in ganz Cambridge – würde ihn lesen und sofort wissen, um wen es sich handelte, denn die Sache mit der Aktentasche könnte sie natürlich nicht verschweigen. Sie würde zur Zielscheibe des Spotts von ganz Cambridge werden.

Sie blätterte eine Seite weiter. „Das Rätsel“, schrieb sie in ihr Notizbuch – denn sie dachte schon wieder in Romantiteln –, „weshalb manche Leute die Probleme ihrer Mitmenschen immer so unglaublich witzig finden.“

# *Vier*

„Fahr dir mal schnell mit dem Kamm durchs Haar, Kumpel. Die Dame vom Immobilienbüro wird gleich hier sein. Sie will uns ein Haus zeigen."

„Paps, ich habe dir schon gesagt, dass ich keinen Bock habe, mir Häuser anzuschauen. Heute Nachmittag läuft *Casablanca* im Fernsehen. Ich habe Jenny versprochen, es bei ihr anzuschauen. Es reicht doch, wenn du und Mami mit der Tante gehen. Wenn ihr wollt, nehme ich Sam mit zu Jenny."

„Oh nein, ihr kommt heute mit. Deine Mami und ich haben uns schon sieben Häuser angeschaut ..."

Ihre Mutter unterbrach ihn. „Ich habe ohne dich noch fünf weitere Häuser angeschaut, Myron. Insgesamt also zwölf."

„Na schön, dann eben zwölf. Aber das heute hört sich recht interessant an, auch für dich. Und für Sam. Wo steckt er?"

Anastasia machte sich zähneknirschend auf die Suche nach ihrem Bruder. Sie entdeckte ihn in seinem Zimmer, wo er auf dem Fußboden saß und Tolstois *Krieg und Frieden* durchblätterte.

„Donnerwetter, Sam! Kannst du etwa schon lesen?"

„Natürlich kann ich noch nicht lesen. Ich bin erst zweieinhalb. Ich suche Bilder. Warum sind in diesem Buch keine Bilder?"

„Weiß nicht. Wahrscheinlich hatte man das Fotografieren noch nicht erfunden, als es geschrieben wurde. Komm, Kleiner, ich soll dir die Windeln wechseln. Wir müssen uns ein Haus ansehen."

„Keine Lust."

„Verstehe ich gut, hab ich auch nicht. Hey, da fällt mir etwas ein. Sollen wir ein Komplott schmieden?"

„Au ja, Kompott schmeckt lecker."

„Unsinn, ich rede von einem Komplott. Das ist eine Verschwörung. Machst du mit?"

„Klar."

„Okay, dann fängst du an zu heulen, sobald du das Haus siehst. Brülle wie am Spieß, und schluchze, dass du das Haus scheußlich findest. Behaupte, dass du allergisch dagegen bist. Dass dir die Augen brennen oder so."

„Au fein", Sam nickte begeistert. Er begann zu wimmern.

„Super, hört sich schon ganz gut an", sagte Anastasia lobend, während sie seine Latzhose zuknöpfte. „Genau so machst du es in dem neuen Haus. Vielleicht kommen dir sogar richtige Tränen."

Die Immobilienmaklerin hatte blondierte Haare und einen dicken Wagen mit elektrischen Fensterhebern. Sam spielte an dem Knopf herum, bis er sich die Finger einklemmte und zu weinen begann.

„Jetzt noch nicht, Sam", flüsterte Anastasia ihm zu. „Spar dir deine Kräfte für später auf."

„Ich bin fest davon überzeugt, dass Ihnen das Haus gefallen wird", sagte die Dame vom Immobilienbüro in einem gekünstelt klingenden Tonfall. „Die Nachbarn sind nett, und es gibt gute Schulen in der Nähe. In welcher Klasse bist du, Anastasia?"

„Ich komme in die Siebte."

„Ach wirklich? Ich dachte, du wärst schon älter. Vielleicht, weil du so groß bist."

Sagenhaft! Hatte dieser Tussi noch niemand gesagt, dass es sich nicht gehört, Salz in die offenen Wunden seiner Mitmenschen zu streuen? Würde sie als Nächstes über Vaters Halbglatze herziehen?

Nein. Sie begann vom Dach und von der Heizung zu erzählen. Ein wunderbares altes Schieferdach, das ewig halten würde. Eine wunderbare Heizung, erst letztes Jahr eingebaut, die kaum Öl brauchte, und so weiter und so fort. Anastasia konnte sich beim besten Willen nicht vorstellen, dass ihre Mutter dieses Theater schon zwölfmal mitgemacht hatte. Als sie überlegte, was das Langweiligste war, das sie je erdulden musste, fiel ihr nach einer Weile das Orgelkonzert in der katholischen Kirche ein, in das sie mit Jenny MacCauleys Familie gegangen war. Um ein Haar wäre sie damals eingeschlafen. Und das zwölfmal mitmachen? Nur über ihre Leiche!

Das hier war mindestens genauso, wenn nicht sogar noch langweiliger. Inzwischen berichtete die Dame von den sanitären Installationen – wunderbaren Kupferrohren –, von Holzbalken – wunderbaren Holzbalken – und interessanten Ratenzahlungen – höchst wunderbaren Ratenzahlungen.

Anastasias Interesse an ihrem Gefasel war gleich null. Sie lehnte sich im Sitz zurück und starrte gelangweilt aus dem Fenster. Zugegeben, man sah viele Bäume und Rasenflächen, wesentlich mehr Grün als in Cambridge.

„Schau, Sam", sagte sie und zeigte nach draußen, wo ein paar Kinder in Badehosen um einen Rasensprenger hüpften.

Sam war begeistert. „Das würde mir auch gefallen."

„Klar, du machst dich ja gern nass, Kleiner", sagte Anastasia viel sagend.

Sie fühlte sich zunehmend unwohler. Zuerst glaubte sie, ihr wäre schlecht vom Autofahren. Doch dann begriff sie, was es war. Es kam daher, dass ihr das, was sie sah, ausnehmend gut gefiel. Ihr gefielen die Bäume und Gärten und Blumen. Sie wäre auch gern um einen Rasensprenger herumgehüpft, selbst mit Sam. Ihr gefiel, dass man Hunde, Kinder und viele Fahrräder sah und dass alles so friedlich und grün war. Sie mochte das, was sie sah. Aber hierher zu ziehen bedeutete, Cambridge verlassen zu müssen. Und sie liebte ihre kleine, vertraute Wohnung in Cambridge. Sie fühlte sich hin- und hergerissen.

„So, meine Lieben", sagte die Immobilientante in ihrer Barbiepuppenstimme, als sie um eine Ecke bogen, „wir wären angekommen. Da steht es!"

Pflichtbewusst brach Sam in Tränen aus. „Ich bin allergisch dagegen", schluchzte er.

Anastasia beachtete ihn nicht. Sie starrte mit offenem Mund auf das Haus und hatte das Gefühl, soeben einen Schlag in die Magengegend bekommen zu haben. Ihre Mutter hatte einmal gesagt, dass es schmerzhaft war, sich zu verlieben, und plötzlich begriff Anastasia, was sie gemeint hatte. Sie hatte erwartet, ihr würde das passieren, wenn sie sich in einen Jungen verliebte, verflixt noch mal! Aber jetzt verspürte sie es deutlich, dieses Ziehen im Magen, das plötzliche Herzklopfen, Geigenmusik in ihren Ohren und ein Brennen in den Augen, als sie versuchte, ihre Tränen zurückzuhalten. Sie hatte sich soeben in ein Haus verliebt!

Weil das Haus nämlich einen Turm hatte.

Und wie eine ansteckende Krankheit packte es die gesamte Familie. Die auffälligsten Symptome waren Sprachlosigkeit und ein dümmliches Grinsen.

Die Dame vom Immobilienbüro begriff das nicht. Sie dachte, etwas wäre nicht in Ordnung. Es irritierte sie, dass alle Anwesenden schwiegen, und sie begann, sich für das Haus zu entschuldigen.

Die Wände des Studios waren vom Fußboden bis zur Decke mit eingebauten Bücherregalen überzogen. Außerdem gab es einen offenen Kamin. Mit einem dümmlichen Grinsen im Gesicht stand Anastasias Vater mitten im Raum und schwieg.

„Ich weiß, dass Sie ein geräumiges Studio wollen", sagte die Dame vom Immobilienbüro. „Dieser Raum wirkt natürlich etwas klein, ich weiß. Aber Sie könnten ja all diese Regale herausreißen, dann würde das Zimmer größer wirken, und ..."

Ihre Stimme verebbte, weil ihr ohnehin niemand zuhörte. Anastasia wusste, was im Kopf ihres Vaters vorging. Im Geiste sortierte er bereits seine Bücher in die Regale, in alphabetischer Reihenfolge. Im Geiste sah er bereits ein flackerndes Kaminfeuer vor sich, in dessen Schein er saß, Pfeife rauchte und las.

Sie gingen weiter in ein anderes Zimmer, einen riesigen achteckigen Raum, der seitlich an das Haus angebaut war. Er bestand nur aus Fenstern. Schweigend standen sie darin, grinsten dümmlich, und Anastasia konnte die Gedanken ihrer Mutter lesen. Ihre Mutter baute im Geiste bereits ihre Staffelei auf. Mit schwungvollen Pinselstrichen malte sie riesige Bilder. Interessante Leute standen für sie Modell, bei geradezu idealen Lichtverhältnissen.

Die Dame vom Immobilienbüro hielt das Schweigen nicht länger aus. Nervös versuchte sie, es zu brechen. „Natürlich, in der Viktorianischen Zeit waren solche Wintergärten große Mode. Überflüssig heutzutage. Man könnte die Tür abschließen, um Heizkosten zu sparen. Oder man könnte den Anbau abreißen lassen. Er sieht ohnehin nicht gut aus – so, wie er seitlich herausragt, ich weiß. Dann wäre auch der Garten etwas größer und ..."

Aber niemand hörte ihr zu. Verwirrt brach sie mitten im Satz ab und ging weiter.

Im ersten Stock besichtigten sie ein Zimmer nach dem anderen. Es waren große Zimmer mit Einbauschränken, in denen man wunderbar Verstecken spielen konnte. Ihre Schritte hallten in den leeren Räumen wider: die schweren, entschlossenen Schritte von Dr. Krupniks Schuhen der Größe siebenundvierzig; das abgehackte Trippeln der Stöckelschuhe der Dame vom Immobilienbüro, das Duett von Anastasias Turnschuhen und den Sandalen ihrer Mutter und dahinter das Tapsen von Sams kleinen Füßen.

Inzwischen sagte die Dame vom Immobilienbüro nicht mehr viel. Sie war verlegen, weil sie glaubte, das Haus gefalle ihnen nicht. Etwas halbherzig erklärte sie im Badezimmer: „Ganz neue Leitungen, wunderschöne Kupferrohre", doch dann verstummte sie wieder und suchte in ihrer Tasche verzweifelt nach einer Zigarette.

Schließlich öffnete sie eine Tür hinten im Gang und deutete auf eine enge Wendeltreppe, die dahinter lag.

„Diese Tür könnten Sie abschließen", sagte sie und zog nervös an ihrer Zigarette.

Doch schon war Anastasia an ihr vorbeigeschlüpft. Sie hastete hinauf ins Turmzimmer und starrte fasziniert hinaus: auf den grünen Rasen, die riesigen Ulmen und die gewundenen Straßen. In der Ferne sah man den Fluss und die Dächer von Cambridge und Boston.

Ihre Eltern waren nicht mitgekommen. Sie wussten, was in ihrem Kopf vorging und dass sie allein im Turmzimmer sein wollte.

Doch nach einer Weile hörte sie Sams kleine Füße die Treppe heraufkommen. Er kam ins Zimmer und sah sie unsicher an. „Soll ich noch mal weinen? Machen wir jetzt das Komplott?"

Anastasia schüttelte nur den Kopf und nahm ihn an der Hand. Als sie wieder unten ankamen, konnten sie gerade noch hören, wie ihr Vater der Dame vom Immobilienbüro sagte, sie würden das Haus kaufen.

„Das Rätsel“, schrieb Anastasia versonnen, „warum man manchmal den Gedanken an etwas verabscheut, dann aber von der Sache völlig begeistert ist.“

Nun, das hörte sich doch schon recht viel versprechend an für einen Romantitel; müsste vielleicht noch etwas vereinfacht werden, aber ansonsten ...

Nachdem sie eine Weile nachgedacht hatte, schrieb sie: „Untertitel: Oder warum man manchmal von einem Gedanken an etwas begeistert ist, dann aber die Sache selbst verabscheut.“

Der Umzug und das neue Haus schienen in die erste Kategorie zu fallen. Robert Giannini eher in die zweite.

# *Fünf*

„Junge, Junge, Anastasia, ich weiß nicht", sagte Jenny ratlos. „Aber ich habe versprochen, dir beim Packen zu helfen, und deshalb tu ich es auch." Etwas widerwillig legte sie einen Stapel von Anastasias Taschenbüchern in einen Karton. „Trotzdem, Anastasia, ich finde es schrecklich, dass du wegziehst. Du warst immer meine beste Freundin, schon im Kindergarten."

„Oh ja", erwiderte Anastasia, „bis auf den Sommer, in dem Lindsay Cavanaugh hergezogen ist."

„Ach stimmt, Lindsay Cavanaugh, die blöde Kuh."

„Sie war den ganzen Sommer über deine beste Freundin. Ich war plötzlich nur noch Luft für dich."

„Geb ich ja zu, aber ich habe es dir doch schon erklärt. Ihr Vater war ein Filmemacher, erinnerst du dich? Er wollte Lindsay und mich in einem seiner Filme mitspielen lassen."

„Irre Sache, hm."

„Klar, 'ne irre Sache. Wir mussten um fünf Uhr früh aufstehen, und er fuhr mit uns an den Strand. Dort mussten wir nackt am Wasser entlanglaufen, während er uns filmte. Aber als mein Vater davon erfuhr, hätte er Lindsays armen Vater fast umgebracht."

„Ja, ich erinnere mich", kicherte Anastasia. „Dabei war es ja kein Pornofilm oder so. Ihr wart doch erst sieben Jahre alt."

„Tja, vermutlich wäre es ein ganz guter Film geworden. Die Sonne ging gerade auf, und außer uns war weit und breit kein Mensch zu sehen. Nur die Vögel über dem Wasser. Leider hat kein Mensch diesen Film je gesehen, weil mein Vater Lindsays Vater zwang, ihn zu vernichten."

„Was habe ich dich in jenem Sommer gehasst! Du warst auf einmal richtig hochnäsig."

„Na ja, ich glaubte, ich wäre bald ein berühmter Filmstar. Aber abgesehen von dem Sommer waren wir beide immer die besten Freundinnen, das musst du zugeben. Sag mal, willst du das mitnehmen, oder soll ich es wegwerfen?" Sie hielt ein arg mitgenommenes Rechenbuch in der Hand.

„Du meine Güte. Wo hast du das gefunden?"

„Unter deinem Bett."

„Ich dachte, ich hätte es verloren. Meine Mutter musste es der Schule bezahlen. Ich glaube, wir werfen es lieber weg."

Das Rechenbuch wanderte in hohem Bogen in den Abfalleimer, der mitten im Zimmer stand.

„Kann ich dieses Bild von dir behalten? Damit ich nicht vergesse, wie du aussiehst." Jenny hielt einen Polaroid-Schnappschuss von Anastasia hoch.

„Kannst du, aber es ist scheußlich. Außerdem wirst du mich nicht vergessen, Jenny. Du kommst mich doch ab und zu besuchen, oder? Robert Giannini sagte, er würde ..."

Anastasia verstummte abrupt und wurde feuerrot.

„Wer? Robert Giannini? Was will Robert Giannini?"

„Nichts."

„Was soll das heißen: nichts? Robert Giannini kommt dich besuchen, stimmt's, Anastasia? Das darf nicht wahr sein! Dieser Blödmann!"

„Was meinst du? Soll ich das Orang-Utan-Poster mitnehmen oder wegwerfen? Ich habe es seit fünf Jahren. Irgendwie habe ich es satt."

„Wirf es weg. Aber hör auf, vom Thema abzulenken. Lässt du es zu, dass dieser Blödmann von Robert dich besucht? Hast du ihn etwa eingeladen?"

„Quatsch, ich habe ihn nicht eingeladen. Er hat sich selbst eingeladen. Aber so blöd ist er gar nicht, Jenny. Wirklich nicht. Natürlich hat er seine Ticks, aber ..."

Jenny ließ sich rücklings auf Anastasias Bett fallen, hielt sich den Bauch und stöhnte: „Du bist in ihn verknallt, stimmt's? Du bist in Robert Giannini verknallt! Ich glaub, mich tritt ein Pferd."

„Quatsch, ich bin kein bisschen in ihn verknallt. Ich finde ihn bloß nicht mehr so grässlich wie früher."

„Verräterin! Verräterin, Verräterin! Warum hast du mir das verschwiegen?"

„Ich hab's eben vergessen."

„Du hast es nicht vergessen! Du hast dich nur nicht getraut!"

„Stimmt, ich habe mich nicht getraut."

Jenny ließ den Kopf nach hinten auf das Bett sinken und schloss die Augen. „Dreimal darfst du raten."

„Was?"

Ein langes Schweigen folgte. Dann holte Jenny tief Luft. „Ich finde Michael Gottlieb auch nicht mehr so grässlich wie früher."

„Was? Diesen Blödmann?“

„Er ist kein Blödmann, wirklich nicht, Anastasia. Neulich hat er mich besucht, und wir waren zusammen in dem Laden bei uns um die Ecke und haben ein Eis gegessen. Er war auf einmal ganz nett.“

„Warum hast du es mir nicht erzählt?“

„Ich hab's eben vergessen.“

„Lügnerin!“

Jenny blinzelte Anastasia zu und grinste. Anastasia musste lachen. Auch Jenny musste lachen. Vor lauter Lachen konnte Anastasia zuerst gar nicht reden, doch dann prustete sie: „Michael Gottlieb! Der mit seiner doofen Baseballmütze!“

Jenny krümmte sich vor Lachen, hielt sich den Bauch und quietschte: „Robert Giannini! Der mit der Aktentasche! Mit der doofen Aktentasche!“

Für den Rest des Nachmittags konnten sie sich nicht mehr in die Augen sehen, ohne sofort wieder loszukichern.

Packen war anstrengend. Nicht körperlich – Anastasia hatte ziemlich viel Kraft –, sondern im Kopf und im Herzen.

Eines Tages ertappte Anastasia ihre Mutter beim Weinen. Es war nicht die Art von Weinen, bei der man zusammengekauert im Bett liegt und mit den Fäusten auf das Kissen hämmert. Es war ein leises, unterdrücktes Weinen, bei dem einem ab und zu eine Träne über die Wangen kullert. Ihre Mutter stand in der Speisekammer, packte Geschirr ein und hatte Tränen in den Augen.

„Hast du dir wehgetan?“

Ihre Mutter schniefte und versuchte zu lächeln. „Nein, ich bin nur traurig.“

Anastasia nahm einen Teller in die Hand und betrachtete ihn. Es war ein gewöhnlicher gelber Teller, der sie an Spagetti und Hackbraten erinnerte. Er machte sie nicht traurig.

„Wenn ich du wäre, würde ich mich über diesen Teller freuen“, erklärte sie ihrer Mutter. „Die meisten Leute in Vororten essen von Plastiktellern.“

„Schon wieder ein Vorurteil.“

„Nein, im Ernst, das tun sie wirklich. Außer bei Fertiggerichten. Die essen sie direkt aus der Aluminiumverpackung.“

Ihre Mutter lehnte sich gegen den Schrank und begann zu lachen. „Anastasia, hast du noch nicht begriffen, dass sich all deine Vorurteile als ungerechtfertigt herausstellen werden? Denk nur an unser neues Haus zum Beispiel. Du hast behauptet, wir würden in ein kleines Reihenhäuschen ziehen. Und nun haben wir ein fantastisches Haus gefunden, das sogar ein Turmzimmer hat.“

Anastasia zuckte nur grinsend mit den Schultern.

„Woher beziehst du eigentlich dein angebliches Wissen über das Vorstadtleben?“

„Habe ich schon gesagt. Aus Büchern und aus dem Fernsehen. Hauptsächlich aus der Werbung. Es sind nie Hausfrauen aus der Stadt, die sich wegen der Schmutzränder am Hemdkragen Sorgen machen.“

„Ich werde mir auch dann keine Sorgen darüber machen, wenn wir in diesem Vorort wohnen.“

„Warum hast du eben beim Geschirreinpacken geweint?“

„Nicht wegen des Geschirrs. Ich war traurig wegen der Buntglasscheiben in der Anrichte. Sie gefielen mir immer so gut.“

Anastasia begutachtete die Buntglasscheiben der Anrichte. Sie erinnerte sich daran, wie es war, als Sam noch ein Baby war und sein Bettchen hier in der Speisekammer stand. Damals hatte sie immer ein Glastürchen geöffnet, sich dahinter gestellt und Grimassen geschnitten. Einmal, als sie mit der Nase gewackelt und die Augen verdreht hatte, hatte Sam zum ersten Mal in seinem Leben gelächelt.

Himmel! Plötzlich musste auch Anastasia gegen ein in ihr aufsteigendes Gefühl von Traurigkeit ankämpfen.

Vorsichtig rüttelte sie an einer der Scheiben. „Vielleicht könnten wir sie herausnehmen und mitnehmen, Mami.“

„Nein, die Anrichte gehört uns nicht.“

„Natürlich gehört sie uns! Sie gehörte schon immer uns! Diese bunten Gläser haben mich mein ganzes Leben hindurch begleitet.“

„Aber diese Wohnung gehört uns nicht, genauso wenig wie die Möbelstücke, die schon darin waren. Wenn wir ausziehen, müssen wir sie unseren Nachmietern überlassen.“

Was für ein Schock! Anastasia hatte bisher noch gar nicht daran gedacht, dass nach ihnen eine andere Familie hier einziehen würde. Plötzlich fiel ihr die Tapete in ihrem Zimmer ein. Sie hatte sie selbst ausgesucht, damals, mit acht. Sie war blau und weiß, es waren Personen mit altmodischen Fahrrädern darauf abgebildet. Einige von ihnen spielten auf ihrem Rad Flöte oder Geige.

Anastasia wollte nicht, dass ihre Tapete jemand anderem gehören würde. Aber was konnte sie dagegen tun?

Plötzlich hatte sie eine Idee. Auf dem Weg in ihr Zimmer klopfte sie aufgeregt an die Wand. Das hörte sich in dem nunmehr fast leer geräumten Flur noch dröhnender an als sonst. Der Läufer war bereits zusammengerollt, die Vorhänge waren schon abgenommen. Ihr Schreibtisch, der normalerweise mit Malkästen, Heften und Comicheften übersät war, stand kahl und bloß da. Auf ihm stand nur noch das Goldfischglas, in dem Frank gemächlich seine Runden drehte.

„Frank", sagte sie leise, „erzähle ja niemandem, was ich jetzt tue." Frank kam an den Rand geschwommen und machte Kussmäulchen.

Im Abfalleimer fand Anastasia einen Farbstiftstummel. Sie kniete sich in eine Ecke ihres Zimmers und schrieb in Schönschrift folgende Worte auf die Tapete: „Dies wird für immer und ewig *mein* Zimmer bleiben. Anastasia Krupnik." Schon fühlte sie sich besser.

Dann marschierte sie durch den kahlen Flur in das Arbeitszimmer ihres Vaters. Er stand an der Wand neben seinem ungewohnt leeren Schreibtisch, hatte ihr den Rücken zugewandt und zuckte erschrocken zusammen, als sie eintrat. Er sah aus wie ein ertappter Sünder. In dieser Hinsicht konnte man ihr kein X für ein U vormachen.

„Was machst du, Paps?“, fragte sie scheinheilig.

„Oh, nichts“, antwortete er schnell.

Dieses gelangweilte Nichts sagte man immer, wenn man gerade etwas Verbotenes tat und zufällig jemand vorbeikam und fragte, was man gerade machte. Darin war Anastasia Expertin. Entweder man sagte nichts, oder man begann zu pfeifen oder zu summen.

Ihr Vater begann zu summen. Seine Finger trommelten nervös auf die Schreibtischplatte.

„Hast du schon alles eingepackt?“, fragte sie, während sie ihren Blick durch den kahlen Raum schweifen ließ.

„Ja. Die Möbelpacker können kommen. Hier sieht es trostlos aus, wenn alle Bücher eingepackt sind, nicht wahr?“

„Ja, aber die neuen Mieter werden sicher wieder Bücher hereinstellen. Obwohl sie vermutlich nicht so interessante Bücher haben werden wie du, Papa.“

„Vermutlich keine Erstausgabe von *Der alte Mann und das Meer*“, sagte ihr Vater, und das schien seine Laune wieder zu heben. „Ich glaube, ich genehmige mir jetzt ein Bier.“

Er steuerte in Richtung Küche. Sobald er draußen war, entdeckte Anastasia unten an der Wand seines Arbeitszimmers eine Stelle, wo er in kleinen, aber gut lesbaren Buchstaben seinen Namen verewigt hatte.

Auf ihrem weiteren Weg durch die fast leere Wohnung stieß Anastasia auf Sam, der in seinem Zimmer auf dem Boden saß und leise vor sich hin schluchzte.

„Was ist los, alter Junge?“, fragte sie.

„Ich bin traurig wegen meiner Decke“, erwiderte er.

„Ach so. Oh, Sam, das tut mir Leid. Es war nur als Witz gemeint, als ich dir sagte, wir könnten deine Schmusedecke nicht mitnehmen. Natürlich nehmen wir sie mit!“

Eine Träne kullerte über Sams Wange. „Aber sie möchte hier bleiben“, flüsterte er. „Hat sie mir gesagt.“

Anastasia überlegte angestrengt. „Ich habe eine Idee“, sagte sie schließlich. Sie rannte in die Küche und holte eine Schere. Dann setzte sie sich neben Sam auf den Fußboden und schnitt seine schäbige gelbe Decke in zwei Teile.

„So“, sagte sie dann zufrieden. „Jetzt kann die eine Hälfte hier bleiben, und die andere Hälfte nimmst du mit ins neue Haus.“ Sie faltete eine Hälfte fein säuberlich zusammen und zeigte Sam, wo er sie verstecken konnte: ganz unten auf dem schmalen Regal im Badezimmer. Danach wickelte Sam die andere Hälfte um seinen Arm, hielt sie an seine Wange und lutschte am Daumen, um zu sehen, ob es auch mit einer Hälfte ging.

Ein Lächeln überzog sein Gesicht. „Es klappt“, sagte er zufrieden. „Es klappt noch.“

„Gut.“

„Ich bin kein Baby mehr“, gab er ernst zu bedenken.

„Ich weiß, Sam. Ich weiß, dass du kein Baby mehr bist.“

Ein letztes Mal rief sie Jenny MacCauley von der alten Wohnung aus an.

„Der Möbelwagen kommt in etwa einer Stunde", sagte sie. „Ich wollte dir nur schnell Tschüss sagen."

„Habt ihr im neuen Haus kein Telefon?"

„Klar doch."

„Ist es dann ein Ferngespräch?"

„Keine Ahnung. Aber bestimmt kein Ferngespräch wie nach Milwaukee oder so."

„Gut, ruf mich dann an, und sag mir die Nummer."

„Mach ich."

„Und ruf an und erzähl mir alles, was so los ist."

„Mach ich."

„Falls du dich mit einem Jungen triffst oder so."

„Klar doch."

„Oder falls *Casablanca* bei euch im Kino läuft. Ich werde schon irgendwie hinkommen. Versprich mir, dass du nie mit jemand anderem als mir *Casablanca* anschauen wirst!"

„Gut, großes Ehrenwort. Du aber auch nicht!"

„Nie im Leben! Hör mal, falls die olle Aktentasche dich jemals besuchen kommt, ruf mich an und erzähl mir alles."

Anastasia kicherte. „Okay."

„Oder falls du neue Klamotten kriegst oder so."

„Klaro. Und du, Jenny, falls du ein tolles Buch in die Finger bekommst, ruf mich an. Oder wenn Michael Gottlieb wieder aufkreuzt. Die olle Baseballmütze."

Jenny kicherte. „Ich kann es immer noch nicht glauben, dass du wegziehst, Anastasia."

„Ich auch nicht. Komm mich auf jeden Fall besuchen!“

„Bestimmt!“

„Versprich es!“

„Großes Ehrenwort.“

Dann plötzlich war Anastasia zu traurig, um weiterzureden. Bevor sie womöglich in Tränen ausbrechen würde, verabschiedete sie sich rasch und legte auf.

Alles war gepackt, als der Möbelwagen vor der Haustür vorfuhr.

Frank Goldfisch hatte Anastasia allerdings nicht eingepackt – sie wollte ihn und sein Glas persönlich ins neue Haus transportieren. Auch ihr Notizbuch hatte sie nicht eingepackt.

Jetzt saß sie auf dem blanken Fußboden, neben Franks Glas, und sah sich um. Sie hörte die schweren Schritte der Möbelpacker näher kommen. Ihr ganzes Leben war jetzt in Kartons eingepackt, mit Ausnahme des Teils ihres Lebens, den sie hier lassen musste.

„Das Geheimnis“, schrieb sie noch schnell, bevor die Männer ihr Zimmer betraten, „des Abschiednehmens.“

Sie überflog diesen Satz ein zweites Mal. Super, dachte sie zufrieden, wenn das kein cooler Buchtitel war!

# *Sechs*

Anastasias Mutter saß in der Küche ihres neuen Heims auf einem Schaukelstuhl, hatte ihre Sandalen abgestreift und fuhr sich durchs zerzauste Haar.

„Schau mich an", sagte sie theatralisch zu Anastasia, die der Hunger in die Küche getrieben hatte, „und du siehst eine leidende Frau."

„Woran leidest du?", erkundigte sich Anastasia mitfühlend, während sie großzügig Erdnussbutter auf eine Scheibe Vollkornbrot strich.

„An Angstzuständen und schmerzenden Füßen. Außerdem bekomme ich gleich einen Hitzschlag."

„Wie wär's noch mit Schuppenflechte?"

„Nein, das nicht, aber panikartige Anfälle, weil ich rein gar nichts wiederfinde. Hast du die Teekanne irgendwo gesehen? Oder kannst du mir verraten, wie ich ohne Teekanne den Eistee machen soll, nach dem es mich sehnlichst verlangt?"

„Nö." Anastasia leckte den Rand ihrer Brotscheibe ab.

„Verdammt!" Ihre Mutter quälte sich aus dem Schaukelstuhl und durchwühlte einen halb ausgepackten Karton.

In diesem Augenblick kam Anastasias Vater herein und wischte sich mit einem Taschentuch über die Stirn.

„Ist der Eistee fertig?", erkundigte er sich.

„Reden wir lieber nicht darüber", erklärte Anastasias Mutter düster.

„Ich will nicht darüber reden. Ich möchte mir welchen einschenken."

Anastasias Mutter bedachte ihn mit einem finsteren Blick.

„Sie kann die Teekanne nicht finden", erklärte Anastasia. „Hier", wandte sie sich dann an ihre Mutter und reichte ihr einen Topf. „Nimm den."

Ihr Vater setzte sich in den Schaukelstuhl, stützte die Ellbogen auf die Knie und starrte auf den Fußboden.

„Ist was, Papa?" Zufällig wusste Anastasia nämlich, dass ihr Vater sich kein bisschen für Fußböden interessierte. Wenn er auf den Boden starrte, hatte er für gewöhnlich Probleme.

„Ich habe eben meine Schallplatten ausgepackt", sagte er, „und feststellen müssen, dass das Verdi-Requiem verschwunden ist. Die Möbelpacker müssen es gestohlen haben."

„Papa", sagte Anastasia nachsichtig. „Die Möbelpacker haben garantiert noch nie vom Verdi-Requiem gehört."

Ihr Vater hörte nicht auf sie, sondern starrte weiterhin auf den Boden. „Außerdem", fuhr er fort, „kann ich unser neues Auto nicht leiden. Und das Auto kann mich nicht leiden. Der Auspuff knallt und pufft. Sogar dann, wenn ich den Motor abgestellt habe, ausgestiegen bin und hinter dem Auto vorbeigehe, pufft es mich noch einmal an."

„Mir gefällt unser neues Auto", erklärte Anastasia zufrieden. „Zuerst wollte ich kein Auto haben, aber jetzt finde ich es gut. Ich bin froh, dass du eine uralte gebrauchte Karre gekauft hast und keinen protzigen Cadillac oder so."

„Hier", sagte ihre Mutter und reichte jedem ein Glas Eistee. „Falls er nach Aluminium schmeckt – ich kann nichts dafür. Ich fürchte, die Möbelpacker haben auch unsere Teekanne gestohlen."

Sie setzte sich gegenüber von Anastasias Vater auf einen Stuhl, nahm einen Schluck und verzog das Gesicht. Dann stützte sie ihre Ellbogen auf die Knie und starrte auf den Fußboden.

„Wisst ihr was, Leute?", verkündete Anastasia triumphierend. „Ihr beide leidet an Umzugsdepressionen."

„Gütiger Himmel, wie kommst du denn auf die Idee?", fragte ihre Mutter gequält.

*„Cosmopolitan."*

Ihr Vater stellte sein Glas so heftig auf den Tisch zurück, dass es beinahe zerbrochen wäre. „Anastasia Krupnik", sagte er, „diese unsere Familie hat mindestens sieben Zeitschriften abonniert, die allesamt einen gewissen intellektuellen Anspruch haben. Warum zum Kuckuck hast du nichts Besseres zu tun, als dein Taschengeld für ein derartiges Schundblatt aus dem Fenster zu werfen?"

„Da erfährt man so allerhand."

„Zum Beispiel?"

„Nun, neulich erst gab es einen hochinteressanten Artikel über Frauen mit zwei ungleichen Brüsten und wie man das kaschiert, und dann noch einen Artikel über Frauen, denen alles zum Hals heraushängt, sodass sie ganz plötzlich und unerwartet von zu Hause weglaufen. All das zu wissen kann eines Tages vielleicht ganz nützlich für mich sein."

Ihr Vater schnaubte wie ein wütender Tiger. Abrupt stand er auf und stürmte aus der Küche.

„Keine Sorge", beruhigte Anastasia ihre Mutter. „Umzugsdepressionen dauern nur wenige Tage."

Sam kam in die Küche getapst. „Ich bin schon durch alle Schränke marschiert", erklärte er stolz.

„Sam", sagte seine Mutter, „wo sind deine Schuhe? Du könntest dir einen Splitter in den Fuß treten." Schnell schlüpfte sie wieder in ihre Sandalen.

Sam dachte nach. „Ein Schuh ist in dem einen Schrank", sagte er dann, „und der andere Schuh in einem anderen Schrank. Ich weiß bloß nicht mehr genau, in welchem." Er setzte sich auf den Boden und inspizierte seine Fußsohlen. „Ich finde Splitter interessant", erklärte er dann.

„Sam hat keine Umzugsdepressionen", bemerkte Anastasia. „Ich auch nicht. Ich bin schon gespannt auf die Nachbarn. Wenn man neu zugezogen ist, müssen doch irgendwann die Nachbarn vorbeikommen und als Begrüßungsgeschenk einen Schokoladenkuchen oder so bringen."

„Ich wünschte, jemand würde uns eine Teekanne vorbeibringen", murmelte ihre Mutter. „Dieser Tee hier schmeckt grässlich."

Sam sah plötzlich auf. „Nebenan wohnt eine Hexe", sagte er beiläufig.

„Echt?", fragte Anastasia. „Woher willst du das wissen?"

„Ich habe aus meinem Fenster geschaut, und sie hat aus ihrem Fenster geschaut."

„Woher willst du wissen, dass sie eine Hexe ist? Hatte sie einen spitzen Hut auf?"

„Nö", musste er zugeben, während er einen Fussel zwischen den Zehen herauspopelte, „aber sie hat ein Gesicht wie eine alte Hexe."

„Hey", sagte Anastasia, „ich habe eine Idee. Wir brauchen doch eine Teekanne, zumindest bis wir unsere eigene wieder finden, oder? Ich könnte nach nebenan gehen und eine ausborgen. Dann würde ich endlich unsere Nachbarn kennen lernen. Ich bin mächtig gespannt auf sie."

„Du willst freiwillig zu einer Hexe gehen?", fragte Sam ungläubig.

„Klar. Kommst du mit, Sam? Such deine Schuhe, dann darfst du mitkommen. Ich muss mich nur noch schnell kämmen."

Sie wollte bereits aus der Küche eilen, als ihre Mutter sie noch einmal zurückrief. „Stand in der *Cosmopolitan* wirklich dieser Artikel, den du erwähnt hast? Der über die Hausfrauen, die alles stehen und liegen ließen und durchbrannten? Was ist aus ihnen geworden? Leben sie nun glücklich und zufrieden in Malibu oder sonst wo?"

„Mamilein", sagte Anastasia aufmunternd, „halte noch ein paar Tage durch. Deine Umzugsdepressionen werden vergehen. Glaube mir!"

Das Haus nebenan sah so gespenstisch aus wie Frankensteins Spukschloss. Doch das machte Anastasia nichts aus. Sie konnte sich die Duschszene in *Psycho* ansehen, ohne sich die Augen zuzuhalten, was ihre Mutter noch nie geschafft hatte. Sie konnte *Dracula* und andere Vampirbücher lesen und sich auch – ohne danach Albträume zu haben – die spätabendlichen Horrorfilme ansehen, in denen riesige, klebrige Blasen die Bevölkerung ganzer Städte ausradierten.

Aber Sam fürchtete sich. Er war noch nicht alt genug, um gegen Angstgefühle immun zu sein. Mit einer Hand klammerte er sich an seine große Schwester, mit der anderen an seine gelbe Schmusedecke. An der Verandatreppe angekommen, ließ er Anastasia los und huschte hinter einen Busch.

„Angsthase", sagte sie abfällig und ging allein die Stufen hoch. Kräftig drückte sie auf die Klingel auf dem unleserlichen Messingschild neben der Haustür. Im Inneren des Hauses ertönte ein schrilles Läuten. Bald darauf hörte sie langsame, schlurfende Schritte.

Die Tür öffnete sich einen Spaltbreit, und eine Frau spähte aus dem düsteren Flur.

Mannomann! Sie sah wirklich wie eine alte Hexe aus. Sam hatte Recht. Alles, was ihr noch fehlte, war ein Besen!

„Guten Tag", sagte Anastasia höflich. „Ich bin Anastasia Krupnik, Ihre neue Nachbarin."

Die Frau mit dem Hexengesicht starrte sie nur an. Sie sagte nichts, lächelte auch nicht. Ihre zerzausten, wirr vom Kopf abstehenden grauen Haare erinnerten Anastasia an ein Vogelnest, das sie im Winter hoch oben in einem Baum gesehen hatte.

„Darf ich fragen, wie Sie heißen?", erkundigte sich Anastasia unsicher.

Die Frau starrte sie wieder eine Weile an, ehe sie widerwillig „Mrs Stein" brummte.

„Meine Mutter lässt fragen, ob Sie uns vielleicht eine Teekanne ausborgen könnten, nur für heute, bis unsere wieder auftaucht. Wir sind noch am Auspacken, und bei dieser Hitze würden wir gerne einen Eistee machen."

„Nein", sagte Mrs Stein abweisend, „ich habe keine."

Lügnerin! Jeder Mensch hat eine Teekanne, es sei denn, er findet sie gerade nicht.

„Oh", sagte Anastasia betreten. Am liebsten hätte sie noch hinzugefügt: „Trotzdem vielen Dank, Sie alte Kuh."

Aber das sagte sie natürlich nicht, sondern nur wohlerzogen: „Trotzdem vielen Dank. Entschuldigen Sie die Störung."

Erleichtert wollte Mrs Stein die Tür wieder schließen. Doch mitten in der Bewegung hielt sie inne, blickte an Anastasia vorbei und sagte verwundert: „Wer ist das denn?"

Anastasia drehte den Kopf. Es war Sam, der sich inzwischen hinter dem schützenden Busch hervorgewagt hatte und jetzt ängstlich zu ihnen heraufstarrte, daumenlutschend und seine gelbe Decke umklammernd.

„Das ist mein Bruder Sam."

„Was für ein ekliges Ding hat er um den Arm gewickelt?"

„Das ist seine Schmusedecke. Er braucht sie, wenn er müde ist oder sich fürchtet."

„Komm doch mal her, junger Mann", rief Mrs Stein.

Gehorsam kletterte Sam die Stufen zur Veranda hinauf, wobei er sich am Geländer festhielt. Es dauerte einige Zeit, weil er noch immer wie ein Baby die Stufen hinaufging und beide Füße auf jede Stufe stellte.

„Magst du Kekse?", erkundigte sich Mrs Stein.

Sam nickte.

„Aber wie willst du die Kekse essen, wenn du deinen Daumen im Mund hast?"

Hastig nahm Sam den Daumen aus dem Mund und wischte ihn an seiner Decke trocken.

„Kannst du schon sprechen?"

„Ja", erklärte Sam feierlich.

„Ich heiße Gertrude Stein. Kannst du das schon sagen?"

„Gertrustein", wiederholte Sam gehorsam. Er sagte es genau so, wie er „Frankenstein" sagte, wenn er mit seinen Monsterfiguren spielte.

„Magst du lieber Schokokekse oder Sirupplätzchen?"

„Beides."

Gertrude Stein lachte auf. „Na schön, dann komm herein. Ich gebe dir von jeder Sorte eins."

Streng blickte sie dann auf Anastasia. „Was wolltest du noch mal ausborgen?"

„Eine Teekanne."

„Gut, dann komm auch herein. Ich gebe dir eine."

Dann, als wollte sie unbedingt etwas erklären, fuhr sie fort: „Ich mag kleine Kinder. Viel lieber als ältere ..."

Anastasia und Sam folgten ihr in das düstere Haus.

„Hier riecht es komisch", flüsterte Sam ihr zu.

Anastasia war verblüfft. Woher wusste Sam mit seinen zweieinhalb Jahren, dass es unhöflich war, bestimmte Dinge zu sagen? Andere Kinder in Sams Alter oder auch ältere hätten es bestimmt laut gesagt. Welch erstaunlich gute Manieren! Anastasia drückte zustimmend seine Hand.

Andererseits war Gertrustein, die mindestens achtzig Jahre älter war als Sam, eben an der Haustür ganz schön unhöflich gewesen. Zumindest hatte sie so gewirkt.

Anastasia fiel ein, dass auch ihre Großmutter, die im Alter von zweiundneunzig Jahren gestorben war, manchmal unhöflich gewirkt hatte.

Vielleicht war es einfach so, dass Leute, die sehr alt waren, oder solche, die sehr jung waren, die einzigen waren, die genau das aussprachen, was sie dachten. Wenn sie sehr jung waren, hatten sie noch nicht gelernt, darauf Rücksicht zu nehmen, was andere von ihnen denken könnten, und wenn sie sehr alt waren, kümmerte es sie nicht mehr.

Aber es stimmte, in diesem Haus roch es komisch. Sam hatte Recht. Es war kein übler Geruch. Es war einfach nur der Geruch, der entsteht, wenn lange nicht mehr gelüftet worden war.

„Ich gehe sehr langsam", sagte Gertrustein. Das war Anastasia bereits aufgefallen.

„Ich auch", sagte Sam, „weil ich kurze Beine habe."

Gertrustein blickte lächelnd auf ihn herab.

Anastasia musste sich schon wieder über Sam wundern. Er hatte etwas gesagt, das der alten Frau gefiel. Was für ein kleiner Sonnenschein er doch allmählich wurde!

„Ich habe keine kurzen Beine", sagte Gertrustein. „Meine sind normal lang. Aber sie sind nicht mehr die jüngsten. Der Arzt riet mir, lange Spaziergänge zu machen."

„Tun Sie das auch?", fragte Anastasia. „Ich meine, machen Sie lange Spaziergänge?"

„Nein", antwortete Gertrustein abfällig.

Die Küche war nicht ganz so düster wie der Rest des Hauses, weil hier die Sonne zum Fenster hereinschien.

Aber sie war sehr altmodisch eingerichtet. Gertrustein schlurfte zu dem dicken Steinguttopf mit Deckel, öffnete ihn und holte ein paar Kekse heraus. Sie legte sie auf ein Tellerchen, das sie dann auf den Tisch stellte.

„So", sagte sie, „setz dich, Sam. Du auch, Mädchen."

Sam kletterte auf einen Stuhl und setzte sich. Seine Beinchen ragten nach vorne. Anastasia setzte sich neben ihn, während Gertrustein vorsichtig auf dem dritten Stuhl Platz nahm und das Tellerchen mit den Keksen herüberschob.

„Warum machen Sie keine langen Spaziergänge?", fragte Sam, einen Keks im Mund.

„Weil ich", begann Gertrustein, obwohl auch sie einen Keks im Mund hatte, „niemanden habe, der mit mir geht, und weil es langweilig ist, mutterseelenallein spazieren zu gehen."

„Sie haben doch bestimmt Bekannte, die Sie begleiten könnten?", fragte Anastasia.

Gertrustein zog die Augenbrauen hoch. „Meine Bekannten sind alle tot", erklärte sie barsch.

Du lieber Himmel! Auf eine solche Bemerkung fiel Anastasia beim besten Willen keine passende Antwort ein, außer „Tut mir Leid", was sie auch prompt flüsterte.

Doch Sam blickte auf, grinste und sagte: „Vielleicht können wir beide Freunde werden."

Gertrustein lächelte zurück. Wenn sie lächelte, sah sie nicht mehr wie eine Hexe aus.

„Ich gehe gern spazieren", erklärte Sam und griff nach einem zweiten Keks. „Besonders in meinem Buggy. Ich habe einen Buggy, den kann man wie einen Schirm auf- und zumachen. Du kannst mich darin schieben. Mein Buggy hat auch eine Tasche, in der meine Decke mitfahren kann. Kekse könnten auch mitfahren."

„Einverstanden", sagte Gertrustein, „das hört sich nicht schlecht an."

Als sie wenig später wieder nach Hause gingen, hatte Anastasia eine angeschlagene Teekanne für ihre Mutter in der Hand, Sam zwei Kekse in der Tasche und eine Verabredung für den morgigen Tag.

Anastasia fühlte sich komisch. Sie hatte dieselben Gefühle wie damals, kurz nach Sams Geburt, als ihre

Mutter mit Sam aus der Klinik gekommen war und alle Freunde und Bekannten vorbeigekommen waren, um das Baby zu sehen. Sie hatten Geschenke mitgebracht – Babyjäckchen, Strampelhosen und Stofftiere. Entzückt hatten sie neben dem Bettchen gestanden und ausgerufen, wie entzückend der Kleine doch sei.

Anastasia hatte ihren Bruder geliebt, gleich damals, als er neu geboren war, nur acht Pfund gewogen und sie noch nicht angelächelt hatte. Doch als all diese Leute gekommen waren und ständig gesagt hatten, wie süß und niedlich er sei, hatte sie sich in ihr Zimmer zurückgezogen und die Tür geschlossen. Damals hatte sie zu Frank Goldfisch gesagt: „Was ich dir jetzt sage, darfst du niemandem weitersagen, aber manchmal hasse ich Sam."

Heute hätte sie Lust gehabt, genau dasselbe zu Frank zu sagen. Sie wusste nur nicht so recht, warum.

Auf dem Heimweg sagte Sam selbstzufrieden: „Gertrustein mag mich."

Anastasia lächelte gequält und sagte: „Warte nur, bis sie herausfindet, dass du noch Windeln brauchst, Kleiner."

Zu Hause ertönte laute Musik aus dem Wohnzimmer. Das Verdi-Requiem. Ihr Vater hatte es endlich gefunden. Er stand mitten im Zimmer, hatte die Augen geschlossen, einen Bleistift in einer Hand, und fuchtelte wie wild mit beiden Armen. Anastasia kicherte. Ihr Vater war bestimmt der einzige Mensch der Welt, der Orchester dirigierte, die er gar nicht sah.

Auf Zehenspitzen schlichen sie und Sam am Zimmer vorbei. Ihre Mutter war in dem Raum, den die Dame vom Immobilienbüro als „Wintergarten“ bezeichnet hatte. Inzwischen hatte er einen anderen Namen erhalten, „Atelier“. Die Teekanne – offensichtlich war auch sie mittlerweile wieder aufgetaucht – stand auf dem verkleckstеn Tisch. Summend stellte ihre Mutter Ölgemälde an der Wand entlang auf. Die Staffelei war bereits aufgestellt.

„Hallo!“, sagte sie. „Wie war euer Besuch? Schaut nur! Ist das nicht ein herrlicher Raum?“

„Ja“, seufzte Anastasia. „Wie ich sehe, habt ihr eure Depressionen überwunden. Dafür habe ich sie jetzt.“

„Was ist passiert? Ist es wirklich eine Hexe? Ah, ich sehe, sie hat euch eine Teekanne mitgegeben.“

Anastasia ließ sich in einen angeschlagenen Sessel fallen. „Nein. Sie sieht so aus, Sam hatte Recht. Aber sie ist nur eine alte Frau mit einer ungepflegten Frisur.“

„Warum bist du so bedrückt?“

Anastasia zeichnete mit dem Finger ein Muster in den Sesselbezug. Nach einer Weile sagte sie: „Sie mag mich nicht. Sie mag nur Sam.“

Ihre Mutter drückte ihr einen Kuss auf die Stirn. „Bist du sicher, Herzchen? Erzähl mir von ihr.“

Anastasia berichtete, wie ihr Besuch verlaufen war.

„Hört sich an, als sei die Frau sehr einsam“, sagte ihre Mutter, während sie nachdenklich an ihrem Tee nippte.

„Ja, sie sagte, alle ihre Bekannten seien schon gestorben.“

„Liebes, entschuldige, dass ich mich wie eine Briefkastentante anhöre, aber ich glaube, ich kann dir da etwas erklären. Leute, die allein sind, sind häufig von ihren Mitmenschen enttäuscht worden. Deshalb sind sie auf Abwehr eingestellt. Kannst du das nachvollziehen?"

„Ja, hat was mit Waffen zu tun. Atombomben. Papa mault doch immer über die Rüstungsausgaben der Regierung."

Ihre Mutter schmunzelte. „Ja, das ist so etwas Ähnliches. Hört sich an, als hätte sie ein ganzes Arsenal an Abwehrwaffen. Ihre Hauptwaffe besteht darin, niemanden zu mögen. Auf diese Weise ..."

„... kann niemand sie mehr enttäuschen, stimmt's?"

„Richtig."

Anastasia runzelte die Stirn. „Aber sie mag Sam. Das zeigt sie ganz deutlich", sagte sie geknickt.

„Herzchen, bei allem Respekt für Sam – ein reifer Mensch ist er noch nicht. Deshalb kann sie das Risiko eingehen, ihn zu mögen."

„Aber warum nicht auch mich? Ich würde sie nicht enttäuschen."

„Tja", sagte ihre Mutter, „das musst du ihr vielleicht erst beweisen."

Anastasia überlegte einen Moment. „Weißt du, was ich tue, falls Papa mich zu einer Tierhandlung fährt?"

„Was?"

„Jemand, der mich noch nie enttäuscht hat und dem ich verdanke, dass ich mich nie einsam fühle, ist Frank. Ich glaube, ich werde Gertrustein einen Goldfisch schenken."

Ihr Vater hatte noch immer die Augen geschlossen und sah deshalb nicht, dass sie ins Wohnzimmer gekommen war. Doch gleich würde er zu dem Abschnitt des Verdi-Requiems kommen, bei dem er immer lauthals mitsang. Anastasia lebte in der ständigen Todesangst, dass er irgendwann – eines Tages, wenn ihre Freunde zu Besuch waren – das Tenorsolo des Verdi-Requiems schmettern würde, mit geschlossenen Augen und Schweißtropfen auf der kahlen Stirn.

Natürlich konnte das jetzt in der Vorstadt, wo sie ohnehin keine Freunde hatte, nicht mehr passieren. Ihre Depressionen kehrten zurück.

Gegen Ende, an der sehr hohen Stelle, stellte sich ihr Vater beim Singen auf die Zehenspitzen. Anastasia kicherte.

Als das Stück zu Ende war, öffnete ihr Vater die Augen und machte eine großartige Verbeugung vor Anastasia, die höflich applaudierte. Dann ging er zur Stereoanlage und schaltete sie auf Aus. Mit einem Taschentuch wischte er sich den Schweiß vom Gesicht.

„Ich bin immer zu erschöpft, um die nächste Partitur zu dirigieren, wenn ich diese hier mitgesungen habe", sagte er. „Wie war ich?"

„Ganz gut. Ich finde, du hast Fortschritte gemacht."

*„Inter oves lacum praesta et ab haedis me sequestra"*, zitierte er. Das waren einige der Worte, die er gesungen hatte. „Weißt du, was das heißt?"

„Nö, keine Ahnung."

„Bald wirst du ja mit Latein anfangen. Es bedeutet:

‚Bei den Schafen gib mir Weide, von der Böcke Schar mich scheide.'"

Anastasia lachte auf. „Keine Angst, du bist unter Schafen."

„Du auch. Zum Glück kenne ich niemanden, der zu der Böcke Schar gehört."

„Ich schon: Gertrude Stein."

Ihr Vater steckte das Taschentuch wieder ein und blickte sie überrascht an. „Wie bitte? Willst du etwa behaupten, du hast dich mit Gertrude Stein vertraut gemacht?"

„Ja, gerade eben. Kennst du sie auch schon?"

„Sie kennen? Mädchen, ich habe sie im Examensseminar. Gertrude Stein, Amy Lowell, Ezra Pound und Henry James."

Anastasia runzelte die Stirn. „Sie ist doch viel zu alt, um noch zur Uni zu gehen!"

„Aber nein, sie ist doch keine Studentin. Sie ist eine Schriftstellerin. Wir besprechen ihre Werke."

„Seltsam. Sie hat mir und Sam nicht erzählt, dass sie schreibt."

„Wovon sprichst du? Wie könnte sie dir und Sam etwas erzählen? Sie ist längst tot."

Um Himmels willen! Anastasias Magen zog sich zusammen. Hilfe, sie war ein Geist. Ich habe einen Geist getroffen! Gertrustein ist längst tot. Kein Wunder, dass sie so grässlich aussah.

Als ihr Vater ihren entsetzten Gesichtsausdruck sah, kam ihm plötzlich die Erleuchtung. „Ich habe das Gefühl, wir reden von zwei verschiedenen Gertrude Steins."

„Die, von der ich spreche, ist unsere Nachbarin. Sie sieht aus wie eine alte Hexe."

„Oh. Nun, die, von der ich spreche, ist tot und sah aus wie ein Automechaniker."

Anastasia lachte erleichtert. „Wenn Gertrustein von nebenan Automechanikerin wäre, könnte sie vielleicht unser Auto reparieren, sodass der Auspuff nicht mehr knallt."

Ihr Vater grinste. „Vielleicht. Aber jetzt verzieh dich. Ich möchte noch den letzten Teil des Requiems dirigieren."

„Wenn du damit fertig bist, könntest du mich dann in eine Tierhandlung fahren? Ich möchte einen Goldfisch für Gertrustein kaufen."

Zu den Dingen, die Anastasia an ihrem Vater am meisten schätzte, gehörte, dass er, wenn man ihm zum Beispiel sagte, man wolle einen Goldfisch kaufen für eine Nachbarin, die wie eine alte Hexe aussah, nie fragte, warum. Er sagte nur „okay", schaltete die Stereoanlage wieder ein, schloss die Augen und streckte erwartungsvoll beide Arme in die Luft.

Anastasia betrachtete den Titel, den sie an dem Tag geschrieben hatte, an dem die Möbelpacker gekommen waren. „Das Geheimnis des Abschiednehmens". Sie fand ihn nach wie vor großartig. Nachdenklich kaute sie auf dem Radiergummi am hinteren Ende ihres Bleistifts herum.

Dann begann sie, das erste Kapitel ihres Romans zu schreiben.

„Es war einmal ein junges Mädchen", schrieb

Anastasia, „das in seinem kurzen Leben von bisher zwölf Jahren schon oft Abschied nehmen musste. Ihre Großmutter war gestorben. Und ihr erster Goldfisch war die Toilette hinuntergespült worden. Er war und blieb unauffindbar, obwohl der Klempner gerufen worden war.

Von ihrer Großmutter hatte sie in zweifacher Weise Abschied genommen. Zum einen, indem sie zur Beerdigung gegangen war, was durchaus okay, wenn auch etwas traurig gewesen war. Zum anderen, indem sie den ihr geschenkten Ehering ihrer Großmutter aufbewahrte und ihn ab und zu betrachtete. Das war eine schöne Erinnerung an ihre Großmutter.

Von ihrem Goldfisch hatte sie Abschied genommen, indem sie, über die Kloschüssel gebeugt, ein paar bewegende Abschiedsworte gesprochen hatte und ihm auf ihrer Mundharmonika ein Ständchen gebracht hatte. Ihr Vater hatte ‚Viele tapfere Herzen schlummern in der Tiefe' gesungen.

Eines Tages musste das Mädchen Abschied nehmen von der Wohnung, in der es sein ganzes bisheriges Leben verbracht hatte. Diese Wohnung mitten in der Stadt war bislang ihr einziges Heim gewesen.

Das war der schwerste Abschied von allen, weil es keine Beerdigung gab, keine Erinnerungsstücke zum Aufbewahren, keine feierlichen Abschiedsworte und kein Ständchen auf der Mundharmonika.

Was die Sache so schwierig machte, war die Tatsache, dass das Mädchen sich gleichzeitig in einer neuen Umgebung einleben musste. Das junge Mädchen war nämlich kein sehr anpassungsfähiger Mensch."

Als Anastasia ihr Werk noch einmal überflog, strich sie den letzten Satz durch. Das Wort „anpassungsfähig“ gefiel ihr nicht. Es erinnerte sie an die Werbeslogans für einen Sport-BH, der sich angeblich jeder Bewegung „anpasste“.

„... Das junge Mädchen“, schrieb sie, „war nämlich kein sehr flexibler Mensch.“

Wieder kaute sie am Radiergummi und blickte geistesabwesend auf Frank den Zweiten, der seelenruhig durch sein Glas schwamm. Frank schien noch gar nicht bemerkt zu haben, dass er jetzt in der Vorstadt lebte.

Anastasia fragte sich, ob es ihren späteren Verleger wohl stören würde, wenn ihr Buch Fußnoten hatte. Sie machte ein Sternchen hinter den letzten Satz.

Unten auf die Seite schrieb sie: „Aus Gründen, denen die Wissenschaft bisher noch nicht auf die Spur gekommen ist, scheinen Goldfische flexibler zu sein als junge Mädchen.“

# *Sieben*

Anastasia trug den neu gekauften Goldfisch hinauf in ihr Turmzimmer. Er (oder sie? Das war bei einem Goldfisch schwer zu sagen) hatte die Fahrt von der Tierhandlung hierher bestens überstanden. Anastasia stellte sein Glas neben das von Frank Goldfisch auf ihren Schreibtisch.

„Frank", sagte sie, „darf ich dir deinen neuen Nachbarn vorstellen?"

Dann öffnete sie den kleinen Beutel mit Aquariumzubehör, für dessen Inhalt sie den Hauptteil ihres Ersparten geopfert hatte.

„Frank", fuhr sie fort, „sei nicht schockiert über dieses Plastikzeug. Ich habe es nur gekauft, weil Gertrustein wahrscheinlich auf so etwas steht. Dir würde es natürlich nicht gefallen, ich weiß." Sie legte eine Hand voll rosafarbener Steinchen, eine Plastikburg und eine kleine Puppe im Taucheranzug in das Glas des neuen Fisches.

Frank machte ein Gesicht, als hätte er auf eine Zitrone gebissen.

„Ja, ich weiß, Frank, es sieht wirklich albern aus. Aber du kennst Gertrustein nicht. Ihr Haus steht voll mit Dingen, die dir und mir niemals gefallen würden. Aber ihr gefallen sie, das ist das Wichtigste. Und das hier ist ihr Goldfisch."

Sie ließ ein paar Flocken Fischfutter in beide Gläser rieseln und beobachtete die Fische beim Fressen. Sie überlegte, ob Goldfische sich wohl manchmal einsam fühlten. Sie schon, sie begann allmählich, sich einsam zu fühlen. Auf der Fahrt zur Tierhandlung hatte sie ein paar Kinder in ihrem Alter gesehen, einen Jungen, der ein paar Häuser weiter den Rasen mähte, und zwei Mädchen, die zusammen auf einer Veranda saßen. Vielleicht konnte sie einfach dort vorbeigehen und hallo sagen. Was aber, wenn sie nicht zurückgrüßen würden? Oder was, wenn sie auch hallo sagen würden? Wie sollte sie dann reagieren?

Sie lag auf ihrem Bett und sah zum Fenster hinaus. Von hier aus sah sie die Wipfel einiger Bäume und sehr viel Himmel. Es war schön, in einem Turmzimmer zu wohnen. Undeutlich erinnerte sie sich an das Märchen von Rapunzel, die in einen Turm eingesperrt worden war, kurzerhand ihre langen Haare aus dem Fenster gehängt hatte, und ihr Lover war daran zu ihr hinaufgeklettert. Coole Sache, so etwas!

Als Anastasia verträumt die Finger durch ihr eigenes Haar gleiten ließ, das inzwischen schon recht lang war und bis über die Schulterblätter reichte, fiel ihr auf, dass es dringend wieder gewaschen werden musste. Zum Teufel! Falls je ein Lover versuchen würde, an ihrem fettigen Haar zu ihr hinaufzuklettern, würde er garantiert abrutschen.

Aber auf so etwas wie einen Lover legte sie zum Glück keinen Wert, verdammt noch mal. Aber ein Freund, das wäre schon ganz nett.

Sie hatte alle ihre alten Möbel in diesem Zimmer,

aber trotzdem fühlte sie sich noch nicht heimisch. Vielleicht hätte sie ihr Orang-Utan-Poster doch nicht so voreilig wegwerfen sollen. Auch ihre alte Tapete fehlte ihr. Die lustigen Radfahrer auf ihrer alten Tapete waren ihr so vertraut gewesen. Sie hatte ihnen sogar Namen gegeben. Die Lady in dem langen Rock, die auf ihrem Hochrad Geige spielte, war Sybil. Der Herr auf dem altmodischen Rennrad, der freihändig fuhr und dabei Flöte spielte, war Stanley. Seit Jahren hatte Stanley Sybil über die Wände ihres alten Zimmers gejagt.

Anastasia wollte sie wiederhaben.

Die Tapete hier war alt und hatte ein dämliches Blümchenmuster. In den Ecken löste sie sich an einigen Stellen schon ab.

Anastasia polterte die Treppen hinunter und rannte zu ihrer Mutter, die in der Küche die Schränke einräumte.

„Mami, ich vermisse Stanley und Sybil."

Stirnrunzelnd betrachtete ihre Mutter eine Auflaufform und stellte sie dann in den Hochschrank neben dem Kühlschrank.

„Wer sind Stanley und Sybil? Ich dachte eher, du würdest Jenny MacCauley vermissen."

„Natürlich vermisse ich Jenny. Aber sie kann ich jederzeit anrufen. Stanley und Sybil sind die beiden Typen auf meiner alten Tapete."

Ihre Mutter lächelte. „Ach ja, klar. Ich hatte vergessen, dass sie einen Namen haben. Stanley ist der mit dem sexy Schnauzbart. Es wundert mich nicht, dass du sie vermisst."

„Irgendwie fühle ich mich in meinem neuen Zimmer nicht zu Hause. Es gefällt mir, aber es ist mir noch fremd."

Ihre Mutter nahm eine große Schale aus dem Umzugskarton. „Wenn du eine gelbe Tonschale wärst mit einem Schnörkelmuster an der Seite – wo würdest du dann gerne wohnen?", fragte sie.

Anastasia überlegte und deutete dann auf eine bestimmte Schranktür. „Da", sagte sie.

Ihre Mutter stellte die Schale dort hinein. „Ich habe eine Idee", sagte sie dann.

„Und die wäre?" Normalerweise hatte ihre Mutter recht brauchbare Ideen.

„Ich könnte mich erkundigen, ob es deine Stanley-und-Sybil-Tapete noch zu kaufen gibt. Falls ja, könnten wir dein Zimmer damit tapezieren. Die Tapete dort ist ohnehin recht schäbig."

Anastasia überlegte. „Ich war erst acht, als ich mir die Tapete ausgesucht habe. Ist es nicht irgendwie ätzend, dass sie mir immer noch gefällt, wo ich doch jetzt schon zwölf bin?"

„Nein. Ich finde es nicht ätzend. Es war eine ziemlich erwachsene Entscheidung. Ich weiß noch, dass ich damals fand, dass du für eine Achtjährige einen erstaunlich anspruchsvollen Geschmack hast."

„Im Ernst?"

„Im Ernst."

Anastasia grinste. „Okay, ich fände es wirklich toll, wenn ich Stanley und Sybil wiederhaben könnte."

Ihre Mutter nickte nur und stellte einen Stapel Teller in ein Schrankfach. „Ah, da fällt mir gerade ein:

Jemand hat für dich angerufen, während du den Goldfisch kaufen warst. Ein Junge namens Robert."

„Robert hat angerufen?"

„Ja. Wer ist Robert?"

Anastasia seufzte. „Hatte er eine piepsige Stimme?"

„Na ja, vielleicht ein bisschen. Er hörte sich sehr nett an, wie ich fand."

Ach herrje, der doofe Robert Giannini. Typisch für den Blödmann, dass fremde Mütter ihn nett fanden.

„Na ja, nur ein Junge aus meiner alten Klasse."

„Er möchte, dass du ihn zurückrufst. Ich habe seine Nummer auf dem Block beim Telefon notiert."

Anastasia verzog das Gesicht. „Ich kann ihn nicht zurückrufen. Was soll ich zu ihm sagen?"

Ihre Mutter war erstaunt. Manchmal begriff sie rein gar nichts. „Wie wär's, wenn du sagen würdest: Hallo, hier spricht Anastasia. Meine Mutter sagte, du hast angerufen, als ich unterwegs war."

Großartig! Wenn das nicht absolut originell war! Anastasia schnitt eine Grimasse, ehe sie widerwillig zum Telefon ging. Eine Zeit lang starrte sie ratlos auf Roberts Nummer. Sie kannte sie auswendig. Sie hatte sie nämlich schon mindestens hundertmal im Telefonbuch nachgeschaut. Einfach nur so, aus Langeweile. Aus keinem anderen Grund.

„Robert", sagte sie, nachdem er sich gemeldet hatte, „hier ist Anastasia. Meine Mutter sagte, du hast angerufen, als ich unterwegs war."

„Ja, hallo! Ich habe deine Nummer von der Auskunft."

„Und, warum hast du angerufen? Ist in Cambridge etwas Interessantes vorgefallen? Hast du wieder irgendwelche neuen Sachen gesammelt?“

„In Cambridge ist alles beim Alten. Ziemlich öde hier. Und heiß ist es! Zu heiß, um mit dem Rad an den Fluss zu fahren.“

„Ja, hier ist es auch sehr heiß.“

„Hast du schon ein paar Leute kennen gelernt?“

„Robert, ich wohne erst seit drei Tagen hier. Ich hatte noch keine Zeit dazu. Nun ja, ein paar Freunde habe ich schon.“ Das war nicht ganz gelogen. Sie hatte schließlich schon Gertrustein kennen gelernt. Und ein paar Kinder hatte sie auch schon gesehen, wenn auch noch nicht mit ihnen geredet.

„Jungen oder Mädchen?“

Zum Kuckuck. Robert gehörte zu den Leuten, die immer gleich ins Detail gehen. Details zu berichten, wenn man nur Teilwahrheiten erzählte, war schrecklich schwierig.

„Einen Jungen und ein Mädchen“, sagte Anstasia, „eigentlich eher eine Frau. Sie wohnt nebenan. Der Junge wohnt ein paar Häuser weiter.“

Jetzt musste sie nachher gleich zu dem Haus gehen, wo der Junge den Rasen mähte, und sich vorstellen. Dann wäre das Ganze nämlich nicht mehr gelogen.

„Oh“, sagte Robert. „Wie alt ist der Junge?“

„Weiß nicht genau, dreizehn oder vierzehn.“

„Oh.“ Robert schwieg mindestens eine Minute lang. Dann sagte er: „Weißt du was, Anastasia? Ich habe ein System erfunden, um die Zukunft vorauszusagen.“

Wenn das nicht interessant war! Seit Jahren wünschte sich Anastasia nichts sehnlicher, als in die Zukunft blicken zu können. Die Horoskope in den Zeitungen und Zeitschriften taugten nicht viel. Sie gingen nie ins Detail. Aber wenn Robert Giannini, dieser Detail-Freak, ein System erfunden hatte – tja, das war auf jeden Fall hochinteressant. Anastasia setzte sich auf den Fußboden.

„Schieß los", sagte sie.

„Du brauchst Papier und Stift."

„Gut, habe ich hier."

„Okay. Zuerst schreibst du das Alphabet auf, und dann nummerierst du es durch. A ist eins, B zwei und so weiter, bis du zu Z kommst. Z ist sechsundzwanzig."

Ein Kinderspiel! Anastasia kritzelte eifrig. „Und weiter?", fragte sie, sobald sie fertig war.

„Alles klar? Jetzt musst du Folgendes tun. Ich sage dir, wie ich es gemacht habe. Zuerst schreibst du dein Alter auf. Ich bin zwölf, also habe ich zwölf aufgeschrieben."

„Okay, ich bin auch zwölf." Sie notierte diese Zahl.

„Dann schreibst du den Tag darunter, an dem du geboren bist. Ich bin am 20. September geboren, also habe ich 20 geschrieben."

„Ich am neunten. Am neunten Oktober."

„Du musst diese beiden Zahlen zusammenzählen. Als Nächstes zählst du dann noch das heutige Datum dazu."

„Was haben wir heute?"

„Den Sechzehnten. Schreib 16 dazu."

„Okay."

„Jetzt kommt dein Lieblingssender im Fernseher. Meiner ist Kanal fünf."

„Meiner 56. Ich mag die alten Filme auf Kanal 56."

„Gut, dann zähle 56 dazu."

„Was dann?"

„Nun zum letzten Punkt. Zähle die letzten drei Ziffern eurer Telefonnummer dazu. Meine lauten 058."

„Weiß ich", sagte Anastasia ungnädig. „Habe ich gerade gewählt."

„Und jetzt", fuhr Robert triumphierend fort, „nimm die beiden Endziffern der letzten Zahl, und schau im Alphabet nach. Das ist deine Zukunft!"

„Ich verstehe nicht ganz ..."

„Meine Zahl war 111. Zu 1 und 11 gehören A und K. Deine Initialen, Anastasia!"

Anastasia verzog das Gesicht. „Du bist blöd, Robert."

„Wie lautet deine Zahl?"

Anastasia überprüfte ihre Additionen. „370." Sie sah auf das Alphabet. „C und G. Irre! Ich kenne niemanden mit diesen Initialen. Es sei denn, Clark Gable wäre wieder vom Tode auferstanden."

Ein langes Schweigen herrschte. „Tja, vielleicht solltest du einen anderen Lieblingssender angeben. Im Vierten kommen sonntagabends immer Walt-Disney-Filme. Magst du die nicht?"

„Echt, Robert, was für ein Schwachsinn!"

„Nun, bei mir hat es funktioniert." Sie konnte an Roberts Stimme hören, dass er völlig übergeschnappt sein musste.

„Ich werde es morgen noch einmal versuchen. Dann haben wir ein anderes Datum. Vielleicht habe ich bis morgen auch einen anderen Lieblingssender."

„Okay", murmelte Robert matt.

„Ich muss jetzt aufhören, Robert."

„Ich könnte mit dem Rad zu dir kommen. Ich habe auf dem Stadtplan nachgesehen, sehr weit ist es nicht."

„Okay", sagte Anastasia, „aber ruf vorher an. Vielleicht bin ich mit meinen neuen Bekannten unterwegs oder so."

Sie kam sich mies vor, als sie den Hörer aufgelegt hatte. Trotzdem, Robert war wirklich ein Blödmann. Alter, Geburtstag, Lieblingssender, Telefonnummer! Das meiste davon änderte sich doch ständig, verflixt noch mal. Wie konnte man jemals etwas über die Zukunft herausfinden, wenn sich ständig alles änderte?

Aber eigentlich, fiel ihr plötzlich ein, wenn man die Zukunft tatsächlich kennen würde, gäbe es im Leben ja gar keine Überraschungen mehr.

Anastasia ging in die Küche, wo ihre Eltern gemeinsam die Fenster ausmaßen, damit ihre Mutter Vorhänge nähen konnte.

Einmal, vor etlichen Jahren, hatten ihre Eltern wegen des Nähens einen Riesenkrach gehabt. Ihrer Mutter war nämlich eines schönen Tages aufgefallen, dass sie alle Näh- und Flickarbeiten erledigte. Es passierte, als sie irgendeinen Knopf annähte und sich dabei in den Finger stach. Sie steckte die blutende Fingerspitze in den Mund, saugte daran und wurde plötzlich unheimlich aggressiv.

„Das hier ist garantiert der sexistischste Haushalt in ganz Cambridge“, zischte sie. „Warum bleibt die ganze Näherei immer an mir hängen? Nur weil ich eine Frau bin? Myron, du kochst manchmal. Kannst du mir einen triftigen Grund nennen, warum du nicht ab und zu auch nähst?“

„Weil ich keine Ahnung habe, wie das geht“, erklärte Dr. Krupnik gelassen und zog an seiner Pfeife.

„Gut, ich zeige dir, wie es geht.“

„Danke, aber das will ich gar nicht wissen.“

Ihre Mutter hatte eine Minute lang da gesessen, an ihrem Finger gelutscht und war fuchsteufelswild geworden. „Wenn das so ist“, erklärte sie schließlich, „dann will ich in Zukunft nichts mehr mit der Wäsche zu tun haben. Nie mehr!“

„Wenn das so ist“, sagte ihr Vater, „dann will ich nicht länger Englisch unterrichten. Du musst nämlich wissen, dass ich im Grunde viel lieber Landstreicher geworden wäre als Professor. Folglich werde ich in Zukunft an einsamen Stränden entlangwandern – allein, wohlgemerkt – und Gedichte rezitieren. Was natürlich bedeutet, dass ihr in Zukunft ohne mein Gehalt auskommen müsst.“

Anastasias Mutter faltete das Hemd, an dem noch immer zwei Knöpfe fehlten, fein säuberlich zusammen und legte es auf den Tisch. „Dann will ich nicht länger verheimlichen, dass ich mir seit langem wünsche, in eine einsame Gegend, zum Beispiel in die Cotswolds, zu ziehen und in einem kleinen Häuschen mit einem Reetdach zu wohnen – allein, wohlgemerkt –, wo ich in aller Ruhe malen kann.“

An diesem Punkt der Unterredung war Anastasia entsetzt in ihr Zimmer geflüchtet. Wenn ihr Vater als Landstreicher umherwanderte und ihre Mutter in die Cotswolds zog – wo immer die auch sein mochten –, was würde dann aus ihr werden?

Doch nach einer Weile hörte Anastasia ihre Eltern lachen. Als sie sich wieder ins Wohnzimmer traute, kicherte ihre Mutter amüsiert, und ihr Vater saß Pfeife rauchend über seinem Hemd und versuchte ungeschickt, einen Knopf anzunähen.

Doch in der Folgezeit war es wieder wie üblich ihre Mutter, die nähte. Anastasia begriff das nicht. Diese Sache war ungefähr Punkt 124 auf der Liste der Dinge, die sie beim besten Willen nicht begreifen konnte.

Nun also wollte ihre Mutter die neuen Küchenvorhänge nähen. Der Stoff – blau mit gelben und orangefarbenen Sonnen, Monden und Sternen – lag ausgebreitet auf dem Küchentisch.

„Das werden aber komische Vorhänge", sagte Anastasia kopfschüttelnd.

Ihr Vater drehte sich zu ihr um. Das Maßband baumelte um seinen Hals. In strengem Ton sagte er: „Das ist es."

„Was ist es, Papa?"

„Dieses Wort. Komisch. Ich habe dich das Wort ‚komisch' in den letzten Tagen mindestens tausendmal sagen hören."

„Aber ..."

„Anastasia, unsere Familie besteht aus Menschen, die sich deutlich und verständlich auszudrücken wissen. Wir haben einen Raum voller Bücher, darunter eine beträchtliche Anzahl von Wörterbüchern, Lexika, Enzyklopädien, Romanen und Gedichtbänden. Es gibt ungefähr hundert Wörter, mindestens einhundert Wörter, die du an Stelle dieses einfallslosen ‚komisch' verwenden könntest."

„Nenne mir ein paar davon."

Ihr Vater holte sich ein Bier aus dem Kühlschrank. „Seltsam, merkwürdig, auffällig, eklatant, eigentümlich, sonderbar, bemerkenswert, kurios, verwunderlich, überraschend, erstaunlich, ungewöhnlich, grotesk ..."

Anastasia wusste, dass er, wenn er erst einmal bei grotesk angelangt war, noch stundenlang weitermachen konnte. Rasch schnappte sie sich einen Keks und beschloss, sich unauffällig aus dem Staube zu machen.

„Ich bringe Gertrustein ihren Goldfisch", murmelte sie entschuldigend.

„Exzentrisch, abstrus!", rief ihr Vater und nahm einen weiteren Schluck Bier.

Anastasia zog die Tür hinter sich ins Schloss. Sam stand auf der Treppe, mit nassen Windeln und rosigen Wangen, soeben von seinem Mittagsschlaf erwacht. „Was ist mit Papa los?", fragte er.

Anastasia zuckte nur mit den Schultern und gab Sam eine Hälfte ihres Kekses. „Er wird immer komischer", sagte sie.

„Frank, ich bringe deinen Kumpel zur Nachbarin. Hoffentlich wird er dir nicht zu sehr fehlen", sagte Anastasia. Frank schickte ihr nur einen Kuss durch die Scheibe seines Glases und wackelte ein bisschen mit der Schwanzflosse. Es schien ihm nichts auszumachen.

Der Roman in ihrem Notizbuch lag offen auf dem Schreibtisch. Anastasia nahm einen Bleistift und las noch einmal durch, was sie bisher geschrieben hatte, einschließlich der Fußnote. Für das erste Kapitel genügte es.

„Zweites Kapitel", schrieb sie auf die nächste Seite.

„Da kam dem jungen Mädchen in den Sinn", schrieb sie weiter, „dass es sich schneller in der neuen Heimat einleben würde, wenn es Freunde hätte. Eine Möglichkeit, sich mit jemandem anzufreunden, war es, dem oder der Betreffenden ein Geschenk zu machen.

Viele Leute sind der Ansicht, dass etwas Essbares ein gutes Geschenk ist. Sie backen einen Apfelkuchen, machen einen Makkaroni- oder Käseauflauf und bringen ihn ihren neuen Nachbarn, und danach sind sie gute Freunde.

Leider hatte das junge Mädchen vom Kochen und Backen keine Ahnung ..."

Diesen Satz strich Anastasia nach einiger Überlegung wieder durch. Schließlich schrieb sie einen Roman. Da musste nicht alles bis ins letzte Detail der Wahrheit entsprechen.

„Aber das junge Mädchen machte sich nicht viel aus Kochen und Backen, obwohl es beides natürlich meisterhaft beherrschte. Außerdem war es mitten im Sommer, draußen war es fast dreißig Grad heiß, und da hat niemand Lust, den Ofen anzumachen. Deshalb beschloss sie, ihrer Nachbarin einen Fisch zu bringen. Allerdings keinen gebratenen Fisch."

Anastasia las das zweite Kapitel noch mal durch, aber irgendwie gefiel es ihr nicht. Stirnrunzelnd riss sie die ganze Seite heraus. Zum Kuckuck noch mal: Es war wirklich nicht einfach, einen Roman zu schreiben, selbst wenn man endlich einen guten Titel gefunden hatte.

# *Acht*

Es war auch nicht einfach, an der Tür zu läuten, ohne das Wasser im Goldfischglas zu verschütten, aber nach einigen Versuchen schaffte es Anastasia, der Klingel einen schrillen Ton zu entlocken. Es dauerte nicht lange, bis sie Gertrusteins schlurfende Schritte und wenig später ihre Stimme hörte. „Wer ist da?"

„Ich bin's, Anastasia, schon wieder."

Die Tür öffnete sich, und Gertrustein spähte heraus.

„Anastasia Schonwieder? Sieht mir eher nach Anastasia Krupnik aus, ha!" Dieses „Ha" war eine Art Lachen mit Schluckauf, und Anastasia fand es für einen so plumpen Scherz wie diesen etwas übertrieben.

„Ich habe Ihnen etwas mitgebracht, einen Goldfisch."

Gertrustein betrachtete zuerst den Goldfisch, dann das Goldfischglas. Dann nickte sie und ließ Anastasia eintreten. Immerhin schon ein Fortschritt! Anastasia hatte gedacht, die Sache mit dem Goldfisch erklären zu müssen. Aber wenn man so alt ist, fiel ihr dann ein, haut einen wahrscheinlich nichts mehr um. Und wenn jemand einen Goldfisch vorbeibringt, fragt man nicht einmal mehr, warum.

Sie stellten das Goldfischglas auf einen Tisch im

Wohnzimmer, neben eine Vase mit Plastikblumen. Gertrustein beugte sich herab und beobachtete interessiert, wie der Fisch im Kreis schwamm und mit der Schwanzflosse wedelte. Der kleine Taucher mit seinem großen Plastikhelm stand leicht schräg auf dem Boden.

Plötzlich begann Gertrustein schallend zu lachen. Anastasia fand es sehr unhöflich, über ein Geschenk zu lachen, noch ehe man sich dafür bedankt hatte.

„Wie werden Sie Ihren Goldfisch nennen?", erkundigte sich Anastasia wohlerzogen und tat so, als habe sie Gertrusteins Lachen nicht bemerkt. Aber die lachte nur noch lauter.

„Mein Goldfisch heißt Frank", fuhr Anastasia leicht irritiert fort. „Ich weiß allerdings nicht, ob Ihrer ein Männchen oder ein Weibchen ist."

Gertrustein sah Anastasia an und hatte Mühe, die nächste Lachsalve zu unterdrücken. „Ein Männchen, natürlich. Er ist das Lustigste, was ich je gesehen habe. Ich werde ihn Mr Stein nennen. Er sieht genau aus wie mein Mann. Dieselben Glupschaugen."

Anastasia sah sich im Wohnzimmer um, um irgendeinen Hinweis auf einen männlichen Hausbewohner zu finden. Bei ihr daheim lagen Pfeifen im Aschenbecher, und Turnschuhe Größe siebenundvierzig standen in einer Ecke. Aber hier gab es keinerlei Hinweise auf einen Mr Stein.

„Wo ist Ihr Mann?", fragte sie.

„Oh, gütiger Himmel. Keine Ahnung. Er ist seit ungefähr vierzig Jahren fort. Er brannte mit einer Mandolinenspielerin mit blauen Schuhen durch."

„Oh", sagte Anastasia betreten, „das tut mir aber Leid."

Gertrustein lachte wieder. „Mir nicht. Er sah aus wie ein Goldfisch, aber das ist mir erst heute Nachmittag aufgefallen. Ich war froh, als er sich aus dem Staub machte. Ich hätte ihn nie heiraten sollen."

„Warum haben Sie es dann getan?"

„Ich war eine alte Jungfer. Weißt du, was das ist?"

„Ja. Ich glaube, ich werde auch eine, weil ich nämlich so groß bin und alles. Jungen mögen mich nicht, nur einer. Aber den mag ich nicht."

„Unsinn. Lass dir Zeit. Wie alt bist du?"

„Zwölf."

„Na also. Ich war über dreißig und noch ledig. Ich wohnte hier in diesem Haus, in dem ich schon geboren wurde. Ganz allein, weil meine Eltern damals schon tot waren. Und eines Tages kam Mr Stein, der von Haus zu Haus ging und Kochtöpfe verkaufte ..."

„Haben Sie welche gekauft?"

„Oh ja, den ganzen Satz. Hab ihn heute noch. Die sind mir wesentlich länger geblieben als der gute Mr Stein."

„Entschuldigen Sie, aber warum nennen Sie ihn immer Mr Stein? Meine Mutter nennt meinen Vater Myron."

Gertrustein begann schon wieder so heftig zu lachen, dass das Sofa, auf dem sie beide saßen, quietschte.

„Mit Vornamen hieß er Walter, Walter Erwin Stein", prustete sie. „Und soll ich dir erzählen, was in unserer Hochzeitsnacht passiert ist?"

Ach herrje! Anastasia las unheimlich gerne Schilderungen von Hochzeitsnächten in der *Cosmopolitan* oder in Büchern.

Aber Hochzeitsnächte von richtigen, lebenden Personen fand sie nun doch etwas peinlich.

Gertrustein holte tief Luft, um mit dem Lachen aufhören zu können. Dann sagte sie: „In der Nacht nach unserer Hochzeit bat mich Mr Stein, ihn in Zukunft Wally zu nennen. Aber das schaffte ich nicht. Ich musste ständig lachen."

„Kann ich gut verstehen", gluckste Anastasia.

„Nun ja, wie um alles in der Welt kann man einen Mann Wally nennen, ohne sich totzulachen? Und mein Gelächter machte ihn furchtbar wütend. Er mochte es überhaupt nicht, wenn ich lachte. Begreifst du, dass es eher ein Glück für mich war, dass eines Tages diese Musikantin vorbeikam? Ich habe ihn in all den drei Jahren unserer Ehe kein einziges Mal mit seinen Vornamen angeredet. Wenn ich etwas zu ihm sagen musste, nannte ich ihn Mr Stein."

„In meiner Lieblingszeitschrift würde man so etwas als ‚kurze, unglückliche Beziehung' bezeichnen."

„Oh ja, eine kurze, unglückliche Beziehung war es mit Sicherheit."

„Es tut mir Leid, dass Sie ihn geheiratet haben."

„Tja, mir auch. Aber es war verständlich. Ich war bereits über dreißig und allein stehend. Außerdem gefielen mir seine Aluminiumtöpfe. Und der Mann, den ich liebte, hatte längst eine andere geheiratet."

Oh, wenn das nicht höchst romantisch und interessant war!

„Wie hieß er?“

Gertrustein schien etwas traurig.

„Edward Evans. Wir sind zusammen aufgewachsen. Weißt du, Anastasia, er wohnte damals in eurem Haus.“

Es war immer schwierig, sich vorzustellen, dass alte Menschen einmal jung gewesen sind. Anastasia betrachtete Gertrustein eingehend, konnte aber nicht das kleinste Anzeichen für Jugend an ihr entdecken. Sam hatte völlig Recht gehabt, sie sah wirklich aus wie eine alte Hexe.

„Ich möchte nicht unhöflich sein oder so ...“, sagte Anastasia, „... aber wissen Sie, Gertrustein, Sie sähen sehr viel hübscher aus, wenn Sie sich anders frisieren würden.“

Gertrustein hob ihre Hände. Fast alle ihre Finger waren verkrümmt und an den Gelenken geschwollen. „Ich kann kaum die Haarbürste halten“, erklärte sie. „... Arthritis.“

„Trotzdem“, sagte Anastasia, „wenn Sie morgen Sam spazieren fahren, könnten Sie doch an der Drogerie vorbeigehen und ein paar Lockenwickler kaufen. Dann könnte ich Ihnen die Haare richten.“

Gertrustein runzelte die Stirn und dachte nach. „Na schön“, sagte sie schließlich. „Wir können es ja versuchen, jetzt, wo es einen neuen Mr Stein im Haus gibt.“

Der neue Mr Stein glotzte dümmlich durch die Scheiben seiner Glaskugel, zuckte mit dem Schwanz und schwamm neugierig um den Plastiktaucher herum.

Anastasia, Expertin in Sachen Goldfische und deren Gefühle, hatte den Eindruck, dass er sich in seinem neuen Heim sehr wohl fühlte.

„Mami, ich muss etwas Wichtiges mit dir besprechen."

„Wie gefallen dir die Vorhänge?"

Einer der neuen Vorhänge hing bereits an seinem Platz. Die anderen lagen noch immer ausgebreitet auf dem Küchentisch neben der Nähmaschine.

„Gut, sieht ganz gut aus. Kannst du deine Arbeit für einen Moment unterbrechen?"

„Aber sicher. Was gibt's?"

Anastasia setzte sich ihrer Mutter gegenüber und wickelte ihre Beine um die Stuhlbeine. „Es ist ein bisschen peinlich", begann sie dann zögernd. „Versprich mir, dass du es niemandem weitersagst."

„Okay, versprochen!"

„Hm, weißt du, es ist irgendwie komisch. Tut mir Leid, aber es gibt kein anderes Wort dafür. Aber ich fürchte, ich werde Robert Giannini heiraten müssen."

Anastasia hatte bisher immer geglaubt, dass es nur in Büchern vorkam, dass jemandem vor Staunen die Kinnlade herunterfiel. Aber jetzt, genau in diesem Moment, fiel ihrer Mutter die Kinnlade herunter.

„Anastasia! Das ist ... unmöglich! Wie kommst du auf diese Idee? Du bist doch erst zwölf! Du kannst doch unmöglich ...!"

„Mami", sagte Anastasia nachsichtig. „Ich meinte doch nicht jetzt gleich. Ich meinte, in ein paar Jahren, wenn ich mit der Schule und vielleicht auch dem Studium fertig bin. Aber es ist wohl am besten, ich gewöhne mich gleich an den Gedanken. Und deswegen fühle ich mich irgendwie komisch. Ich kann Robert Giannini nämlich gar nicht ausstehen. Aber vielleicht kann ich mich im Laufe der Zeit an ihn gewöhnen. Weißt du, ich hatte gerade ein Gespräch mit Gertrustein, und sie hat mir erzählt, dass sie jemanden geheiratet hat, den sie gar nicht ausstehen konnte, obwohl seine Aluminiumtöpfe ihr durchaus gefielen, aber sie hat sich nie an ihn gewöhnen können, weil er wollte, dass sie ihn ‚Wally' nennt, und dann ist er mit einer Musikantin durchgebrannt und ..."

„Stopp, stopp! Immer mit der Ruhe! Ich trinke tagsüber selten Bier, aber ich glaube, jetzt am hellen Nachmittag brauche ich eins. Wonach gelüstet es dich?"

„Ist noch ein Eis am Stiel da?"

Mit einer Flasche Bier und einem Fruchteis kam ihre Mutter vom Kühlschrank zurück. Anastasia schälte das Papier ab und begann, vorsichtig zu schlecken.

„So, nun bitte noch einmal von vorne. Warum glaubst du, Robert Giannini in zehn oder fünfzehn Jahren heiraten zu müssen?"

„Weil er mich liebt. Und er ist der einzige Junge in der Klasse, der mich mag oder je mögen wird. Weißt du, Mami, nimm's nicht zu schwer, und es ist auch nicht deine Schuld, aber ich bin irgendwie eine Außenseiterin. In der fünften Klasse war ich zwar das größte Mädchen der Klasse, aber es gab immer noch ein paar Jungen, die mich überragten. Aber dann in der sechsten war ich mit Abstand die Größte. Keiner der Jungen war so groß wie ich, nicht einmal die Lehrerin. Bis ich den Schulabschluss mache, werde ich vermutlich der größte Mensch auf der Welt sein. Außerdem habe ich die schrecklichsten Haare der Welt, falls du das noch nicht bemerkt haben solltest."

Nach einer kleinen Pause fuhr sie fort: „Irgendwie scheint es Robert Giannini jedoch völlig egal zu sein, wie ich aussehe. Er ist das einzige männliche Wesen der Welt, das sich für mich interessiert, und deshalb muss ich vermutlich froh sein, dass es ihn gibt. Das Problem ist nur, dass ich ihn absolut ätzend finde. Ich hasse seine piepsige Stimme. Ich finde es lächerlich, dass er immer mit dieser dummen Aktentasche herumläuft. Ich hasse sein Haifisch-T-Shirt. Aber vielleicht schaffe ich es, mich daran zu gewöhnen, bevor wir heiraten, denn das Allerletzte, was ich mir wünsche, wäre eine kurze und unglückliche Ehe, zum Teufel noch mal ..."

„Stopp, das Ganze ging mir eine Spur zu schnell, Anastasia. Mach bitte mal eine Pause." Ihre Mutter nippte an ihrem Bier und sah sie dann fragend an. „Zuerst: Wieso bist du dir eigentlich so sicher, dass du unbedingt heiraten möchtest? Eine Menge Frauen bleiben ledig und sind durchaus zufrieden mit ihrem Leben."

„Wärst du es?"

„Nein, ich bin gerne verheiratet. Aber das bedeutet nicht, dass du es auch sein musst."

Anastasia lutschte an ihrem Eis und dachte lange nach. Sie dachte an die Zeit, als ihre Mutter mit Grippe im Bett gelegen hatte und ihr Vater ihr Tee gekocht und an ihrem Bett gesessen hatte, ohne Rücksicht darauf, dass er sich vielleicht anstecken könnte.

Sie überlegte, wie es wäre, mit Grippe im Bett zu liegen, und kein Mensch würde einem Tee bringen oder sich ans Bett setzen. Allein schon bei dem Gedanken fühlte sie sich einsam. Dann dachte sie an den Tag, an dem Sam geboren wurde. Ihr Vater hatte ihre Mutter ins Krankenhaus gebracht, war bei der Geburt dabei gewesen und hinterher so aufgeregt nach Hause gekommen, dass er nicht mehr wusste, ob das Baby vier Pfund achthundert Gramm oder acht Pfund vierhundert Gramm gewogen hatte. Anschließend hatten sie und ihr Vater zur Feier des Tages Zigarren geraucht, allerdings war ihre aus Schokolade gewesen.

Sie überlegte, wie es sein würde, ein Baby zu haben, ohne verheiratet zu sein, wenn niemand bei der Geburt dabei wäre und hinterher zur Feier des Tages eine Zigarre rauchte. Bei diesem Gedanken fühlte sie sich einsam. Sie beschloss, vielleicht am besten gar kein Baby zu bekommen. Bei diesem Gedanken fühlte sie sich noch einsamer.

„Ich möchte eines Tages auf jeden Fall heiraten", verkündete sie schließlich.

„In Ordnung", sagte ihre Mutter. „Dann reden wir zunächst über Robert. Ich kenne ihn nicht, aber ich glaube dir, wenn du sagst, dass einige Dinge an ihm derzeit abstoßend sind. Aber wie alt ist er? Zwölf?"

„Ja."

„Nun, ich kannte deinen Vater noch nicht, als er

zwölf war. Aber ich gehe jede Wette ein, dass auch er eine piepsige Stimme hatte. Roberts Stimme wird sich noch ändern. Er wird noch wachsen. Und ich kann dir garantieren, dass seine Mutter sein Haifisch-T-Shirt innerhalb des nächsten Jahres zum Putzlappen umfunktionieren wird. Weißt du, was ich heute Morgen als Staublappen benutzt habe?"

„Was?"

„Ein rosafarbenes T-Shirt mit Rüschen am Hals und gestickten Gänseblümchen an den Ärmeln."

„Igitt! Hatte ich schon völlig vergessen."

„Tja, aber als du acht oder neun warst, hast du es über alle Maßen geliebt. Der Geschmack ändert sich. Auch bei Robert."

„Hmm, wahrscheinlich mag er mich bald nicht mehr." Gerade noch rechtzeitig konnte Anastasia das abrutschende grüne Eisstückchen mit der Zunge auffangen. Mit einem gekonnten Basketballwurf beförderte sie den leeren Holzstiel in den Abfalleimer.

Ihre Mutter lachte. „Mag sein. Aber dann werden andere Jungen kommen."

„Hah", sagte Anastasia skeptisch.

„Hah. Glaub mir. Das kann ich dir versprechen. Was war das? Hast du es auch gehört?"

„Die Türglocke. Es ist das erste Mal, dass jemand bei uns läutet. Ich gehe zur Tür."

Als Anastasia die Haustür öffnete, stand sie dem Jungen gegenüber, den sie ein paar Häuser weiter beim Rasenmähen gesehen hatte. Sie war zweimal an ihm vorbeigegangen, ohne den Mut aufzubringen, hallo zu ihm zu sagen. Und jetzt stand er vor ihr und sah auf sie herab. Jawohl, er blickte auf sie herab, denn er war etwas größer als sie. Er trug ein Paar über den Knien abgeschnittene Jeans und ein Rugby-Shirt und sah ein bisschen aus wie David Hasselhoff. Als er hallo sagte, merkte Anastasia, dass seine Stimme etwas piepsig klang, genau wie die von Robert. Seine Stimme wird sich noch ändern, dachte sie nachsichtig.

„Hallo", sagte sie.

„Hallo, ich bin Steve Harvey und wohne auch in dieser Straße. Ich habe gesehen, dass ihr hier eingezogen seid, und wollte fragen, ob ich euren Rasen mähen soll. Ich habe meinen Rasenmäher gleich mitgebracht."

„Ah, ich werde meine Mutter fragen, aber ich bin sicher, dass sie Ja sagen wird. Erst heute Morgen sagte sie, dass der Rasen dringend gemäht werden müsste." Nun ja, eigentlich hatte sie ja gesagt: „Myron, wir müssen dringend einen Rasenmäher kaufen und den Rasen mähen."

„Ich bin übrigens Anastasia Krupnik", sagte sie.

„In welche Klasse gehst du?"

„Ich komme in die Siebte."

„Ich auch. Wahrscheinlich kommst du in meine Klasse, weil wir nach dem Alphabet eingeteilt werden."

„Oh schön. Ich würde mich freuen, schon jemanden aus meiner neuen Klasse zu kennen, ehe die Schule anfängt."

„Ja, es ist ätzend, wenn man neu in eine Klasse kommt. Ich weiß das, weil wir auch erst letztes Jahr hierher gezogen sind. Aber es dauert nicht lange, bis man neue Freunde findet. Spielst du Tennis?"

„Nicht sehr gut."

„Ich auch nicht. Aber direkt hinter der Schule ist ein Tennisplatz. Sollen wir nachher spielen gehen?"

„Gern. Warte 'ne Minute, ich frage meine Mutter schnell wegen des Rasens."

Ihre Mutter stand grinsend in der Küche.

„Mama, da ist ein Junge an der Tür, der ..."

„Ich weiß. Ich habe gelauscht."

„Das Gras muss dringend gemäht werden. Erst heute früh hast du zu Papa gesagt, dass ..."

„Anastasia, oben im Bad steht eine nagelneue Flasche Shampoo. Während er den Rasen mäht, kannst du in aller Ruhe deine Haare waschen und föhnen."

„Was meinst du, soll ich mir auch die Beine rasieren?", flüsterte Anastasia.

„Letztes Mal, als du deine Beine rasieren wolltest", flüsterte ihre Mutter im Verschwörerton zurück, „hast du fast eine Bluttransfusion gebraucht. Ich an deiner Stelle würde es bleiben lassen."

„In der *Cosmopolitan* stand, dass es zurzeit in ist, es nicht zu tun, besonders wenn man blond ist wie ich."

„Na wunderbar. Aber jetzt verzieh dich. Ich kümmere mich um den jungen Mann."

Hmmm, dachte Anastasia, während ihre Haare trockneten und sie mitten in ihrem großen Zimmer ihre Rückhand übte. Vielleicht stimmt es ja, was Mama sagte. Vielleicht werden mich noch andere Jungen außer Robert Giannini sympathisch finden.

Vielleicht sogar ausgerechnet dieser Junge.

Vielleicht sieht mein Haar ganz gut aus, wenn ich gleich Tennis spielen gehe.

Vielleicht sind meine Beine schon nicht mehr ganz so dünn wie letzten Monat.

Vielleicht fällt mir sogar ein intelligentes Gesprächsthema ein. Und vielleicht schlage ich nicht jeden Ball ins Netz wie sonst.

Ich glaube, ich entscheide mich für einen Doppelnamen, wenn ich heirate, dachte sie. Anastasia Krupnik-Harvey. Hört sich nicht schlecht an.

Anastasia zog einen Streifen der alten, geblümten Tapete von der Wand. Darunter kam eine noch ältere Schicht zum Vorschein. Sie rollte den abgerissenen Streifen zu einer Kugel und schoss sie in den Papierkorb.

Von draußen war das Brummen von Steve Harveys Rasenmäher zu hören.

Vielleicht werde ich mich in diesem Zimmer doch bald heimisch fühlen, dachte sie.

Vielleicht ist das Leben in einem Vorort gar nicht so schrecklich und langweilig, wie ich immer dachte.

Vielleicht hatte ich doch Vorurteile.

Anastasia nahm ihr Notizbuch und begann eine neue Version des zweiten Kapitels.

„Nachdem das junge Mädchen in ein neues Haus gezogen war“, schrieb Anastasia, „wurde es wesentlich flexibler als früher. Es legte sich ein neues Hobby zu: Tennis spielen.“

# *Neun*

Das Telefon klingelte. Es war Jenny MacCauley.

„Jenny! Ich habe schon zweimal versucht, dich anzurufen, aber du warst nie zu Hause."

„Oh. Da war ich vermutlich unterwegs."

„Ja, deine Mutter sagte mir, du wärst unterwegs. Wie geht's in Cambridge?"

„Stinklangweilig", sagte Jenny betrübt.

„Tja, hier auch. Wirklich stinklangweilig", sagte Anastasia.

„Findest du es dort sehr schrecklich?"

„Na ja, ein bisschen", log Anastasia. „Wann kommst du mich besuchen?"

„Ich dachte, Robert und ich könnten nächsten Samstag mit dem Rad zu dir kommen. Er hat auf dem Stadtplan nachgesehen und uns schon eine Route ausgesucht."

„Robert Giannini? Wann hast du mit dem gesprochen?"

Jenny zögerte. „Ach, weißt du, gestern hat er mich abgeholt, und dann sind wir mit dem Rad an den Fluss gefahren."

„So ein Stinktier!"

„Ja, ein echter Blödmann. Jedenfalls saßen wir am Fluss, weil Robert eine statistische Erhebung macht. Wir haben die Jogger gezählt. Wie viele alte und wie viele junge Jogger. Wie viele männliche und wie viele weibliche. Wie viele von ihnen Joggingschuhe anhatten. Wie viele der Joggerinnen einen BH anhatten und wie viele nicht. Robert will die Ergebnisse an *Psychologie heute* schicken."

„So ein Idiot!"

„Ja. Jedenfalls sind wir danach noch ins Brattle-Kino und haben uns *Casablanca* angesehen."

„Jenny MacCauley! Du hast mir hoch und heilig versprochen, diesen Film mit mir zusammen anzuschauen! Ich habe ihn immer nur im Fernsehen gesehen!"

„Schon, aber du warst doch nicht da, Anastasia!"

Anastasia war wütend. „Komisch, dass du eben noch behauptet hast, es sei so langweilig in Cambridge, Jenny. Was du mir da erzählst, hört sich ganz und gar nicht langweilig an!"

Ein langes, betretenes Schweigen folgte. Schließlich wechselte Jenny MacCauley das Thema. „Hast du schon ein paar Leute kennen gelernt?"

„Ja, unsere Nachbarin. Sie geht jeden Nachmittag mit Sam spazieren."

„Wie steht's mit Jungen?"

„Ja, schon. Ich habe einen Jungen namens Steve Harvey kennen gelernt. Er kommt auch in die siebte Klasse, ist groß und sieht ganz gut aus. Ich habe schon dreimal mit ihm Tennis gespielt."

Jenny unterbrach sie. „Im Tennisspielen bist du eine Null. Ständig haust du den Ball ins Netz."

„Das liegt wohl daran, dass ich bisher noch nie einen guten Partner hatte, Jenny MacCauley, du Stinktier“, sagte Anastasia gereizt. „Wenn ich mit Steve Harvey spiele, kriege ich mindestens fünfzig Prozent der Bälle übers Netz! Nachher spielen wir wieder. Bis Ende der Woche schlage ich bestimmt achtzig Prozent der Bälle übers Netz, und höchstwahrscheinlich ...“

Jenny unterbrach sie schon wieder. „Anastasia“, sagte sie mit spitzem Unterton, „du hattest mir versprochen, mich sofort anzurufen, wenn du einen guten Typen kennen lernst.“

„Ich habe dich angerufen. Aber du warst nie zu Hause. Wahrscheinlich warst du gerade mit Robert Giannini in *Casablanca*.“

„Ach ja? Und du warst wahrscheinlich ständig Tennis spielen, wie es scheint. Komisch, dass du eben noch behauptet hast, es sei langweilig bei euch!“

Es folgte ein weiteres, betretenes Schweigen.

„Sind die Vorstadtleute tatsächlich so, wie du sie dir vorgestellt hast?“, fragte Jenny schließlich. „Laufen sie mit rosa Lockenwicklern im Haar herum, essen Fertiggerichte und haben Schalen mit Plastikobst im Wohnzimmer stehen?“

Anastasia dachte an die letzten drei Nachmittage, an denen sie nach dem Tennisspielen mit Steve Harvey zu Gertrustein gegangen war, um deren graues Haar auf rosa Lockenwickler zu drehen, damit sie hübscher aussah.

Einmal hatte Gertrustein danach ein Fertiggericht in den Backofen gestellt und Anastasia erklärt, dass sie nur sehr selten koche, weil es sich nicht lohne, für nur eine Person zu kochen.

„Ja", sagte Anastasia zu Jenny. „Unsere Nachbarin ist so. Rosa Lockenwickler. Fertiggerichte. Plastikobst. Eben den ganzen Schrott."

„Wie grässlich!"

„Hm", sagte Anastasia etwas ausweichend, „stimmt."

„Hör mal, ich muss weg. Aber Robert und ich kommen dich nächsten Samstag besuchen, einverstanden?"

„Okay. Ach, sag mal, hat Robert dich nach Sam gefragt? Ich meine, sagte er so etwas Ähnliches wie, dass Sam keine Beine hätte oder so?"

„Spinnst du? Warum sollte er mich so etwas fragen? Sam hat Beine. Einmal hat er mich sogar damit getreten, nur weil ich aus Spaß seine Schmusedecke versteckt hatte."

„Oh", seufzte Anastasia, „das ist schwierig zu erklären. Also, wir sehen uns dann am Samstag."

„Verpass den Film heute Abend nicht. *Scarlett* läuft endlich, du weißt schon, die Fortsetzung von *Vom Winde verweht*."

Nachdem sie aufgelegt hatte, fiel Anastasia ein, dass sie Jenny hätte fragen sollen, ob sie den Film tatsächlich im Fernsehen anschaute oder ob sie womöglich wieder ins Brattle-Kino ging. Mit Robert Giannini, dem Blödmann.

Sie überlegte, dass sie die Bälle heute Nachmittag vielleicht leichter übers Netz bekommen würde und auch härter aufschlagen könnte, wenn sie sich vorstellte, der Ball wäre Robert Gianninis Kopf. Rums!

Zu den Punkten, die Anastasia am meisten an ihrem Turmzimmer mochte, gehörte es, dass ihre Eltern nur selten heraufkamen.

Hier war ihr Privatbereich.

Nicht dass sie etwas zu verbergen gehabt hätte. Einige Kinder, die sie kannte, rauchten heimlich in ihrem Zimmer und versprühten dann dosenweise Raumspray, damit ihre Eltern es nicht merkten. Aber Anastasia fand Rauchen sowieso blöd und vulgär.

Andere Kinder, die sie kannte, tranken manchmal in ihrem Zimmer heimlich Bier. Doch im Kühlschrank der Krupniks standen stets ein paar Flaschen, und immer, wenn ihr Vater ein Bier trank, gab er das Glas zuerst ihr, damit sie den Schaum abschlürfen konnte, den er nicht mochte. Deshalb fand sie – im Gegensatz zu anderen Kindern – Bier eigentlich recht uninteressant.

Und dann gab es noch Kinder, die heimlich verbotene Bücher lasen und sie unter ihrer Matratze versteckten. In Anastasias Haus standen so viele Bücher herum, und in etlichen davon ging es auch um Sex, aber sie hatte schon immer alles lesen dürfen, was sie wollte. Anastasia fand diese Bücher längst nicht so vulgär wie Zigaretten – eher wie Bier: ab und zu ganz nett, in kleiner Dosis, aber nichts Aufregendes.

Deshalb gab es in ihrem Zimmer eigentlich nichts Privates außer ihrem Notizbuch, und das brauchte sie nicht zu verstecken. Ihre Eltern hatten ihr früher schon versprochen, dass sie es niemals anrühren würden. Ein paar Mal hatte sie das getestet, indem sie es deutlich sichtbar im Wohnzimmer liegen ließ, mit einem fast unsichtbaren Haar darauf, das verrutschen würde, wenn jemand das Buch öffnete.

Diesen Trick kannte sie aus einem Spionageroman. Aber das Haar lag stets an derselben Stelle. Ihre Eltern hatten das Buch folglich nicht angerührt. Im Gegensatz zu Sam, der einmal mit seinen Farbstiften ein paar Seiten bekritzelt hatte. Aber Sam konnte noch nicht lesen.

Obwohl Anastasia nichts Geheimes in ihrem Zimmer aufbewahrte, mochte sie das Gefühl, dass ihr Zimmer ihr ureigenster Bereich war. Hier war es sehr ruhig. Man konnte in aller Ruhe lesen, nachdenken, Tagträumen nachhängen oder Trübsal blasen.

Jetzt gerade lag sie auf ihrem Bett und überlegte, was sie am Samstag tun konnte, wenn Robert Giannini hier aufkreuzte.

Zum einen war es ein Riesenproblem, weil sie nicht wollte, dass Steve Harvey mitbekam, dass der andere Mann in ihrem Leben ständig eine blöde Aktentasche mit sich herumschleppte und ein Haifisch-T-Shirt trug.

Dass Steve Harvey erfuhr, dass es noch einen anderen Mann in ihrem Leben gab, dagegen war nichts einzuwenden. Das war sogar gut, denn es zeigte ihm, wie begehrt sie war – zumindest stand das neulich in der *Cosmopolitan* mit der Überschrift *So halten Sie ihn bei der Stange.*

Doch Steve Harvey bei der Stange zu halten war eine Sache; dass er sich vor Lachen den Bauch halten würde, wenn er Robert Gianninis ansichtig wurde, war eine andere.

Sie streckte einen Arm aus und schälte einen weiteren alten Tapetenfetzen von der Wand, während sie intensiv nachdachte. Ihr Papierkorb war fast schon voll mit zusammengeknüllten Tapetenstreifen.

Der zweite Punkt – und bei diesem Gedanken stöhnte Anastasia gequält auf – war die Frage, was sie mit Sam anstellen sollte, wenn Robert Giannini auftauchte. Wahrscheinlich würde der Blödmann dem armen, verkrüppelten kleinen Bruder eine Gute-Besserung-Karte und eine Spende für den Fonds des Kinderhilfswerks mitbringen.

Da hörte sie ein vertrautes Geräusch. Es war Sam, der in seinen kleinen roten Turnschuhen durch das große Haus tapste. Auf seinen gesunden, stämmigen Beinchen.

Vielleicht konnte sie ihn während Roberts Besuch einfach in seinem Zimmer einschließen. Aber das würde nie funktionieren, das war ihr klar. Sam blieb nie, wo er bleiben sollte. Wenn Anastasia ihn bat, sie mit ihren Freundinnen in Ruhe zu lassen, stieß er irgendwann triumphierend die Tür auf und rief in bester Ed-MacMahon-Imitation Applaus heischend: „Hier kommt Jooooohnny!"

Vielleicht konnte sie ihm einen Liter Bier einflößen, damit er selig schlief. Aber Sam mochte leider kein Bier, nicht mal den Schaum. Davon musste er niesen.

Vielleicht konnte sie ihn dazu überreden, den ganzen Nachmittag mit einer Decke über den Knien in seinem Buggy zu sitzen? Aber bei dreißig Grad im Schatten würde kein vernünftiger Mensch mit einer Decke über den Knien in seinem Buggy sitzen.

Anastasia seufzte und löste eine weitere Schicht der alten Tapete ab. Insgesamt waren es drei Schichten. Nachdem sie ein Stück der obersten Tapete abgelöst hatte, schimmerte darunter die grün grundige, geblümte Vorläuferin. Darunter kam eine blau gestreifte Tapete zum Vorschein. Nachdem sie mühsam auch hiervon einen Streifen abgelöst hatte, kam der nackte Putz zum Vorschein. Da sie von den verschiedenen Tapeten unterschiedlich große Streifen heruntergerissen hatte, ergab es ein interessantes Muster.

„Anastasia? Bist du oben? Kann ich kommen?", hörte sie da die Stimme ihrer Mutter.

„Klar, komm hoch!"

Ihre Mutter erschien im Türrahmen, ein bisschen außer Atem von den beiden Treppen, aber mit einem zufriedenen Lächeln im Gesicht. „Rat mal, was. Stanley und Sybil gibt es noch zu kaufen. Ich war eben im Geschäft."

„Echt?"

„Echt! Die Tapete kostet zwar einiges mehr als früher, aber das war zu erwarten. Ich habe drei Rollen bestellt, und nächste Woche werden sie eintreffen. Aber vorher müssen wir die alte Tapete abmachen. Oh, ich sehe, du hast bereits damit angefangen!"

„Ja, ich habe eben über etwas nachgedacht und währenddessen daran herumgespielt."

„Ich muss beim Nachdenken auch immer die Hände beschäftigen. Normalerweise stricke ich. Aber Tapeten ablösen ist wahrscheinlich genauso nützlich." Ihre Mutter zog an einer Ecke und löste einen langen Streifen ab. „Und – was beschäftigt dich?"

Ein großer Pluspunkt bei Anastasias Mutter war, dass sie einen nie auslachte. Besonders dann nicht, wenn man Probleme hatte.

Anastasia war davon überzeugt, dass *Frau Dr. Abby* den Großteil des Tages damit zubrachte, sich über die Probleme schief zu lachen, von denen die Leser ihr berichteten, und dass sie sich auf die Zunge beißen musste, um ein ernstes Gesicht zu machen, während sie die Zeilen schrieb, die sich wie eine sehr ernsthafte Antwort anhörten.

Aber ihre Mutter war nicht so.

„Ich habe da ein ganz blödes Problem", gestand Anastasia schließlich bedrückt. „Es ist wegen Sam."

„Wegen Sam? Hat er wieder in deinem Notizbuch herumgemalt? Oder Frank Goldfisch geärgert? Seit mindestens sechs Monaten hat er nichts mehr die Toilette hinuntergespült – ich glaube, das Letzte waren meine silbernen Ohrringe, und das war kurz nach Weihnachten ..."

„Nein, nein. Sam hat nichts angestellt. Es ist nur wegen ..., na ja, du weißt ja, wie komisch Sam ist."

„Nicht komisch, Anastasia. Etwas ungewöhnlich vielleicht, frühreif ..."

Anastasia seufzte. „Meinetwegen. Aber weißt du, als wir noch in Cambridge wohnten, kurz vor unserem Umzug, habe ich mich mit Robert Giannini über ihn unterhalten – und der ist ja nun wirklich komisch, tut mir Leid, aber anders kann man es nicht nennen. Jedenfalls hat er mich nach meinem Bruder gefragt, und ich versuchte, ihm Sam zu beschreiben. Ich habe keine Ahnung, wie es dazu kommen konnte, aber aus dem, was ich gesagt habe, hat Robert geschlossen, dass Sam verkrüppelt ist ..."

„Verkrüppelt? Unser Sam?"

„Ja. Dabei habe ich ihm nur versucht zu erklären, dass Sams Fähigkeiten einfach unterschiedlich entwickelt sind, genau wie Papa es mir auch erklärt hat, dass sich nämlich sein Gehirn schneller entwickelt hat als andere Dinge. Und das stimmt auch, Mama. Er redet zwar daher wie Einstein persönlich, aber er lutscht noch immer am Daumen und braucht Windeln ..."

„Ja, aber deshalb ist er doch nicht verkrüppelt, Anastasia!"

„Klar, ich weiß das und du auch. Aber irgendwie kam Robert Giannini eben zu dem Schluss, dass Sam ein Krüppel ist ..."

„Behindert", korrigierte ihre Mutter sie.

„Okay, behindert. Jedenfalls hat ihm das so sehr zu schaffen gemacht, dass er mir plötzlich von seinem geistig zurückgebliebenen Cousin erzählte und mich fragte, ob wir Sam bereits zur Untersuchung in die Kinderklinik gebracht hätten. Dann sagte er noch, dass seine Eltern viel Geld für das Kinderhilfswerk spendeten ..."

„Du meine Güte!"

„Mama, weißt du was? Robert Giannini gab oberflächliche Vorurteile zum Besten."

„Und du hast nichts dagegen gesagt?"

Anastasia seufzte. „Ich weiß. Aber ich weiß nicht mehr, wie es dazu kommen konnte. Und rate mal, was jetzt ist!"

„Ich glaube, ich habe keine große Lust zum Raten. War das etwa noch nicht alles?"

„Mama, Robert Giannini will mich nächsten Samstag besuchen."

Ihre Mutter stöhnte auf.

An diesem Punkt – dessen war sich Anastasia ganz sicher – hätte *Frau Dr. Abby* tief Luft geholt, um sich von ihrem Gelächter zu erholen, und hätte angefangen zu schreiben: „Liebes verwirrtes Mädchen. Nichts ist einfacher, als dieses lächerliche Problem zu lösen. Du musst deinem Freund nur erzählen, dass alles ein Missverständnis war, ein Fall von voreiligen Schlussfolgerungen. Sag ihm die Wahrheit über deinen Bruder. Ein richtiger Freund wird das verstehen."

Anastasias Mutter jedoch sagte nichts dergleichen. Sie lachte auch nicht. Sie stöhnte nur auf.

„Soll ich dir erzählen, was mir mal passiert ist?", fragte sie verlegen.

„Klar." Aus unerfindlichem Grund fühlt man sich, wenn man etwas Dummes angestellt hat, immer gleich besser, wenn man hört, dass auch anderen Menschen schon einmal etwas Ähnliches passiert war.

„Weißt du, wie ich vor meiner Heirat hieß?"

„Klaro. Katherine Klein."

„Richtig. Ich war ungefähr neunzehn, als ich im ersten Semester auf der Kunsthochschule war. Damals war ich fürchterlich verschossen in einen jungen Mann, einen Kommilitonen. Eines Abends sprach er mich an, und wir gingen einen Kaffee trinken. Du kennst doch den kleinen gerahmten Druck, der im Flur neben dem Telefon hängt. Das schwarzweiße abstrakte Bild?"

„Natürlich. Sieht aus wie ein Tintenklecks. Psychiater fragen ihre Patienten doch immer, was sie darin sehen."

„Richtig. Das ist die Kopie eines Bildes von Franz Kline."

„Ein Verwandter von dir?"

„Nein. Aber genau das ist der springende Punkt. Unsere Namen werden nicht einmal genau gleich ausgesprochen. Franz Kline war ein sehr bekannter expressionistischer Maler. Und wir, allesamt junge Kunststudenten, saßen stundenlang herum und unterhielten uns über Maler. Genau das taten besagter junger Mann und ich an jenem Abend auch. Und irgendwie kam er im Verlauf des Abends auf die Idee, ich sei Franz Klines Tochter."

„Mami! Das hast du doch nicht etwa behauptet?"

„Nein, natürlich nicht. Aber ich beließ es dabei. Ich traute mich nicht, ihm zu sagen, dass mein Vater Joseph Klein, Versicherungsvertreter aus Hartford, Connecticut, war. Als wir an diesem Abend auseinander gingen, war der junge Mann felsenfest davon überzeugt, dass ich mit meinem weltberühmten Maler-Vater in einer Luxuswohnung in New York City lebte."

„Wie schrecklich!"

„Das kannst du laut sagen. Weil es – wie du sehr wohl weißt – immer den Punkt gibt, an dem man problemlos sagen könnte: ‚Halt, Moment mal, das ist ein Irrtum.' Aber wenn man es nicht genau in diesem Augenblick sagt, wird es zunehmend schwieriger, darüber zu reden, und man rutscht immer tiefer in den Schlamassel."

„Hat er die Wahrheit herausgefunden? Wollte er dich nie zu Hause besuchen?"

„Doch, er sprach dauernd davon. Er sagte immer wieder, wie sehr er daran interessiert wäre, meinen Vater kennen zu lernen beziehungsweise den, den er für meinen Vater hielt. Ich musste ständig neue Ausreden erfinden."

„Was geschah dann?"

Anastasias Mutter stöhnte gequält auf. „Tja, zum einen verpasste ich deswegen eine wichtige Klausur. Franz Kline starb, was natürlich in jeder Zeitung stand, und deshalb musste ich mich zwei Tage lang verstecken. Ich konnte nicht zum Unterricht gehen und verpasste diese Klausur, denn natürlich wollte ich, dass dieser junge Mann dachte, ich sei zur Beerdigung gefahren und so. Die Klausur musste ich ein Semester später wiederholen."

„Wie schrecklich!"

„Natürlich war es schrecklich für mich. Es war eine ähnliche Situation wie die, in der du gerade steckst. Was willst du tun, wenn Robert kommt?"

„Ich weiß es nicht." Mutlos schüttelte Anastasia den Kopf.

„Vielleicht könnten wir Sam dazu überreden, den ganzen Tag zugedeckt in seinem Bett zu liegen."

„Es ist zu heiß. Daran hatte ich auch schon gedacht."

„Ha, ich habe eine Idee!“

„Und die wäre?“

„Ganz einfach. Mrs Stein und Sam kommen doch ganz gut miteinander aus. Ich könnte sie bitten, am Samstag auf ihn aufzupassen. Sam könnte den ganzen Tag über bei ihr bleiben. Aber hör mal zu, Anastasia ...“

„Was?“

„Robert Giannini wird doch hoffentlich nicht allzu oft zu Besuch kommen, oder?“

„Nein, ganz bestimmt nicht! Dies wird das erste und letzte Mal sein. Ich kann ihn nämlich nicht ausstehen!“

Anastasia schrieb am zweiten Kapitel ihres Romans weiter: „Doch gerade als das junge Mädchen ein neues Leben beginnen wollte“, schrieb sie, „drohten die Verbrechen der Vergangenheit sie einzuholen.“

Dann strich sie das Wort Verbrechen wieder durch und ersetzte es durch Sünden.

Doch auch die Sünden der Vergangenheit gefielen ihr nicht. Sie strich auch das Wort Sünde wieder durch und kaute an ihrem Bleistift.

Schließlich schrieb sie: „... drohte ihre Vergangenheit sie einzuholen und sich mit ihrer viel versprechenden Zukunft zu verstricken.“

# *Zehn*

„Ich bin's, Anastasia, schon wieder“, rief Anastasia, nachdem sie an Gertrusteins Tür geklingelt hatte. „Ich habe Ihnen etwas mitgebracht.“

„Hallo, Anastasia Schonwieder“, sagte Gertrustein, als sie die Haustür öffnete. Erstaunlich, wie sehr sie sich in den letzten Tagen verändert hatte. Anastasia wusste noch genau, wie mürrisch und unfreundlich sie bei ihrer ersten Begegnung gewesen war. Jetzt kam sie immer fröhlich an die Tür, ein erwartungsvolles Lächeln auf den Lippen.

Es muss etwas mit ihrer Frisur zu tun haben, dachte Anastasia. Seit Anastasia ihr die Haare eindrehte und ordentlich frisierte, war Gertrustein fröhlich. Anastasia hatte schon früher festgestellt, dass sie selbst auch bessere Laune hatte, wenn sie ihr Haar zweimal täglich mit dem Spezialshampoo gegen fettiges Haar wusch.

Seit sie Steve Harvey kennen gelernt hatte, machte sie das regelmäßig. Je schöner ihre Haare waren, desto besser fühlte sie sich.

Nun, wenn das kein interessanter Beitrag für *Psychologie heute* war – im Gegensatz zu Roberts blöder Statistik über Jogger!

Allerdings musste sie erst noch herausfinden, wie Menschen wie ihr Vater in diese Theorie hineinpassten. Ihr Vater war fast immer guter Laune, obwohl er fast keine Haare mehr hatte.

„Hey, Mr Stein wird langsam fett!“ Anastasia sah in das Goldfischglas auf den plumpen Goldfisch, der schweigend seine Runden drehte.

Gertrustein lachte. „Ich weiß. Ich glaube, ich füttere ihn zu oft. Aber es ist so schön, wenn man jemanden füttern kann, dass ich es manchmal übertreibe.“

„Gertrustein“, sagte Anastasia ernst. „Sie sollten sich unbedingt Freunde suchen. Die könnten Sie zum Essen einladen oder zu Ihnen zum Essen gehen. Es ist nicht gut für Sie, sich hier im Haus einzuigeln und einen unschuldigen Goldfisch zu überfüttern.“

Gertrustein bekam ihren störrischen Gesichtsausdruck. „Ich mag Menschen nicht“, sagte sie, um Würde und Stolz bemüht.

„Lächerlich. Das behaupten Sie nur, weil Sie im Grunde Angst vor ihnen haben.“

„Sag mal, was bist du eigentlich? Eine Art Sozialhelferin?“

„Nein. Aber ich weiß, wovon ich rede. Schauen Sie mich an: Als ich hierher kam, tat ich so, als hätte ich keinerlei Interesse an den Leuten hier. Und wissen Sie, warum? Weil ich insgeheim befürchtete, sie würden mich nicht mögen! Aber dann lernte ich Sie kennen, und Sie mögen mich ... das stimmt doch, oder?“

„Ja“, musste Gertrustein widerwillig zugeben.

„Dann traf ich Steve, und Steve mag mich, zumindest nehme ich das an. Und jetzt kann ich es kaum erwarten, noch andere Leute kennen zu lernen. Steve gibt demnächst eine Party und lädt jede Menge Leute in meinem Alter ein, und ich freue mich riesig darauf. Ich habe mir nur eingebildet, die Leute in der Vorstadt nicht zu mögen. Und Sie, Gertrustein, Sie bilden sich das auch nur ein, und deshalb sollten Sie ..."

„Du hast gesagt, du hast mir etwas mitgebracht. Was denn?", versuchte Gertrustein das Thema zu wechseln.

„Oh, fast hätte ich es vergessen. Schauen Sie!" Anastasia hielt einen kleinen Zettel hoch. „Ein Geschenkgutschein!"

Gertrustein starrte stirnrunzelnd auf das Stück Papier.

„Eine Frau war bei uns", erklärte Anastasia, „um uns als neue Einwohner zu begrüßen. Sie brachte jede Menge Zeugs mit, das die Stadtverwaltung den neu Zugezogenen schenkt. Zwei kostenlose Kinokarten – Steve und ich werden sie benutzen –, und was noch? Ach ja, mein Vater bekommt bei der hiesigen Tankstelle einen Ölwechsel gratis, meine Mutter im Supermarkt eine Lammkeule mit Nachlass. Außerdem ein Abendessen für vier Personen in einem Restaurant hier in der Nähe, aber wir müssen an einem Dienstag hingehen. Und dann bekamen wir noch das hier, und Mama sagte, ich solle es Ihnen bringen, da sie und ich es nicht brauchen: eine kostenlose Dauerwelle im Friseursalon Beauty! Wenn Sie sich eine Dauerwelle machen lassen, sieht Ihr Haar monatelang gut aus, ganz ohne Lockenwickler."

Gertrustein war skeptisch.

„Hmmm ...", sagte sie.

„Hah! Ich wusste, dass Sie das sagen würden! Deshalb habe ich bereits dort angerufen und einen Termin vereinbart: Samstagmorgen um zehn Uhr. Das Beauty ist direkt neben der Drogerie, Sie können also gut zu Fuß hingehen."

„Du wirbelst mein ganzes Leben durcheinander, Anastasia Krupnik."

„Nein, tue ich nicht. Ich helfe Ihnen nur dabei, ein neues Leben anzufangen. Tut mir Leid, dass ich Ihnen das sagen muss, Gertrustein, aber ich glaube, dass Ihr Leben damals endete, als Mr Stein – der Mann, nicht der Goldfisch – mit dieser Mandolinenspielerin durchgebrannt ist. Aber das liegt inzwischen vierzig Jahre zurück!"

Gertrustein lächelte plötzlich. „Du hast Recht, Anastasia, aber nicht ganz. Mein Leben endete, als Edward Evans vor siebenundvierzig Jahren diese Kindergärtnerin geheiratet hat. Jetzt ist es zu spät, um neu anzufangen. Aber meinetwegen, wenn du darauf bestehst, gehe ich am Samstagmorgen um zehn Uhr dorthin und lasse mir eine Dauerwelle machen."

„Und danach werden Sie versuchen, Leute kennen zu lernen und ..."

„Halt, immer langsam mit den jungen Pferden! Ich lasse mir die Dauerwelle machen. Aber danach gehe ich nach Hause, füttere meinen Fisch und schaue fern. Immer eins nach dem anderen. Für große Veränderungen bin ich zu alt."

„Ach herrje", rief Anastasia plötzlich. „Ich habe etwas vergessen! Mama wollte Sie bitten, am Samstag auf Sam aufzupassen. Es ist unheimlich wichtig. Am besten, ich rufe gleich noch mal an und lasse mir einen anderen Termin geben."

„Nein, ich kann Sam doch mitnehmen. Ich brauche ihn als moralische Stütze."

Die Vorstellung, dass jemand, der noch mit Pampers herumlief, jemandem eine moralische Stütze sein könnte, fand Anastasia zwar etwas merkwürdig, aber zumindest war ihr Problem damit gelöst.

Anastasia hatte noch eine andere Idee. Wahrscheinlich würde sie sich damit wieder in Gertrusteins Privatleben einmischen. Aber andererseits hatte sie sich ja schon kräftig eingemischt, und bislang klappte es ganz gut. Wenn auch dies nun klappen würde ...

„Ich muss noch schnell wohin", verkündete sie. „Bis später, Gertrustein."

Sie rannte in die Garage und holte ihr Fahrrad.

In der kleinen Bücherei war Anastasia schon gewesen. Das war mit das Erste gewesen, was sie nach dem Umzug getan hatte – sich die Bücherei anzusehen und einen Benutzerausweis ausstellen zu lassen.

In Cambridge war die Bücherei nicht weit von ihrer Wohnung entfernt gewesen. Etwa in Sams Alter war sie zum ersten Mal dort gewesen, natürlich nicht allein, sondern an der Hand ihrer Mutter. Kurz bevor sie weggezogen waren, hatte Anastasia ausgerechnet, dass sie – wenn sie seit dem dritten Lebensjahr jede Woche acht Bücher ausgeliehen hatte – insgesamt viertausend Bücher aus dieser Bücherei nach Hause geschleppt haben musste. Eine erstaunliche Tatsache, besonders wenn man bedachte, dass die Zweigstelle der Bücherei so klein war, dass man nie vermutet hätte, dass sie überhaupt viertausend Bücher besaß. Aber ihre Mutter hatte zu bedenken gegeben, dass sie manchmal dieselben Bücher immer wieder ausgeliehen hatte.

In der Bücherei in Cambridge war sie so gut bekannt gewesen, dass die Angestellten sie Anastasia Schonwieder genannt hatten, genau wie Gertrustein inzwischen.

In der Bücherei hier kannte man sie nicht, das heißt noch nicht, und das war ein bisschen frustrierend. Aber das würde sich bald ändern. Sie hatte den Bestandskatalog durchgesehen und feststellen müssen, dass einige ihrer Lieblingsbücher fehlten, weshalb sie der Bücherei demnächst einen Brief schreiben würde. Ein Buch, das in Cambridge seit Jahren ihr Lieblingsbuch war, beschrieb sämtliche Symptome von Lepra in allen Einzelheiten. Regelmäßig alle paar Monate hatte sie es ausgeliehen, nur um sicherzugehen, dass sie keine Lepra hatte. Manchmal war es schwer zu sagen, denn eines der Symptome waren juckende Ohrläppchen. Ab und zu juckten Anastasias Ohrläppchen nämlich. Wenn das der Fall war, lieh sie sich schnell das Lepra-Buch aus, um die anderen Symptome nachzulesen und ganz sicherzugehen, dass sie keine hatte. Jetzt, da sie in einem Vorort wohnte, dessen Bücherei nicht einmal ein Buch über Lepra hatte, wusste sie nicht, was sie tun sollte, falls ihre Ohrläppchen wieder einmal jucken sollten. Deshalb musste sie in ihrem Brief an die örtliche Bücherei unbedingt auf diesen Mangel hinweisen – in aller Höflichkeit, natürlich.

Doch heute fuhr sie auf ihrem Rad direkt auf das Gebäude zu, das sie neben der Bücherei entdeckt hatte. An der Tür stand *Treffpunkt für Senioren.*

Die Tür stand offen, und die Leute sahen auf, als sie hereinkam. Na ja, vermutlich sah man ihr auf den ersten Blick an, dass sie keine Seniorin war.

Neben dem Eingang hing ein Anschlagbrett, an dem Anastasia lesen konnte, wann und wo Malkurse abgehalten wurden, dass ein Ausflug zu einer Blumenausstellung stattfinden sollte, dass es einen literarischen Gesprächskreis, Vorträge von Finanzexperten und einen Kochkurs für Feinschmecker gab. Dort war auch ein Zettel, dass eine Katze namens Boots vermisst wurde, die ein rotes Flohhalsband trug, und außerdem hing eine Heiratsanzeige da. Die Brautleute hießen Ida und Harry, woraus Anastasia schließen konnte, dass es sich um Senioren handelte. Junge Leute hießen heutzutage nicht mehr Ida oder Harry.

Die meisten Leute im *Treffpunkt für Senioren* waren grauhaarig, mit Ausnahme einer Frau mit hellorangefarbenem Haar und eines Mannes, der eine Glatze hatte. Einige von ihnen spielten Karten. Sie hörten aber auf, als Anastasia eintrat, und sahen fragend zu ihr herüber, die Karten noch immer in der Hand. „Ich sagte: ‚Pik vier'", sagte eine Frau, doch die anderen würdigten sie keiner Antwort. Zwei Männer spielten Tischtennis, hörten jedoch auch auf und sahen zu Anastasia. Sie schienen alle recht nett zu sein, aber überrascht, sie hier zu sehen.

Eine jüngere Frau kam aus dem Hinterzimmer, sah Anastasia und kam ihr mit einem Lächeln entgegen.

„Hallo, ich bin Fran McCormick, die Leiterin. Kann ich dir helfen? Suchst du jemanden?"

Anastasia stellte sich vor, und Fran McCormick schüttelte ihr die Hand.

„Ich habe eine Bekannte", erklärte Anastasia, „die Seniorin ist."

„Oh? Wie heißt sie? Ich kenne die Leute, die hier verkehren, recht gut", sagte Fran McCormick.

„Sie heißt Gertru... Gertrude Stein. Aber Sie werden sie nicht kennen. Sie geht nämlich nie aus dem Haus, nur manchmal, wenn sie meinen kleinen Bruder spazieren fährt."

Alle waren ganz Ohr. Die Kartenspieler legten sogar ihre Karten beiseite. Nur die Dame, die Pik vier gesagt hatte, wirkte etwas ungeduldig. Einer der Tischtennisspieler schlug plötzlich den Ball über das Netz, der an seinem Mitspieler vorbeiflitzte, weil er nicht aufgepasst hatte. „Hah! Hab ich dich!", rief der Mann, der den Ball geschossen hatte, mit einem verschmitzten Grinsen. Dann wandte auch er seine Aufmerksamkeit wieder Anastasia zu, und der kleine Plastikball rollte unbeachtet in eine Ecke.

Na schön. Da so viele Leute sie anstarrten, hatte Anastasia das Gefühl, eine Rede halten zu müssen. Das hatte sie noch nie gern gemacht. Wenn sie vor der Klasse frei sprechen musste, hatte sie noch nie eine bessere Note als „zwei bis drei" bekommen, weil sie immer nervös war und zu oft „Äh" sagte.

„Wissen Sie, äh, ich will noch mal von vorne anfangen", sagte sie mit lauter Stimme. „Meine Bekannte und Nachbarin Gertrude Stein ist auch eine Seniorin, und sie ist sehr einsam. Sie isst immer allein, deshalb macht sie sich meistens nur ein Fertiggericht warm, und zum Reden hat sie nur mich und meinen kleinen Bruder, obwohl sie eigentlich sehr gerne redet, und – äh – ihr Goldfisch wird immer dicker, weil sie ihn überfüttert, und das macht sie bloß, weil sie sich freut, jemanden füttern zu können, auch wenn es nur ein Goldfisch ist ..."

Zuerst hatte Anastasia das Gefühl, etwas Dummes gesagt zu haben. Doch dann bemerkte sie, dass die Senioren nickten, als würden sie das verstehen. Wahrscheinlich hatten einige von ihnen auch einen Goldfisch zu Hause.

„Warum hast du sie nicht mitgebracht?", fragte der Mann, der den Tischtennisball geschlagen hatte.

„Sie wäre nicht mitgekommen. Aus Angst. Es klingt vielleicht albern, dass jemand Angst hat, obwohl er schon erwachsen ist und sogar alt, aber ..."

Anastasia brach ab, weil die anwesenden Senioren sich etwas zumurmelten und wieder nickten. Offenbar schienen sie zu verstehen, dass man Angst haben konnte, auch wenn man schon alt war.

„... aber sie verbirgt ihre Angst, indem sie anfangs unfreundlich und abweisend ist", fuhr Anastasia fort. Die Anwesenden nickten erneut.

„Schicken wir ihr doch eine Einladung zu unserem Squaredance-Abend!", rief einer der Kartenspieler.

„Die würde sie wegwerfen. Sie würde sagen ‚Das gehört zum Altpapier'", erklärte Anastasia.

„Was könnten wir deiner Meinung nach für sie tun?", fragte Fran McCormick.

„Ich weiß nicht recht", sagte Anastasia unsicher, „aber Sie haben doch hier einen Treffpunkt. Vielleicht könnten Sie diesen Treffpunkt einfach mal zu ihr verlegen. Ich gebe Ihnen die Adresse. Es ist nicht sehr weit von hier."

Alle schüttelten den Kopf.

„Nicht uneingeladen", sagte eine zierliche weißhaarige Dame im rosafarbenen Hosenanzug. „Nein, ausgeschlossen! Ich würde mich über Überraschungsbesuche auch nicht freuen."

Die anderen nickten zustimmend. Anastasia wunderte sich.

Sie liebte Überraschungsbesuche.

Aber die Senioren waren in diesem Punkt offenbar anderer Meinung.

Sie überlegte einen Moment lang. „Ich habe eine Idee", sagte sie dann. „Warum besuchen Sie nicht mich? Ich wohne direkt nebenan. Und es wäre kein Überraschungsbesuch, weil ich Sie ja hiermit einlade. Ich werde Früchtebowle machen und alles. Und dann ..."

Einige der Anwesenden nickten. „Und dann bittest du sie herüberzukommen!", sagte der Mann mit Glatze.

„Richtig! Dann kann sie Sie alle kennen lernen!"

„Ich würde kommen", sagte die Frau mit den orangefarbenen Haaren.

„Ich auch", riefen ein paar andere.

„Wann?", fragte jemand.

„Nun", sagte Anastasia überlegend, „am Samstagmorgen lässt sie sich eine Dauerwelle machen. Es ist das erste Mal in den letzten dreißig Jahren, dass sie zum Friseur geht."

„Gut, dann also am Samstagnachmittag!", verkündete der kahlköpfige Mann. „Wie viele von uns können am Samstag?"

Mehrere Hände schossen in die Luft, und Fran McCormick zählte. Vierzehn.

Anastasia schrieb ihre Adresse auf einen Zettel. Plötzlich schoss ihr ein Gedanke durch den Kopf.

„Heißt zufällig jemand von Ihnen Edward Evans?", wandte sie sich an die männlichen Senioren.

Niemand meldete sich. Keiner schien je diesen Namen gehört zu haben. Na ja, das wäre auch zu viel verlangt gewesen!

Als sie nach Hause radelte, war Anastasia bester Laune. Sie war sich sicher, dass ihre Eltern nichts dagegen haben würden. Ihre Mutter würde ihr bestimmt bei der Zubereitung der Bowle helfen.

Ihr Vater würde sich überlegen, womit man die Gäste unterhalten konnte, obwohl sie ihm vermutlich taktvoll zu verstehen geben müsste, dass es nicht angebracht wäre, vor den Senioren das Verdi-Requiem zu dirigieren. Aber vielleicht könnte er einige seiner Gedichte vorlesen.

Plötzlich fiel ihr etwas ein, und zwar so unerwartet, dass sie mit ihrem Rad beinahe im Gebüsch gelandet wäre. Verdammt! Samstag!

Wie um alles in der Welt sollte sie das Robert und Jenny erklären?

Das zweite Kapitel war nicht sehr lang, wie Anastasia beim nochmaligen Durchlesen feststellen musste. Nur ein Satz. Aber ihr gefiel die geheimnisvolle Anspielung auf Vergangenheit und Zukunft des jungen Mädchens. In Krimis musste man sehr raffiniert vorgehen, damit die Leser nicht zu früh im Buch erfuhren, worum es eigentlich ging. Das war eines der Probleme mit den Nancy-Drew-Büchern – sie waren nicht raffiniert genug aufgebaut. Agatha Christie hingegen – meisterhaft! In Agatha Christies Büchern wusste man nie, wer böse und wer gut war. Erst ganz zum Schluss zeigte sich, wer der Bösewicht war. Und bis dahin hatte man meistens einen Unschuldigen verdächtigt. Das war sehr wichtig.

„Drittes Kapitel", schrieb sie. „In ihrem neuen Leben machte das junge Mädchen immer mehr neue Bekanntschaften. Es traf einen hoch gewachsenen Tennisspieler mit wunderschönen blauen Augen, eine alte Frau, die wie eine Hexe aussah, und eine geheimnisvolle Gruppe von älteren Leuten, die regelmäßig Versammlungen abhielten und wie vom Donner gerührt waren, als das junge Mädchen eines Tages völlig überraschend an ihrem geheimen Treffpunkt auftauchte.

Doch gleichzeitig waren ihr auch ein paar Personen aus ihrer Vergangenheit auf den Fersen. Der junge Mann mit der mysteriösen Aktentasche hatte ihre neue Adresse ausfindig gemacht, und sie erhielt die Nachricht, dass er auf dem Weg zu ihr war. Eine Irin mit einem abgebrochenen Schneidezahn würde ihn begleiten."

So! Jetzt hatte sie jede Menge Personen eingeführt, und der Leser konnte sich den Kopf zerbrechen, wer die Bösen und wer die Guten waren.

Anastasia wusste es auch noch nicht, aber darüber würde sie später nachdenken.

# Elf

„Nein, ganz bestimmt nicht! Unter gar keinen Umständen!“ Anastasias Mutter stand in ihrem Atelier, einen Pinsel hinter das Ohr geklemmt, die Fäuste in die Hüften gestemmt.

Anastasia zog eine beleidigte Grimasse. „Und warum nicht?“

„Weil es eine Lüge ist, und ich weigere mich, deine Freunde anzulügen. Zudem ist es die schwachsinnigste Lüge, die ich je gehört habe!“

Anastasia war verblüfft. Ihrer Meinung nach war es eine großartige Idee. „Was ist daran schwachsinnig? Schau, du musst doch bloß Jenny anrufen, sehr traurig klingen und ihr ausrichten, dass sie und Robert am Samstag nicht kommen können, weil ihr gerade festgestellt habt, dass ich Lepra habe und in ein Krankenhaus für Aussätzige muss.“

„Das ist lächerlich!“

„So lächerlich ist es gar nicht! Vielleicht habe ich tatsächlich Lepra. Meine Ohrläppchen jucken. Schon den ganzen Nachmittag. Das ist ein Früherkennungssymptom.“

„Es ist ein Symptom dafür, dass du dir die Ohren nicht gewaschen hast. So häufig, wie du dir in letzter Zeit die Haare wäschst, sollte man annehmen, dass auch deine Ohren sauber sein müssten.“

„Mama. Das ist gemein!“

„Nicht so gemein, wie Freunde anzulügen. Warum willst du eigentlich nicht, dass sie kommen?“

Anastasia runzelte die Stirn und ließ sich auf den alten Sessel fallen, auf dem ein paar Putzlappen für Mutters Pinsel lagen. „Oh, es ist etwas kompliziert. Ich habe für Samstag ein paar andere Leute eingeladen. Leute, die ich heute zufällig getroffen habe.“

Ihre Mutter sah sie an, nahm lächelnd den Pinsel von ihrem Ohr und legte ihn auf den Tisch. Dann setzte sie sich auf die Armlehne des Sessels und streichelte Anastasia übers Haar.

„Oh, Schatz, ich freue mich ja so! Weißt du, Papa und ich wollten dich nicht darauf ansprechen, aber wir haben uns schon Sorgen gemacht, wann du endlich neue Freunde finden würdest. Außer Steve kennst du hier noch niemanden. Wie schön, dass du deinen Freundeskreis erweitert hast. Ich freue mich wirklich, dass du sie eingeladen hast.“

Ach herrje! Anastasia hatte plötzlich dasselbe Gefühl wie damals, als Robert Giannini von seinem geistig zurückgebliebenen Cousin erzählt hatte.

Ganz plötzlich, noch ehe man so recht wusste, wie einem geschah, war es schon zu spät für erklärende Worte.

„Im Ernst, Anastasia, ich bin begeistert! Und Robert und Jenny passen doch wunderbar dazu. Hör mal, wir könnten ein Grillfest machen. Wie viele werden kommen?“

„Vierzehn.“

„Oh, das sind fast zu viele für ein Grillfest! Aber

vielleicht klappt es, wenn wir Hotdogs vorbereiten. Außerdem könnte ich eine Riesenschüssel Kartoffelsalat machen ..."

„Ach, Mama, echt, Früchtebowle tut's doch auch. Ich habe ihnen schon gesagt, dass es nur etwas zu trinken gibt."

„Na schön, wie du meinst. Aber weißt du, wir haben doch kürzlich überlegt, Badmintonschläger anzuschaffen. Wenn wir sie noch vor Samstag kaufen ..."

Anastasia wurde von der Horrorvision heimgesucht, die Seniorengruppe würde Badminton spielen. Schon sah sie den Krankenwagen vor ihrem Haus vorfahren, um die Verletzten mit gebrochenen Hüftgelenken und Herzanfällen abzutransportieren. Sie verdrehte die Augen.

„Mama, weißt du, was mir am liebsten wäre? Wenn du mit Papa am Samstagnachmittag ins Kino gehen würdest oder so."

Ihre Mutter, die ihr eben noch übers Haar gestreichelt hatte, hielt mitten in der Bewegung inne. Anastasia war klar, dass sie ihre Gefühle verletzt hatte.

„Ach so, du willst nicht, dass Papa und ich hier sind und deine neuen Freunde kennen lernen? Schämst du dich ganz plötzlich, uns alte Herrschaften um dich zu haben?"

„Ach, Mama", stöhnte Anastasia zerknirscht, „das siehst du falsch. Es ist ... oh, verdammt, ich muss nachdenken."

Anastasia stemmte sich aus dem Sessel und stürmte in ihr Zimmer hinauf. Im Flur stieß sie auf Sam, der eine Taschenlampe an- und ausknipste. Das machte er schon den ganzen Tag lang.

„Blitz!“, rief Sam triumphierend, als er sie mit der Taschenlampe anleuchtete.

„Lass das, Sam“, knurrte Anastasia genervt.

Sams Unterlippe begann zu beben, als überlegte er, ob er weinen sollte oder nicht. Anastasia marschierte an ihm vorbei und zu ihrem Zimmer hinauf. Ihre Ohrläppchen juckten tatsächlich. Sie wünschte sich fast, wirklich Lepra zu haben. Adieu, grausame Welt! Das Leben war einfach zu anstrengend.

„Blitz! Blitz!“, rief Sam ihr nach und ließ die Taschenlampe erneut aufleuchten.

Anastasia schlug die Tür hinter sich zu und beschloss, sich für längere Zeit in ihrem Turmzimmer zu verbarrikadieren. Höchstwahrscheinlich bis ans Ende ihrer Tage!

Aber schon bald klingelte das Telefon. Immer dasselbe: Sobald man beschlossen hatte, sich für den Rest seines Lebens einzuschließen, klingelte dieses verdammte Telefon!

Nach einiger Zeit hörte sie die Stimme ihrer Mutter von unten. „Anastasia?“

„Ja? Ist es für mich?“

„Würdest du bitte einen Moment herunterkommen? Ich muss mit dir reden.“

Im Eilschritt polterte Anastasia die Treppen hinunter. Im ersten Stock kam Sam aus seinem Zimmer geschossen, brüllte: „Blitz!“, und leuchtete sie mit der Taschenlampe an.

„Lass diesen Quatsch, Sam!“

Sam grinste nur und verschanzte sich im Wandschrank. Durch die Ritze unten am Schrank sah sie seine Taschenlampe wieder aufblitzen.

„Was ist? War der Anruf für mich?“, fragte sie ihre Mutter.

„Nein, nicht direkt. Aber ich finde, der Anruf war schon recht merkwürdig. Jemand namens Fran McCormick fragte mich ...“

„Also war es doch für mich!“

„Nein, sie sagte, sie wolle dich nicht sprechen. Sie wollte nur nachfragen, ob ich auch wirklich nichts dagegen hätte, dass am Samstag so viele Leute zu uns kommen. Das war äußerst rücksichtsvoll von ihr. Ich kann mich nicht erinnern, dass jemals eine deiner Freundinnen nach meiner Erlaubnis gefragt hätte.“

„Und was hast du ihr gesagt?“

„Dass es in Ordnung sei. Ich sagte ihr auch, dass wir vorhaben, einen Riesenbottich Früchtebowle vorzubereiten. Aber, Anastasia ...“

„Was?“

„Daraufhin sagte sie, dass wir – falls es nicht zu große Umstände mache – für die Bowle bitte keinen zuckerhaltigen Saft nehmen sollen, sondern nur welchen mit Süßstoff. Weil Edna, Morris und Ernest Diabetes haben. Das kommt mir merkwürdig vor, Anastasia. Ich erinnere mich zwar, dass du in der dritten Klasse eine Schulkameradin hattest, die zuckerkrank war, aber drei von vierzehn Kindern hier sollen Diabetiker sein? Sehr sonderbar. Sag mal, wo hast du diese Kinder eigentlich getroffen?“

Anastasia war versucht, laut aufzulachen und ihre Mutter endlich darüber aufzuklären, dass die vermeintlichen Kinder allesamt Senioren waren und dass Edna, Morris und Ernest schon mindestens siebzig, wenn nicht gar achtzig Jahre alt waren. Aber sie war sauer. Sauer darüber, dass ihre Mutter daran zweifelte, dass sie passende Freunde finden würde.

„Sie haben so eine Art Club", sagte Anastasia vage. „Ich kam an ihrem Clubhaus vorbei und bin einfach hineingegangen. Sie spielten gerade Karten. Irgendwie kamen wir ins Gespräch, und da habe ich sie für Samstag eingeladen. Weißt du, ich bin ein Typ, der unheimlich schnell Anschluss findet", fügte sie viel sagend hinzu.

„Was soll das heißen – eine Art Club? Was soll heißen – sie spielten Karten? War es Poker oder so etwas? Hast du dich etwa mit einer Rockerbande eingelassen, Anastasia Krupnik?"

Anastasia bedachte ihre Mutter mit einem zornigen Blick. „Ich nehme an, so könnte man sie notfalls auch nennen. Du kannst sie als ‚Bande' bezeichnen. Als Rocker keinesfalls. Ich persönlich neige allerdings nicht zu solchen Verallgemeinerungen."

„Anastasia Krupnik, falls diese vierzehn Typen am Samstag auf Motorrädern ankommen ..."

Nun hätte Anastasia um ein Haar doch laut gelacht. Aber sie war immer noch sauer auf ihre Mutter, stinksauer.

Sie warf den Kopf in den Nacken und sagte herablassend: „Ich nehme nicht an, dass einer von ihnen mit dem Motorrad kommt." Und schon rannte sie wieder die Treppe hinauf. Auf dem ersten Absatz lag Sam auf der Lauer.

„Blitz!"

„Mutter!", rief Anastasia zornig. „Warum blendet Sam alle Welt ständig mit dieser verdammten Taschenlampe?"

„Sam, leg die Taschenlampe jetzt weg", sagte ihre Mutter beschwichtigend. Dann erklärte sie Anastasia: „Er und Mrs Stein haben einen Plan geschmiedet. Heute Abend werden sie sich von Haus zu Haus Lichtzeichen geben. Frag mich nicht, warum."

„Frag lieber mich", grinste Sam.

„Na schön, also warum, Kleiner?"

„Weil wir Blitzer spielen. Gertrustein hat schon Blitzer gespielt, als sie noch klein war, mit einem Freund, der hier in unserem Haus gewohnt hat."

„Ja, sie hat mir schon von ihm erzählt. Edward Evans. Ein schöner Freund! Als er groß war, heiratete er eine andere, und jetzt hat sie nur noch einen Goldfisch."

Sam hatte gar nicht zugehört. Er hatte das Endstück der Taschenlampe abgeschraubt und untersuchte die Batterien.

„Im Übrigen, Kleiner, hast du überhaupt eine Vorstellung davon, was man unter einem richtigen Blitzer versteht?"

„Nö, was denn?"

„So bezeichnet man diese miesen Typen, die nackt – nur mit einem Mantel bekleidet – herumlaufen, und dann plötzlich hinter einem Gebüsch hervorspringen und den Mantel öffnen."

„Aber Anastasia“, korrigierte ihre Mutter vom Erdgeschoss aus, „nennt man diese Leute nicht Exhibitionisten?“

„Mag sein“, sagte Anastasia achselzuckend, „Jenny MacCauley nennt sie Blitzer.“

„Oh“, sagte Sam interessiert, „rufen sie ‚Blitz‘, wenn sie hinter dem Gebüsch hervorspringen?“

„Woher soll ich das wissen?“, antwortete Anastasia ungnädig. „Ich habe noch keinen gesehen.“

„Gut, aber ich rufe ‚Blitz‘“, sagte Sam, schon weniger interessiert. „Ich bin ein Blitzer mit Blitzlicht. Blitz!“ Wieder richtete er den Strahl direkt in Anastasias Augen, rannte dann aber schnell davon, als sie einen halbherzigen Versuch machte, ihn zu schnappen.

Anastasia schüttelte den Kopf und stapfte lustlos in ihr Zimmer, um noch ein paar Fetzen Tapete abzureißen.

Aber da klingelte das Telefon schon wieder. Dieses Mal war es für Anastasia. Ihre Mutter rief von unten. Ihrer Stimme war anzuhören, dass sie noch wütend war. Sollte sie doch! Anastasia war nicht nur wütend, sondern stinksauer.

„Ist es einer von der Rockerbande? Hat er nach der Gangsterbraut gefragt?“, fragte Anastasia ihre Mutter sarkastisch.

„Es ist Steve Harvey“, sagte ihre Mutter betont kühl. „Ich hätte ihm sagen sollen, du wärst unterwegs, um Radkappen zu klauen.“

„Ha, ha, sehr witzig!“ Anastasia nahm den Hörer und verschwand damit im Wandschrank.

„Hallo, Steve."

„Grüß dich. Hör mal, meine Mutter hatte eine Idee. Sie möchte dich und deine Familie hier in der Nachbarschaft willkommen heißen. Deshalb schlug sie vor, dass unsere beiden Familien am Samstag zusammen ein Picknick machen, vielleicht in Sturbridge oder so."

Oh, Mist, verdammter Mist! Anastasia brannte darauf, Steves Familie kennen zu lernen. Sein Vater war Sportreporter und kannte jede Menge berühmter Sportler persönlich. Seine Mutter war Staatsanwältin und hatte erst neulich einen Mörder angeklagt. Und seine ältere Schwester, die gerade zu Besuch war, war ein Meter achtzig groß, wie Steve behauptet hatte, und Balletttänzerin in New York. Ihr richtiger Name lautete Anne, ihr Künstlername war Anya. Das war das Allerinteressanteste und Großartigste, das Anastasia je gehört hatte.

Früher hatte auch ihr eine Karriere als Balletttänzerin vorgeschwebt. Mit acht oder neun Jahren hatte sie einen Kurs belegt, aber irgendwie wollten ihr ihre Beine nie so recht gehorchen. Eines Tages wollte sie ihrer Mutter den Tanz vorführen, den sie für die nächste Aufführung probten. Bei dem Versuch, sich auf den Zehen um die eigene Achse zu drehen, warf sie mit dem anderen Bein versehentlich die große Stehlampe um, die ihrerseits auf dem Fernseher landete und die Antenne abknickte. Die dämliche Antenne riss ein Bild von der Wand, das seinerseits auf einer vollen Kaffeetasse landete, deren Inhalt sich über ein Buch mit dem Titel *Kunstschätze des Louvre* ergoss. Anastasia hatte versucht, das Buch in Deckung zu bringen, doch dabei war sie unglücklicherweise über eine Falte im Teppich und gegen das Tischchen gestolpert, auf dem besagte Kaffeetasse stand. Ein Tischbein brach ab, und sie verstauchte sich den Knöchel. Er wurde geröntgt, und sie musste drei Wochen lang einen Stützverband tragen. Dadurch verpasste sie die Aufführung und verzichtete schweren Herzens auf weitere Ballettstunden.

Ihr Vater hatte damals gesagt, sie müsste ins *Guiness Buch der Rekorde* kommen, da sie es geschafft hatte, in nur siebenundzwanzig Sekunden einen Schaden von insgesamt dreihundert Dollar zu verursachen. Daraufhin hatte Anastasia im *Guiness Buch der Rekorde* nachgesehen und festgestellt, dass ein Tornado in Hastings, Nebraska, diesen Rekord schon 1947 überboten hatte.

Dennoch, Anne Harvey hätte sie zu gern kennen gelernt. Sie brannte darauf, ein weibliches Wesen zu treffen, das einen Meter achtzig groß und trotzdem nicht gezwungen war, sein Leben als professionelle Basketballspielerin zu fristen!

Doch was würde sie am Samstag tun, anstatt mit der hochinteressanten Familie Harvey nach Sturbridge zu fahren? Sie würde vierzehn Senioren, dem Blödmann Robert Giannini und der Verräterin Jenny MacCauley, die ohne sie im Film *Casablanca* gewesen war, Früchtebowle servieren!

Am liebsten hätte sie einen Wutausbruch bekommen, genau wie Sam manchmal, hätte auf den Fußboden gestampft und lauthals gebrüllt.

Aber mit zwölf war man zu alt für solche Sachen, und außerdem wollte sie nicht, dass Steve Harvey hörte, wie sie auf den Fußboden stampfte und lauthals brüllte. Erst gestern hatte er gesagt, dass sie für ihr Alter schon sehr damenhaft wirke.

Als er das gesagt hatte, hatte sie ihm erklärt, dass es vermutlich daran liege, dass sie in Cambridge aufgewachsen sei und dass man in der Stadt eben frühreifer sei als in den Vororten.

Steve hatte zugestimmt. Doch dann hatte er etwas Komisches gesagt. Er hatte gesagt, dass er, bevor er Anastasia getroffen hatte, felsenfest davon überzeugt gewesen sei, dass die Cambridge-Leute allesamt doof seien. Er habe gedacht, sie seien überhebliche Intellektuelle, die abends ihren Hagebuttentee schlürften und dabei klassische Musik hörten.

Daraufhin hatte ihm Anastasia gestanden, dass sie, bevor sie ihn getroffen hatte, dachte, alle Leute aus der Vorstadt seien langweilig, hochnäsig, würden diese T-Shirts mit dem Alligator auf der Brust tragen und Ostern auf den Bermudas verbringen.

Da hatte Steve ihr erzählt, dass er noch nie auf den Bermudas gewesen war und den Alligator immer abtrennte, bevor er diese T-Shirts anzog.

Anastasia hatte ihm gesagt, dass sie Hagenbuttentee mehr hasste als alles andere auf der Welt, mit Ausnahme von Leber.

Es war schön gewesen zu entdecken, dass sie sich getäuscht hatten und dass sie beide – wie ihr erst in diesem Moment auffiel – oberflächliche Klischees zum Besten gegeben hatten.

Deshalb konnte sie jetzt unmöglich auf den Boden stampfen und einen Wutschrei ausstoßen, obwohl ihr wahrlich danach zu Mute war.

Stattdessen sagte sie ganz cool: „Tut mir Leid, Steve, aber am Samstag können wir nicht. Zwei alte Freunde aus Cambridge kommen mich besuchen, und dann kommen auch noch ein paar andere Leute von hier."

„Schade, dann eben ein andermal", sagte Steve unbeeindruckt.

Ganz klar, dachte Anastasia verbissen. Zufällig wusste sie, dass seine Schwester am Sonntag nach New York zurückfuhr, um für die neue Aufführung zu proben.

Wahrscheinlich mit Nurejew, verdammt noch mal, wenn der nicht schon gestorben wäre!

„Mein Leben ist ruiniert, und du bist daran schuld", knirschte sie, als sie am Atelier ihrer Mutter vorbeikam, wo diese verschiedene Blautöne auf eine große Leinwand auftrug. Sie hatte einen blauen Farbklecks am Kinn.

„Warum ich?", rief ihre Mutter ihr fragend nach, während Anastasia schon wieder die Treppe hinaufstieg.

Das wusste sie auch nicht so recht. Aber da Steve Harvey sie nicht mehr hören konnte, gab sie eine wenig damenhafte Antwort. „Weil ich dich nie darum gebeten habe, geboren zu werden!"

Darauf hatte ihre Mutter eine noch weniger damenhafte Reaktion parat. „Bääh!", rief sie und streckte die Zunge heraus.

„Wer war der junge Mann mit der geheimnisvoll aufleuchtenden Lichtquelle?“, schrieb Anastasia an den Anfang des vierten Kapitels.

„Und welche Rolle spielte die herzlose, hinterhältige Frau mit dem blauen Farbklecks am Kinn in dieser ganzen Sache?“, schrieb sie weiter.

Ihren Vater aus dem Spiel zu lassen schien ihr unfair. Deshalb setzte sie das vierte Kapitel so fort: „Der große, bärtige Fremde nippte nachdenklich an seinem Bier, hatte die Augen geschlossen und lauschte hingebungsvoll Mozarts Musik.“

In Agatha Christies Büchern, fiel Anastasia plötzlich auf, gab es spätestens im vierten Kapitel mindestens einen Mord.

Deshalb schrieb sie den mysteriösen Satz: „Mozart war bereits tot.“

# Zwölf

Als Anastasia am Samstagmorgen in aller Herrgottsfrühe erwachte, hörte sie, noch ehe sie die Augen öffnete, ein Geräusch, das nur von Frank Goldfisch stammen konnte.

„Frank?", murmelte sie verschlafen. „Was machst du? Lass das. Es ist noch zu früh zum Spielen. Auf, schlaf noch 'ne Runde."

Aber das Geräusch hörte nicht auf, und Anastasia wurde etwas wacher. Als sie blinzelnd die Augen öffnete, sah sie, dass es regnete. Die nassen Äste eines Baums wurden vom Wind an die Fenster ihres Turmzimmers gepeitscht.

Sie grinste zufrieden. Der Regen kam wie gerufen. Bei diesem Wetter konnten Robert und Jenny unmöglich mit dem Rad kommen. Hoffentlich würde ihr Vater so nett sein, Gertrustein zum Friseursalon zu fahren. Vielleicht würden die Harveys nun doch nicht zum Picknick nach Sturbridge fahren, und vielleicht konnte Anastasia auf einen Sprung bei ihnen vorbeischauen, um endlich Anne kennen zu lernen, bevor sie nach New York zurückfuhr. Am Nachmittag würden die Senioren kommen. Fran McCormick würde sie in dem alten VW-Bus mit der seitlichen Aufschrift *Senioren-Vehikel* herfahren.

Zufrieden kuschelte sie sich wieder in ihr Kissen

und schlief ein. Als sie später zum zweiten Mal aufwachte, hatte der Regen aufgehört.

Unten war ihre Mutter gerade damit beschäftigt, Sam zu kämmen.

„Sam begleitet Mrs Stein zum Friseur", sagte sie. „Zu einem solchen Anlass soll er fein aussehen."

„Lass dir bloß nicht die Haare schneiden, Sam", sagte Anastasia warnend, während sie ihren Toast mit Butter bestrich.

„Sehen meine Löckchen hübsch aus?", fragte Sam besorgt.

Du lieber Himmel. Es gab so vieles, von dem Sam noch keine Ahnung hatte.

„Nicht hübsch, Sam", klärte Anastasia ihn auf, „gut! Jungs müssen nicht hübsch, sondern gut aussehen."

„Oh."

„Die Taschenlampe nimmst du hoffentlich nicht mit, oder?"

„Nein, die ist in ihrem Versteck. Heute Abend spielen wir Blitzer."

Anastasias Mutter sah zum Fenster hinaus. „Sieht so aus, als würde es noch mal regnen. Der Himmel ist ziemlich grau." Sie holte Sams kleinen Regenmantel aus dem Wandschrank und knöpfte ihn zu. „So, Kumpel, fertig. Dein Buggy steht bei Mrs Stein. Viel Spaß, und benimm dich!"

Sie sah ihm nach, als Sam durch den Garten trabte und die Stufen zu Gertrusteins Haustür hochkletterte.

„So, was steht als Nächstes auf dem Plan? Früchtebowle?“ Anastasias Mutter holte die große Bowleschüssel aus dem Schrank. „Am besten, wir setzen sie gleich an, dann ist sie fertig, wenn Robert und Jenny kommen, und sie können gleich davon kosten. Aber sag ihnen, sie sollen noch etwas für die Rockerbande übrig lassen.“

„Mama!“

Ihre Mutter grinste. „Okay, tut mir Leid. Ich bin sicher, dass deine neuen Freunde sehr nett sind, Anastasia. Ich war gestern nur schlecht drauf. Das Bild, an dem ich seit einer Woche arbeite, gefällt mir einfach nicht. Und du weißt, wie griesgrämig dein Vater immer wird, wenn er an einem Gedicht arbeitet, das ihm noch nicht gefällt. Dann ist er sauer auf uns, obwohl wir das Gedicht noch nicht einmal gelesen haben.“

Anastasia lachte. „Stimmt. Mir geht es ähnlich. Seit drei Monaten versuche ich, einen Roman zu schreiben. Es dauerte zweieinhalb Monate, bis mir überhaupt ein guter Titel eingefallen ist. Und jetzt hat der Roman keinen Bezug mehr zu diesem Titel.“

„Ach herrje! Was für ein Problem!“

„Außerdem ist es sehr schwer, die richtigen Zutaten zu finden.“

„Zutaten?“

„Mmmmh. Es ist ein Krimi. Da braucht man sehr viele mysteriöse Figuren. Dann fiel mir ein, dass ich auch eine Leiche brauche. Die habe ich dann am Ende des vierten Kapitels eingebaut. Aber ich habe noch keine Sexszene.“

„Sex? Bist du sicher, dass Sex in einen Krimi gehört?"

Anastasia dachte nach. In Nancy Drews Büchern kamen keine Sexszenen vor. Nun ja, vielleicht war Nancys Hauptperson in dieser Richtung etwas beschränkt, überlegte sie. Der Typ hatte schließlich schon den Führerschein, zum Kuckuck noch mal, aber Buch für Buch jagte er gefährlichen Verbrechern nach, ohne jemals das geringste Interesse für Sex zu entwickeln. Aber vielleicht waren Nancy Drews Bücher genau deshalb so langweilig.

In Agatha Christies Büchern gab es zwar Anspielungen auf Liebesbeziehungen, aber nichts Direktes. Anastasia wollte, dass ihr Krimi noch interessanter würde als die von Agatha Christie.

„Oh doch, ich brauche unbedingt eine Sexszene", erklärte sie ihrer Mutter. „Vielleicht im fünften Kapitel."

„Rühren!"

„Was? Meinen Roman?"

„Nein, Anastasia. Rühre die Bowle um."

Sie füllten die Bowleschüssel mit Obstsaft und Fruchtstückchen und gossen zwei Flaschen Zitronenlimonade dazu. „So", sagte ihre Mutter, „vor dem Servieren kommen noch ein paar Eiswürfel dazu."

„Meine Rockerfreunde würden sich bestimmt freuen, wenn du auch einen Schuss Wodka hinzugibst."

„Anastasia! Das ist doch nicht dein Ernst!"

Anastasia seufzte. „Aber nein, Mami. War nur ein Witz!"

Als Anastasia aus dem Dielenfenster spähte, sah sie sie um die Ecke biegen. Sie grinste. Es war schön, Jenny wieder zu sehen. Sie hatte sie ziemlich vermisst. Und ehrlich gesagt, wäre sie an Jennys Stelle vermutlich auch allein in *Casablanca* gegangen.

Aber sie stöhnte, als sie Robert entdeckte. Der gute alte Blödmann. Genau hier, wenige Meter vor ihrem Haus, hatte er nichts Besseres zu tun, als vom Rad zu steigen und seinen Stadtplan herauszukramen. Anastasia konnte sehen, wie Jenny auf ihr Haus deutete und Robert etwas zurief. Aber Robert konzentrierte sich auf den Stadtplan, faltete ihn dann sorgfältig wieder zusammen und steckte ihn in die Tasche. Typisch für Robert, dass er einen Stadtplan ordentlich zusammenfalten konnte! Er war der einzige Mensch in Anastasias Bekanntenkreis, der einen Plan korrekt zusammenfalten konnte.

Und er hatte seine Aktentasche dabei – natürlich! Sie sah den rechteckigen Umriss, obwohl die Tasche in etwas eingewickelt war. Klar! In eine blaue Plastiktüte. Typisch für Robert, seine wertvolle Aktentasche in einen Müllsack zu packen, damit sie nicht nass wurde. Wie ätzend!

Und erst seine Füße! Was war mit denen passiert? Anastasia kniff die Augen zusammen, um besser sehen zu können. Oh nein! Sie wollte ihren Augen nicht trauen. Das war das Allerletzte! Robert Giannini trug Gummistiefel.

„Hallo, Jenny!", rief Anastasia und schnitt eine Grimasse, die besagen wollte: Schau dir bloß Robert mit seinen Gummistiefeln an!

„Hallo", rief Jenny zurück, ebenfalls mit einem Gesichtsausdruck, der besagen sollte: Ich weiß, das ist das Ätzendste, das ich je gesehen habe.

„Grüß dich, Anastasia", sagte Robert Giannini zufrieden, „wir haben es geschafft."

„Das sehe ich, Robert. Kommt herein!"

Robert und Jenny waren begeistert von Anastasias neuem Haus. Anastasia genoss es, sie durch alle Räume zu führen und das Haus plötzlich selbst mit neuen Augen zu sehen.

Sie kam sich ein bisschen vor wie eine Immobilienmaklerin, als sie die vielen Türen öffnete und sagte: „Das ist Vaters Studio", oder: „Das ist das Atelier, in dem meine Mutter malt." (Allerdings schloss sie die Tür rasch wieder, als sie sah, dass ihre Mutter gerade an einem Aktbild arbeitete.)

Am schönsten fand sie es, ihnen ihr Turmzimmer zu zeigen. Selbst jetzt, mit der teilweise abgerissenen Tapete, war wunderschön, hoch oben in den Wipfeln der Bäume, mit Fenstern, durch die man sogar das Hancock-Gebäude von Boston sehen konnte.

Robert starrte fasziniert auf die Wand. „Anastasia, wenn du die Tapetenschichten einzeln ablöst, enthüllst du die ganze Geschichte dieses Zimmers. Wer wohnte vor euch in diesem Haus?"

Anastasia zuckte mit den Schultern. „Ein Arzt und seine Frau. Sie hatten fünf Kinder."

„Eines der Kinder hat bestimmt hier oben gewohnt, glaubst du nicht auch? Die oberste Tapete gehörte also einem der Kinder."

Vorsichtig zog er in der Nähe des Fensters eine Schicht der obersten Tapete ab. „Oh, seht nur", rief er. „Darunter ist eine grüne Tapete mit Blumenmuster. Wem die wohl gehört haben mag?"

„Vielleicht einem jungen Ehepaar", sagte Jenny. „Vielleicht hat der Ehemann seine Frau ab und zu verprügelt, sodass sie sich hier oben vor ihm verstecken musste."

„Eine echt altmodische Tapete", sagte Anastasia, nachdem sie das Muster eingehend studiert hatte. „Stammt sicher aus den Dreißigerjahren, als alles noch ganz anders war. Vielleicht wollte die Frau lieber außer Haus arbeiten gehen, statt immer nur zu kochen und zu putzen. Und deshalb hat er sie geschlagen."

„Was für ein Mistkerl", murmelte Jenny empört.

„Was ist darunter?"

Mit einem Fingernagel kratzte Robert vorsichtig an der grünen Blümchentapete, bis sich ein Stück abschälen ließ.

„Blau mit schmalen Streifen. Au Mann, die ist echt alt!" Er zog noch ein Stück an der grünen Tapete. „Ich würde zu gern wissen, wem die gehört hat."

„Einer Familie mit einem verrückten Onkel, den sie hier oben im Turmzimmer eingeschlossen haben", schlug Jenny vor.

„Richtig", sagte Robert. „Um zu wissen, wie viele Tage und Wochen er schon hier oben verbracht hatte, machte er die Striche an die Wand. Schaut! Hier scheint er etwas hingeschrieben zu haben!"

Robert hatte Recht. In der Ecke, noch immer teilweise von der grünen Tapete überdeckt, stand etwas geschrieben.

„Das heißt wahrscheinlich: ‚Hilfe! Ich werde in diesem Turm gefangen gehalten.'"

„Sei vorsichtig, Robert. Zerreiß es nicht!"

Anastasia musste über ihre eigenen Worte lachen. Das zu jemandem zu sagen, der Gummistiefel trug, immer eine Aktentasche bei sich hatte und Stadtpläne korrekt zusammenfaltete, war mehr als überflüssig. Wie doof von ihr.

Er schaffte es, einen weiteren Streifen der grünen Tapete abzulösen. Ein verblichener Schriftzug kam zum Vorschein. Die drei bückten sich, um ihn zu lesen. Es waren mit Sicherheit nicht die Worte eines Verrückten, der die Tage seiner Gefangenschaft zählte.

Anastasia hatte die Worte als Erste entziffert und riss vor Staunen den Mund auf. „Ich weiß, was das ist! Donnerwetter! Ich bin gespannt, was ..."

Aber sie wurde unterbrochen. Ihre Mutter rief durch das Treppenhaus.

„Anastasia! Komm auf der Stelle herunter! Zwei Kleinbusse sind im Anrollen. Deine Gäste kommen!"

Eine Stunde später hatte sich die größte Aufregung gelegt. Alle saßen bei ihrem zweiten Glas Früchtebowle, und Anastasias Mutter hatte die Schachtel mit den importierten Keksen aufgemacht, die sie seit dem letzten Weihnachtsfest für besondere Gelegenheiten aufbewahrt hatte. (Edna, Morris und Ernest, die Diabetiker, konnten leider nicht davon probieren.)

Anastasias Vater war in seinem Arbeitszimmer, wo er Harry, der früher an der Tufts-Universität europäische Literatur unterrichtet hatte, und Jeanette, die vor vielen Jahren in Boston eine Buchhandlung geleitet hatte, voller Stolz seine Erstausgaben vorführte.

Robert hatte seinen neuesten Entwurf für eine Weltraumrakete aus seiner Aktentasche geholt und vor Morris und Fred, zwei Ingenieuren im Ruhestand, auf dem Tisch ausgebreitet, und jetzt diskutierten sie eifrig darüber, ob die Rakete, die Robert sich ausgedacht hatte, es bis zum Mond schaffen würde.

Edna und vier andere Damen zeigten Jenny Fotos von ihren Enkelkindern.

Jemand spielte „Alexander's Ragtime Band" auf dem Klavier, und eine winzige Frau mit schneeweißem Haar tanzte mutterseelenallein im Wohnzimmer im Kreis herum.

Im Atelier begutachtete der Mann mit Glatze wehmütig den halb fertigen Akt.

Ein anderer Mann löcherte alle mit seinen ständigen Fragen, ob die Krupniks vielleicht Krocketschläger hätten. Oder wenigstens Badmintonschläger. Oder einen Volleyball.

In der Küche half Fran McCormick Anastasias Mutter, eine weitere Schüssel voll Früchtebowle zuzubereiten, und die beiden lachten so herzhaft, dass ihnen fast die Tränen kamen.

„... und ich hatte befürchtet, sie habe eine Rockerbande kennen gelernt", rief Anastasias Mutter prustend. Da kam Anastasia in die Küche geschlendert.

„Anastasia", kicherte Fran, „ich fürchte, deine Mutter legt dich übers Knie, sobald wir wieder weg sind."

Anastasia setzte sich auf einen Küchenstuhl, knabberte an einem Keks und grinste zufrieden. „Hey, Leute, ich glaube, meine Party ist ein voller Erfolg", sagte sie. „Selbst Robert Giannini kommt gut an. Na ja, im Grunde habe ich schon immer vermutet, dass er ein Achtzigjähriger ist, der versehentlich im Körper eines Zwölfjährigen steckt."

„Alles klar drüben? Der Nachschub ist gleich fertig", sagte ihre Mutter, während sie die Bowle umrührte.

„Alles okay. Jemand will unbedingt Krocket spielen. Andere veranstalten einen Wettbewerb, wer die hübschesten Enkel hat, deshalb liegen überall Fotos herum. Der Typ mit Glatze wünschte, du hättest deinem Aktmodell größere Brüste gemalt."

„Sag ihm, er solle sich den *Playboy* kaufen."

„Habe ich! Ach übrigens, Mama, eben sah ich Gertrustein und Sam heimkommen. Der Clou dieser Party war es doch, Gertrustein mit allen bekannt zu machen. Aber wie können wir sie jetzt herüberlocken?"

Ihre Mutter ging zum Telefon und wählte.

„Mrs Stein, hier spricht Katherine Krupnik. Wie war der Friseurbesuch?"

„Sag ihr bloß nicht, dass wir Gäste haben", flüsterte Anastasia, „sonst kommt sie nicht." Ihre Mutter machte eine abwehrende Geste.

„Oh, Gertrude, ich bin sicher, dass es gut aussieht. Sie müssen sich eben erst noch daran gewöhnen."

Anastasia fiel etwas ein. „Sag ihr", flüsterte sie, „dass ich ihr unbedingt etwas zeigen muss."

Ihre Mutter legte den Finger an die Lippen.

„Natürlich werden Sie nicht für den Rest Ihres Lebens mit einem Hut herumlaufen müssen", sagte ihre Mutter in den Hörer. „Was hat er? Dieser kleine Flegel!" Sie legte die Hand über die Sprechmuschel und sagte flüsternd zu Fran und Anastasia: „Sam hat gesagt, sie sähe aus wie Art Garfunkel."

„Aber Sam liebt Art Garfunkel", sagte Anastasia.

„Gertrude, Anastasia sagt mir gerade, dass Sam Art Garfunkel liebt", sagte ihre Mutter wieder in den Hörer. „Das war also ein Kompliment. Hören Sie, Gertrude, könnten Sie Sam netterweise herbringen? Ich möchte Ihre Dauerwelle sehen, und Anastasia sagte mir gerade, sie wolle Ihnen unbedingt etwas zeigen."

Nachdem sie aufgelegt hatte, sagte sie besorgt zu Fran und Anastasia: „Hoffentlich war das mit dem Gutschein kein schrecklicher Fehler. Sie sagte, sie würde sich einen großen Hut aufsetzen und den Rest ihres Lebens in einem dunklen Raum zubringen."

„Mama", sagte Anastasia mit Nachdruck, „dahinter steckt genau derselbe Grund, als wenn sie sagt, sie würde keine Menschen mögen. Aus Angst. Was ist, kommt sie?"

„Ja. Oh, ich sehe, sie ist schon mit Sam auf ihrer Veranda. Geh zur Haustür, Anastasia, und bitte sie herein."

Die beiden Frauen beobachteten, wie Gertrustein und Sam durch den Garten kamen, während Anastasia zur Haustür rannte.

Gertrustein trug, genau wie sie gesagt hatte, einen riesigen grünen Hut, der ihre Frisur verbarg.

„Hallo, Anastasia", sagte sie. „Ich habe deinen Bruder zurückgebracht. Deine Mutter sagte mir, du wollest mir noch etwas zeigen."

Der Klavierspieler begann gerade mit „You are my sunshine". Einige begannen zu singen. Aus dem Esszimmer ertönte ein dumpfer Schlag. Anastasia zuckte zusammen. Die weißhaarige Dame musste beim Tanzen gegen den Tisch gestoßen sein.

Sam hatte der Lärm offenbar erschreckt. Er ließ Gertrusteins Hand los, flüsterte: „Ich versteck mich lieber!", und flitzte die Treppe hinauf.

„Ich wusste nicht, dass ihr Gäste habt", sagte Gertrustein pikiert. „Ich komme lieber ein anderes Mal wieder."

„Oh nein, das macht doch gar nichts", sagte Anastasia wie beiläufig. „Es sind nur ein paar Freunde, die auf einen Sprung vorbeigekommen sind. Kommen Sie!" Sie packte Gertrustein an der Hand und zog sie ins Wohnzimmer.

„Alle mal herhören, bitte", verkündete Anastasia mit lauter Stimme. „Ich möchte Ihnen allen meine Freundin Gertrude Stein vorstellen."

Wie auf Kommando scharten sich die Senioren um Gertrustein, stellten sich vor und schüttelten ihr die Hand. Jemand drückte ihr ein Glas Bowle in die Hand. Die Frau mit den orangefarbenen Haaren setzte sich wieder ans Klavier und begann „As time goes by" zu spielen, das Lied aus *Casablanca*. „A kiss is just a kiss ..." Edna und Fred begannen zu singen.

„Ich schau dir in die Augen, Kleines", sagte der glatzköpfige Mann in nicht allzu übler Humphrey-Bogart-Imitation zu Gertrustein und hielt sein Glas hoch, um mit ihr anzustoßen.

Mit großer Erleichterung sah Anastasia, dass sich Gertrusteins Mundwinkel nun doch endlich zu einem Lächeln kräuselten.

Da klingelte es an der Tür.

Es war Steve Harvey. Neben ihm stand das größte, schönste Mädchen, das Anastasia je gesehen hatte.

„Ich wusste nicht, dass bei euch so ein Betrieb ist", brüllte Steve, um den Lärm zu übertönen. „Das ist meine Schwester Anne. Wir sind nicht nach Sturbridge gefahren, weil es heute Morgen geregnet hat, und Anne wollte dich unbedingt noch kennen lernen, bevor sie nach New York zurückkehrt."

Hoch erfreut schüttelte Anastasia Annes Hand und führte ihre beiden neuen Gäste ins Haus. Sie überlegte krampfhaft, wie sie ihnen die seltsame Zusammenstellung der bereits anwesenden Gäste erklären sollte. Doch als sie das Wohnzimmer betraten, waren sieben Senioren und Gertrustein, die noch immer das grüne Wagenrad auf dem Kopf hatte, dabei, sich zu einer Art Tanz im Kreis aufzustellen, und Anastasia kam zu dem Schluss, dass es schlichtweg unmöglich sei, irgendetwas zu erklären.

„Meine Eltern sind draußen im Auto", erklärte Steve vorsichtig. „Meinst du ..."

„Klar", sagte Anastasia mit einem breiten Grinsen. „Geh sie holen!"

Schließlich hatte sich der Lärm etwas gelegt. Alle waren erschöpft und die Bowlegläser fast leer. Anne Harvey hatte einen Tanz aus einem Broadway-Musical vorgeführt, und als sie höflich gefragt hatte, ob sie sich dafür Gertrusteins grünen Hut ausleihen könne, hatte Gertrustein ihn endlich vom Kopf genommen. Alle hatten ihre schönen, neuen, silbernen Löckchen bestaunt. Anschließend war es zu einer längeren Diskussion über Art Garfunkel gekommen, und in diesem Zusammenhang wurde auch gleich eine Art-Garfunkel-CD aufgelegt.

Mr Harvey hatte die schrille Dame Edna aus dem Fernsehen nachgemacht. Anastasias Vater hatte ein Gedicht über Baseball vorgelesen. Anschließend hatte Mr Harvey dasselbe Gedicht mit seiner Dame-Edna-Stimme vorgetragen.

Der große grüne Hut war mittlerweile auf dem Kopf des glatzköpfigen Mannes gelandet.

Alle waren erschöpft vom Lachen und Singen. Zum ersten Mal in den letzten zwei Stunden war es im Haus etwas ruhiger, während alle Luft holten, um sich Auf Wiedersehen zu sagen.

Plötzlich hörte man das sanfte Patschen nackter Füße im Treppenhaus.

„Das ist mein Bruder“, sagte Anastasia in einem Anflug von Zärtlichkeit. „Ich habe mich schon gefragt, wo er steckt.“

Sam erschien unter der Tür, und alle riefen entzückt: „Oooh!“, wie immer, wenn Leute ein lockenköpfiges Kleinkind sehen.

Aber Anastasia wurde bei seinem Anblick bange.

Nein, Sam, stammelte sie lautlos. Tu's nicht, Sam! Sie krümmte sich innerlich. In dem Moment, als sie sah, dass Sam seinen Anorak trug und darunter nackte Füße hervorlugten, wusste sie, was kommen würde. Ich bringe dich um, Sam, dachte sie.

Sam stand grinsend an der Tür und ließ seinen Blick schweigend über die versammelten Senioren, Gertrustein, seine Eltern, die Harveys, Jenny und Robert schweifen. „Blitz!", brüllte er dann laut und öffnete blitzschnell seinen Regenmantel. Dann flitzte er davon, pudelnackt, wie er darunter war.

Im ersten Moment saßen alle wie erstarrt da. Dann begannen die ersten Senioren zu kichern. Anne Harvey lachte lauthals. Gertrustein noch lauter, bis alle ihre Art-Garfunkel-Löckchen bebten. Mr Harvey verkündete in seiner Dame-Edna-Stimme: „Meine sehr verehrten Damen und Herren, etwas ganz Erstaunliches hat sich zugetragen!"

Dann war es für alle Zeit, nach Hause zu gehen.

„Ehrlich, Gertrustein, ich finde Ihre neue Friseur super", sagte Anastasia, „und ich freue mich, dass Ihnen unsere Party gefallen hat."

„Hmmmm", sagte Gertrustein.

Sam war bereits zu Bett gebracht worden, und sie räumten die Küche auf.

„Mama, weißt du, was Robert Giannini sagte, ehe er und Jenny gingen?"

„Was?"

Anastasia kicherte. „Er zog mich noch schnell zur Seite und sagte bedrückt und sehr ernst: ‚Anastasia, ich dachte, dein Bruder sei körperbehindert. Ich wusste nicht, dass er psychisch gestört ist. Das tut mir wirklich Leid.'"

„So ein Witzbold", sagte Anastasias Mutter. „Allerdings fiel Sam wirklich etwas aus der Rolle, das muss ich zugeben."

„Das war meine Schuld", sagte Gertrustein entschuldigend. „Ich habe ihm vorgeschlagen, Blitzer zu spielen."

„Ach, Gertrustein!", rief Anastasia. „Da fällt es mir wieder ein! Ich wollte Ihnen doch etwas zeigen! Glauben Sie, Sie schaffen es bis hinauf in mein Zimmer?"

Gertrustein ächzte. „Kannst du es nicht herunterbringen?"

„Nein, kommen Sie. Wir gehen ganz langsam."

Es dauerte eine Weile, bis Gertrustein endlich keuchend die Treppen hochgestiegen war und in Anastasias Turmzimmer kam.

„Ich glaube, das Tanzen hat meiner Arthritis gut getan", keuchte sie. „Vielleicht sollte ich mich doch bei der Volkstanzgruppe anmelden."

„Schauen Sie!", sagte Anastasia. „Knien Sie sich hier auf den Boden!"

Als sie Seite an Seite knieten, zeigte Anastasia auf die verblasste Schrift auf der untersten Tapetenschicht.

*„Edward liebt Gertrude – für immer und ewig"*, las Gertrustein laut vor. „Du meine Güte. Wann mag er das wohl geschrieben haben?"

„Datum steht keins da."

„Na ja, eigentlich ist es unwichtig, wann er das schrieb. Es ist schön zu wissen, dass er es schrieb." Gertrustein war ein bisschen rot geworden.

„Wo er jetzt wohl sein mag?"

„Vermutlich in irgendeinem Seniorenheim."

„Vielleicht könnten Sie ihn wieder finden ..."

Doch Gertrustein schüttelte den Kopf.

„Das möchte ich gar nicht mehr. Wahrscheinlich ist er jetzt dick und behäbig. Ich behalte ihn lieber so in Erinnerung, wie er einst war. Natürlich wäre es schön, wenn ..."

„Wenn was?"

Gertrustein strich sich über ihre neuen Locken. „Wenn er mich mit meiner neuen Frisur sehen könnte", sagte sie lachend.

„Fünftes Kapitel", schrieb Anastasia oben auf eine neue Seite. Sie fand das Romanschreiben allmählich etwas langweilig und hatte beschlossen, dass das fünfte Kapitel zugleich das Schlusskapitel sein würde. Wie sie von Agatha Christie wusste, bedeutete dies, dass sie alle Personen zusammenbringen musste, am besten in einen geschlossenen Raum, um das Geheimnis zu lüften.

Außerdem musste sie endlich eine Sexszene einbauen.

Sie stellte fest, dass in ihrem Roman nicht ganz klar wurde, worin eigentlich das Geheimnis bestand. Aber es stand im Titel. „Das Geheimnis des Abschiednehmens". Okay, sie musste also nur noch den Titel mit der Romanhandlung verknüpfen.

Anastasia spuckte ein paar Radiergummifasern aus, die sie versehentlich vom hinteren Ende ihres Bleistifts abgeknabbert hatte, und schrieb weiter.

„Alle Personen", schrieb sie, „hatten sich in einem Zimmer des großen Hauses versammelt. Plötzlich schlich sich jemand leise und unbemerkt heran und stellte sich provozierend an die Tür – ein nackter Mann."

Sie runzelte die Stirn, strich das Wort Mann wieder durch und ersetzte es durch kleiner Junge.

Nein, das war untauglich. Ein kleiner Junge war niemals sexy – sei er nun nackt oder nicht. Na ja, dachte sie großzügig, es ist doch schließlich ein Roman. Da musste nicht alles bis auf das i-Tüpfelchen stimmen. Wegen der dichterischen Freiheit und so.

Sie strich den ganzen letzten Satz durch und schrieb dann: „Plötzlich schlich sich jemand leise und unbemerkt heran und stellte sich provozierend unter die Tür – ein nackter Mann, der nur einen Trenchcoat anhatte und wie immer eine Taschenlampe bei sich trug.

Er riss die Tür auf, öffnete seinen Trenchcoat, lachte hinterhältig auf und war auch schon wieder verschwunden."

So, das war genug Sex. Nun die Verknüpfung mit dem Titel.

„Der große, bärtige Mann sagte zu allen Anwesenden: ‚Auf Wiedersehen. Ich muss mich jetzt aufs Ohr legen.'

Der Tennisspieler mit den blauen Augen sagte zu dem jungen Mädchen: ‚Auf Wiedersehen. Sollen wir nachher noch 'ne Runde Tennis spielen, falls es nicht regnet?'

Das junge Mädchen antwortete: ‚Ja, das wäre fein. Auf Wiedersehen.'

Die hoch gewachsene Balletttänzerin sagte: ‚Auf Wiedersehen. Ich muss nach New York zu meiner Tanzgruppe zurück.'

Die grausame und hinterhältige Hausfrau, die im Grunde genommen recht nett war, sagte: ‚Auf Wiedersehen. Ich gehe jetzt die Gläser spülen.'

Die Frau, die früher wie eine Hexe ausgesehen hatte, jetzt aber nicht mehr, sagte: ‚Auf Wiedersehen. Ich helfe Ihnen in der Küche. Aber wo ist mein grüner Hut?'

Der glatzköpfige Mann, der ihren grünen Hut trug, nahm ihn vom Kopf und gab ihn ihr zurück. ‚Auf Wiedersehen', sagte er. ‚Hätten Sie nicht Lust, demnächst mit mir essen zu gehen?'

Die ganze Schar der Senioren sagte: ‚Auf Wiedersehen', und dann gingen sie nach Hause. Einige von ihnen mussten auf ihre Enkelkinder aufpassen.

Der seltsame junge Mann mit dem Haifisch-T-Shirt sagte: ‚Auf Wiedersehen, alle zusammen. Es tut mir sehr Leid um den nackten, psychisch gestörten Mann. Wo ist meine Aktentasche?'

Die Irin mit dem abgebrochenen Schneidezahn sagte: ‚Hier ist sie. Vergiss deine dämlichen Gummistiefel nicht. Auf Wiedersehen, alle zusammen.'

Der berühmte Sportreporter sagte: ‚Dame Edna wünscht allen Anwesenden nach diesem ereignisreichen Nachmittag einen guten Heimweg.'

Die Staatsanwältin, die neulich einen Meuchelmörder hinter Gitter gebracht hatte, sagte: ‚Hör endlich auf mit deiner lächerlichen Dame-Edna-Nummer! Auf Wiedersehen, die Herrschaften. Vielen Dank, dass wir mitfeiern durften.‘

Als alle gegangen waren, bemerkte das junge Mädchen, dass es sehr viele Möglichkeiten des Abschiednehmens gab. Nun war das Geheimnis gelüftet.“

Anastasia las das fünfte Kapitel noch mal durch. Es war das längste Kapitel ihres Romans. Aber irgendwie wurde sie das Gefühl nicht los, dass noch etwas fehlte.

Es waren zwei Gründe, wie sie herausfand. Zum einen war die Sexszene nicht sexy genug. Und auch die Sache mit der Leiche war etwas ins Hintertreffen geraten.

Aber dem konnte abgeholfen werden. Sie fügte zwei weitere Sätze ein. „Der nackte Mann hatte einen vorstehenden Bauchnabel. Und Mozart war und blieb tot.“

Dann schrieb sie ENDE unter ihren Roman und ging ihren Tennisschläger holen.

*Über die Autorin*

Lois Lowry wurde 1937 in Honolulu auf Hawaii geboren. Sie hat in Pennsylvania und Japan gelebt und wohnt heute in Boston.
Lois Lowry ist verheiratet und hat vier mittlerweile erwachsene Kinder. Ihr Roman *Hüter der Erinnerung* (Loewe 1994) wurde 1994 mit der *John Newbery Medal*, dem wichtigsten amerikanischen Kinderbuchpreis, ausgezeichnet.

# Alle lieben

# ANASTASIA

*Anastasia stets zu Diensten*

Anastasia ist mal wieder knapp bei Kasse und nimmt einen Ferienjob als Gesellschafterin einer reichen alten Dame an ...

*Anastasia und Dr. Freud*

Anastasia ist ziemlich genervt. Ob das daran liegt, dass sie vor kurzem dreizehn Jahre alt geworden ist? Anastasia braucht dringend einen Psychotherapeuten ...

*Anastasia voll im Stress*

Klar kann Mama Krupnik für ein paar Tage verreisen. Das bisschen Haushalt ist doch kein Problem, denkt Anastasia. Aber dann kommt wieder alles anders ...

*Anastasia will hoch hinaus*

Anastasia hängt in den Seilen. Im wahrsten Sinne des Wortes. In jeder Sportstunde erlebt sie die gleiche Blamage und der Tag der großen Sportvorführung wird eine einzige Katastrophe ...

*Anastasia nicht zu bremsen*

Können Spiegel lügen? Anastasia hofft es sehr, denn ihr Anblick gefällt ihr überhaupt nicht. Ein Teenagermodelkurs soll Abhilfe schaffen ...